魔刀藝劍

Fantastic Oriental Heroes

마
도
예
검

마도혈검 3

김용하 新무협 판타지 소설

초판 1쇄 찍은 날 § 2004년 1월 17일
초판 1쇄 펴낸 날 § 2004년 1월 27일

지은이 § 김용하
펴낸이 § 서경석

편집장 § 문혜영
편집 § 장상수 · 김희정 · 김민정
마케팅 § 정필 · 강양원 · 이선구 · 김규진 · 홍현경

펴낸곳 § 도서출판 청어람
등록번호 § 제1081-1-89호
등록일자 § 1999. 5. 31
어람번호 § 제2-0320호

주소 § 경기도 부천시 원미구 심곡1동 350-1 남성B/D 3F (우) 420-011
전화 § 032-656-4452 팩스 § 032-656-4453
http://www.chungeoram.com
E-mail § eoram99@chollian.net

ⓒ 김용하, 2003

값 8,000원

ISBN 89-5505-915-9 04810
ISBN 89-5505-912-4 (SET)

마도예검

Fantastic Oriental Heroes

김용하 新무협 판타지 소설

3

魔刀藝劍

도서출판
청어람

목차

제32장

콩 심은 데 팥 나는 이유

콩 심은 데 팥 나는 이유

마평은 나타난 인영의 미소를 보고 그가 누구인지 대번에 알아차렸다.

"운(雲)… 운아 형."

풍운, 살인미소가 나타난 것이다.

'그랬었지… 옛날엔 그렇게 불려졌었지.'

살인미소는 모습을 나타내자마자 마평을 대신하여 세 명의 살수들 앞을 가로막았다.

청의살수가 양 장심(掌心)을 쭉 뻗어 급하게 살인미소를 공격했다.

"이건 웬 건방진 놈이냐?"

청의살수의 원래 독문 병기(兵器)는 칠성도였다. 그건 지금 마문세의 가슴에 박혀 있었다. 그래서 쌍장을 사용한 것이다.

그러나 청의살수는 대단한 실수를 하고야 말았다.

호북마문세가에 나타난 인물의 무공이 고강해 봤자 얼마나 고강하랴 싶어 가볍게 쌍장을 사용한 것이었는데 그것이 치명적인 실수였다.

늘 그렇듯 실수의 결과는 죽음인 것이다.

사실로 말하자면 청의살수의 쌍장이 살인미소의 가슴에 적중하긴 했다. 그러나 경악스럽게도 살인미소는 미동도 하지 않았다.

청의살수는 그 순간 바위를 때린 것이 아닌가 하는 의심이 들었다. 왜냐면 양 손목이 부러지며 암천 속으로 날아가 버렸으니까……

"으윽……."

이번에는 살인미소의 손이 갈고리처럼 변해 청의살수의 가슴으로 날아갔다.

으드드득……

갈비뼈 으스러지는 소리가 그곳에서 났다.

"으아악……!"

청의살수가 피 범벅이 되어 엎어지자 적의살수가 경악의 빛을 띠었다.

'살인적으로 아름다운 미소를 얼굴에 매달고 있는 저놈의 손속이 어찌 살인을 밥 먹듯 해온 우리보다 더 악랄하단 말인가?'

청의살수가 은마간을 움켜잡고 살인미소를 향해 몸을 날렸다.

은마간이 살인미소의 목을 향해 길게 직선을 그었지만 은마간에 앞서 살인미소의 손이 먼저 움직였다.

눈부신 백색 기류가 적의살수의 얼굴을 향해 날아갔다.

"윽… 암기까지?"

적의살수가 깜짝 놀라며 허공에서 세 번이나 풍차처럼 몸을 회전시켰다.

살인미소의 손에서 날아간 백색 기류는 암기가 아니라 청의살수의 가슴속에서 뜯어낸 갈비뼈 조각이었다.

푸욱—

살인미소의 손에서 날아간 뾰족한 갈비뼈가 막 착지하려던 적의살수의 머리를 꿰뚫었다.

"으아악······."

적의살수까지 피분수를 뿜으며 엎어지자 흑의살수만 유일한 생존자로 남게 되었다.

'이놈은 인간이기 이전에 악마다.'

흑의살수의 온몸에서 닭살과 같은 소름이 돋아났다. 흑의 살수는 상대의 빠름이 자신보다 최소한 몇 배 이상이나 빠르다는 점을 인정했다.

'도대체 누굴까? 이토록 빠르고 이토록 손속이 악랄한 이놈은?'

살인미소가 흑의살수를 향해 다가왔다.

흑의살수의 눈이 살인미소의 눈과 마주쳤다. 흑의살수의 얼굴이 입고 있는 흑의만큼이나 새카맣게 변했다. 저절로 몸이 부르르 떨려왔다.

'이건··· 인간의 안광이 아냐······.'

살인미소가 한 발 더 다가갔다.

흑의살수는 살인미소의 몸에서 뿜어져 나오는 강력한 기도를 느꼈다. 마주 대할 마음이 싹 사라지게 만드는 엄청난 기도였다.

흑의살수는 주춤거리며 뒤로 물러서야만 했다. 아무리 생각해 보아도 자신의 상대가 아닌 것이다.

"자, 잠깐 기다리시오. 나, 나는 구차하게 목숨을 구걸하는 일 따윈 하지 않소. 다, 다만 자, 자결을 하겠으니 아량을 베풀어주시오."

살인미소는 단호하게 고개를 저었다.

"너에겐 그만한 가치가 없다."

"……."

이래 죽으나 저래 죽으나 죽는 건 어차피 마찬가지였지만 살인미소는 최소한의 아량조차도 베풀려 하지 않았다.

그런 점이 아버지 풍백과 확연하게 다른 점이었다.

풍백이었다면 이럴 경우 자살을 권유하여 상대가 명예롭게 죽기를 오히려 바랐을 것이다. 하지만 살인미소는 근본적으로 달랐다. 그건 살아온 이력 때문이었다.

풍백은 유복하게 태어나 도의와 인의를 먼저 배웠다. 매사에 있어 가문의 명예를 생각했기에 언제나 인정을 먼저 떠올렸다.

그러나 살인미소는 처절할 정도로 모진 삶을 살아왔다. 무조건 죽이지 않으면 내가 그 꼴로 죽는다는 것을 뼈저리게 느끼며 자라왔던 것이다.

콩 심은 데 콩이 나야 당연한 일이지만 살인미소에겐 그런 단순한 잣대가 적용될 수 없었다.

주어진 환경과 조건이 다르면 콩 씨를 뿌려도 팥이라는 열매가 맺히는 것이다.

살인미소가 그나마 아량을 베푼 건 최소한의 고통을 느끼며 흑의살수를 죽게 한 점이었다. 살인미소는 사부가 척살된 분노를 대변이라도 하듯 일노박룡수(一怒搏龍手)라는 간단한 수법을 사용했다.

삼류 절기로 알려진 간단한 수법이었지만 위력만큼은 무식하기 짝이 없었다. 거기다가 다름 아닌 살인미소의 손에서 펼쳐졌다. 태산이라도 짓뭉갤 만한 위력이 담겨져 있었다.

퍼억!

"으아악……!"

흑의살수의 머리가 산산조각으로 으깨졌다. 파괴된 해골에서 뇌수와 피가 범벅이 되어 허공 속에 뿌려졌다.

마평조차 속이 거북해지는 것을 느낄 정도로 처참한 광경이었다.

일문(一門)을 이룬 가주의 장례 절차 치고는 믿을 수 없을 정도로 간략하게 치러지고 있었다.

마문세의 시체는 가슴에 박힌 칠성도가 제거되자마자 관(棺) 속으로 들어갔다.

상주인 마평은 그날 밤 몇 항아리의 술을 가인들에게 돌리고 구색을 갖춘 제물들을 제단에 올려놓음으로 장례 준비를 완료했다.

향과 지전(紙錢)이 살라지고 모두가 절을 올리는 것으로 모든 절차는 끝났다.

마문세의 관은 날이 밝는 대로 선산에 묻힐 예정이었다.

조금 전의 일이지만 마평은 최소한 오일장(五日葬)은 치러야 한다고 주장했었다. 하지만 살인미소는 무슨 이유 때문인지 고개를 설레설레 저었다.

"오일장은 사치스럽다. 당장 내일 흙으로 돌아가시도록 진행해."

마평은 그때 반발했었다. 그리고 화도 났었다.

"나의 아버지라 해서 하는 말은 아냐. 어찌 일문주(一門主)의 장례를 그토록 콩 튀듯 급하게 해치울 수가 있어?"

이때 살인미소는 너무나 간단하게 말했다.

"이번 장례를 끝이라고 생각해선 곤란해. 시작이 될 수도 있어."

마평은 갑자기 많은 생각을 하게 되었다.

한편으로는 더 화가 났지만 또 한편으로는 살인미소가 어떤 의미에서 그런 말을 했는지 곰곰이 생각해 보아야 했다.

'아버지를 척살한 네 명의 살수는 혈막에서 보낸 자들이었다. 그 살수들은 모두 죽었다. 혈막은 네 살수에 대한 복수를 감행하기 위해 지금부터 살검(殺劍)을 득득 갈 것이다. 어쩌면 복수의 화신들이 벌써 본가를 향해 출발했는지도 모른다. 아버지의 장례 기간 중에 혈막이 대대적인 공격을 감행해 온다면 본 가는 궤멸되고 만다. 형은 앞으로 닥쳐올 본가의 위험을 지적하고 있는 것이다.'

살인미소가 왜 날이 밝는 대로 장례를 감행하라고 하는 것인지… 그때서야 마평은 깨달을 수 있었다.

새벽이 밝아오기 전이었다.

호북마문세가의 가주전(家主殿)에서 살인미소가 정좌한 채 말했다.

"평아, 술 가져와라."

이때는 가인들 전체가 마문세의 관 앞에서 통곡하고 있을 때였다.

여명이 밝아오면 호북마문세가의 가주이자 살인미소의 사부가 흙으로 돌아갈 때였는데 살인미소가 가주전에 홀로 정좌를 한 채 한 시진 동안이나 생각에 잠겨 있다가 갑자기 술을 가지고 오라는 것이었다.

'운아 형이 할 말이 있는 것이로구나.'

마평은 술상을 마련하여 살인미소에게로 갔다.

가주전에는 세상이 끝난 직후와 같은 혼돈과 암울하기 짝이 없는 정적만이 고요하게 감돌고 있었다.

살인미소는 한 잔을 마시자마자 대뜸 본론부터 꺼냈다.

"장례가 끝나는 대로 호북마문세가의 봉문을 선언해라."

"으음……."

마평은 신음을 삼켰다. 가슴속에서 뭔가 치고 올라오는 것이 느껴졌다. 그것은 분노였다.

"형, 말이 지나쳐."

살인미소는 고개를 저으며 한술 더 떠 말했다.

"호북마문세가는 내가 접수하겠다. 이의가 있으면 이 자리에서 말하도록 해라."

마평은 순간적으로 살의를 품었다. 이쯤 되면 누가 적이고 누가 진정한 아군인지 분간하기 어렵게 된 것이다.

일문에 봉문 명령을 내리고 접수하겠다는 말을 하는 것은 형이 할 말이 아니라 원수가 할 말이었다.

"형은 나까지도 시린 땅속에 묻을 생각이오?"

"……."

살인미소는 대답하지 않았다. 그 대신 묘한 미소를 흘렸다.

마평의 두 눈에서는 타오르는 분노로 인해 형형한 불길이 피어올랐다. 마평은 양의용문검을 무릎 위에 올려놓았다.

봉문(封門).

너희는 망했다라는 뜻이다.

급기야 마평이 검 자루를 잡으며 이를 갈았다.

"대답은 이 양의용문검이 대신할 것이다."

살인미소는 다시 한 잔을 들이켰다. 여전히 미소를 지우지 않은 채…….

"너는 죽어서는 안 된다."

"……!"

"대신… 네가 원하면… 언제라도 열 배나 되는 금액으로 보상해 주겠다."

마평은 양의용문검을 뽑지 못했다.

"형은… 형은……."

"그렇다. 네가 생각하고 있는 그대로다."

마평이 입술을 씹었다.

마평은 살인미소가 지금 많은 말을 생략하고 있음을 어렴풋이 짐작할 수 있었다.

"형은… 지금 나에게 피신을 강요하고 있는 것이오?"

그랬다. 그 말은 살인미소가 차마 하지 못했던 말이었다. 그러나 이왕 말이 나온 살인미소는 말을 내뱉었다.

"네가 어디론가 피신하지 않으면 며칠 내로 혈막의 살수들이 너를 찾아올 것이다. 죽음이라는 선물을 지니고……."

마평의 현재 무공조예는 혈막의 살수 넷을 감당하기에도 벅찼다.

가인(家人)들은 말할 것도 없었다. 혈막의 살수 몇 명만 투입되면 모조리 시체의 산을 이루게 되는 건 보지 않아도 뻔한 일이었다.

사람은 언제나 솔직해야 한다. 분통 터지는 일이었지만 마평은 그 점을 인정해야만 했다.

'봉문을 선언하고 피신을 하면 명예를 잃게 되지만… 형의 말을 마다하고 고집을 부린다면 명예도 잃고 죽음까지 얻게 된다. 그것은 재기(再起)할 수 있는 길을 영원히 잃는 것이다.'

마평도 술을 마셨다. 세 잔이나 연거푸 마셨다. 지금의 마평이 할 수 있는 일은 살인미소의 충고를 받아들여야만 하는 일이었다.

'형은… 나의 복잡한 심정을 고려해 긴 말을 생략했던 거였어…….'

아마도 마평은… 마문세의 관이 땅속 깊이 묻힐 때까지 술을 들이킬 것이다. 그래야만 지금 처해 있는 처연한 처지를 잠시나마 잊게 될 것이었다.

'형이 옳다. 이 세상에서 나의 처지를 정확하게 판단하고… 나에게 유일한 삶의 방법을 제시할 수 있는 사람은 오직 형뿐이다…….'

드디어 마평이 고개를 끄덕였다.

이런 처지에서도 나름대로 현명한 판단을 내릴 수 있다는 것은 마평이 결코 우매하지 않음을 증명하는 일이었다.

살인미소는 쉬지 않고 술잔을 꺾었다. 마평도 마찬가지였다.

다시 커다란 술 항아리가 공급되었다. 마평은 살인미소의 빈 잔을 가득 채웠다.

그때서야 마평이 솔직하게 고백했다.

"형 생각이… 다 옳아."

이번만큼은 살인미소도 씁쓸하게 웃었다.

"평아, 진정한 사나이란 한 발 물러날 줄도 알아야 하는 것이다. 후일을 도모할 생각이 있다면……."

*　　　　　*　　　　　*

호남(湖南). 동정객점(洞庭客店).

"술 마시자. 오래 참았어."

살인미소가 마돈나를 보자마자 한 말이었다.

마돈나는 지난밤을 동정객점의 특실에서 꼬박 뜬눈으로 지냈다. 마돈나가 혼자 밤을 지새운 건 지난 몇 년 이래로 어제가 처음이었다.

아침이 찾아오고 점심 무렵이 되었을 때 살인미소가 신기루처럼 불쑥 나타났다. 반가움이 앞섰다. 그런데 나타나자마자 한다는 소리가 술이나 마시자니…….

그렇지만 마돈나는 커다란 눈이 아래로 쏟아질 정도로 큼직하게 고개를 끄덕였다.

"내가 쏠게."

하루 만에 사부를 시린 땅에 묻고, 사부의 아들이자 동생이나 다름 없는 마평을 어디론가로 피신시키고 돌아온 살인미소였다.

마돈나는 자상한 누이와 같은 심정으로 살인미소의 쓰라린 가슴을 헤아렸다.

'여자의 운명이란 다 그런 거지 뭐…….'

두 사람은 밖으로 나왔다. 추웠다. 마돈나가 살인미소의 팔짱을 꼈다.

"오빠… 술 마신 지 얼마나 됐지?"

"아주 오래됐지."

"그러니까 얼마나… 된 거야."

"벌써 두 시진이나 지났어."

"술귀신 다 됐네…….."

두 시진 전의 살인미소는 마문세 사부가 완전히 묻히는 순간까지 쉬지 않고 술을 들이켰었다.

마씨 문중의 선산에 비석조차 세울 수 없는 봉분 하나가 만들어졌다.

마지막 삽질이 끝났을 때… 마평은 가인들 모두에게 세가를 떠나라는 말을 했다. 그것으로 호북마문세가의 봉문이 선언되었다.

그때의 가인들은 두 패로 갈렸다.

당연히 험악한 언성이 오고 가는 갑론을박이 시작되었다.

대부분 마씨들인 매 파는 죽음을 전제로 한 가문 사수 결행을 주장했다.

비(非) 마씨들인 비둘기 파는 온건론을 내세워 후일을 기약하자고 했다.

양 파(兩派)의 명분은 나름대로 일리가 있었지만 마평의 칼 같은 단언으로 격론은 종지부를 찍었다.

"내가 결정하고 선언한 일이다. 누가 반대의 깃발을 휘날리겠는가?"

호북마문세가 사람들은 터진 자루에서 떨어져 나온 깨알처럼 뿔뿔이 흩어졌다.

그렇다고 그들이 완전히 마문세가를 등지는 것은 아니었다. 마평은 곧 그들을 비밀 요처로 부르겠다는 약속을 했고, 그들의 비상 연락처를 일일이 기록해 두었다.

"내가 부르면 숟가락을 들고 있더라도 당장 놓고 달려와 주게."

마평의 그 말이 끝나자마자 마문세가 사람들이 제각각 흩어졌다. 후일을 기약하며……

살인미소는 발걸음이 어지러운 마평을 데리고 자신만이 알고 있는 비처(秘處)로 향했다. 그곳에서 마평은 때를 기다려야만 했다.

마평의 신변까지 그렇게 마무리 지은 살인미소는 서둘러 마돈나의 곁으로 돌아왔다. 그러니 어찌 술 생각이 나지 않겠는가.

마돈나 또한 살인미소의 그런 쓰라린 심정을 충분히 이해하고 있었다.

"오빠, 오늘 술 왕창 마셔 버려."

"너는 참 이상하다. 보통의 여자들이라면 남자들이 술 많이 마시는 걸 매우 싫어하는 게 정상인데⋯⋯?"

"오빠는 스스로 정상적인 사람이라고 생각해?"

"그렇다고 말할 순 없지."

"오빠와 함께 사는 난들 어련하겠어."

"⋯⋯."

마돈나의 여러 가지 특기 중에 한 가지는 천하의 살인미소조차도 입을 쾅! 다물어 버리게 만드는 매우 신기한 재주였다.

마돈나는 알고 있었다.

이 인간은 취하라고 하면 안 취하고 많이 마시라고 하면 절대 많이 마시지 않는 인간이라는 것을⋯⋯.

그건 함께, 오래도록 살아보지 않은 여자는 절대로 알 수 없는 살인미소만의 괴벽이었다.

급기야 살인미소가 두 손을 들었다.

"돈나야, 우리 맛있는 것 사먹자. 네가 좋아하는 사천 요리로 먹자."

"응, 사실 배가 좀 고팠어. 하지만 오늘은 오빠가 좋아하는 오리고기를 먹도록 하자."

이제야 두 사람은 조금은 정상적인 사람들 같았다.

*   *   *

"모든 가능성을 검토해 본 결과를 말씀드리는 것입니다. 검각주(劍閣主) 검혼(劍魂)과 도각주(刀閣主) 도혼(刀魂)만이 이 일을 완벽하게 처리할 수 있습니다."

온통 만장단애(萬丈斷崖)뿐인 이곳… 뿌연 안개가 강처럼 흐르고 있었다. 사람의 모습은 어디에서도 보이지 않았다.

보이는 것은 깎아지른 단애와 자욱한 안개… 그리고 검을 거꾸로 박아놓은 듯 예리한 절봉(絶峰)들뿐이었다.

그 사이로 인간의 음성이 조용하게 흐르고 있었다. 아무도 보이지 않음에도… 음성은 저주만큼이나 차가운 여인의 음성이었다.

서늘한 한기가 배어 있는 여인의 음성이 계속해서 이어졌다.

"호북마문세가는 다음날 곧바로 봉문을 선언했습니다. 오십 명의 살인병기들이 호북마문세가를 급습했지만 개미새끼 한 마리 발견하지 못했습니다. 소가주 마평을 참수하지 못하고… 행적조차 알지 못하게 된 일은 분한 일이지만… 백 명의 야화(夜花)들과 백 명의 암화(暗花)들이 중원에서 암약하는 바… 놈을 찾아내는 일은 시간문제입니다."

음성은 단애와 단애 사이에 형성되어 있는 넓은 분지에서 들려왔다. 분지는 유독 붉은색을 띤 하나의 커다란 바위였다.

그곳은 인간의 능력으로는 도저히 오를 수 없는 직각의 단애 중간 지점이었다.

지세가 워낙 험준해 날개가 달린 조류라 할지라도 감히 오르기를 꺼려할 만한 그런 곳이었다

그곳에서 음성들이 메아리처럼 긴 여운을 남기며 울려 퍼지고 있었다.

창노한 노인의 음성이 어디선가 들려왔다.

"검각주 검혼과 도각주 도혼에게 결점은 없는가?"

음성이 들릴 때마다 붉고 거대한 바위로 이루어진 분지에서 우우웅— 소리가 났다. 단애 전체에서 지진이 일어난 것처럼 진동했다.

여인의 음성이 다시 들려왔다. 상대를 충분히 인식한 경어였다.

"없습니다."

잠시 침묵.

다시 여인의 음성이 들려왔다.

"검혼과 도혼은 각각 열두 개씩의 얼굴을 지니고 있어 속하(屬下)조차도 그들의 진면목을 파악하지 못하고 있습니다. 심지어 그들의 성별조차도 알려져 있지 않습니다. 그들은 언제나 심계(心計)와 독계(毒計), 암계(暗計)와 미인계(美人計)를 포함한 열두 가지 죽음의 덫을 연쇄적으로 사용하므로 그들이 마음먹으면 죽이지 못할 자란 결단코 없습니다."

잠시 사이를 둔 조금 긴 침묵 끝에 노인의 음성이 다시 들려왔다. 음성은 손녀를 대하듯 하대였다.

"결점이 없다는 것이 곧 결점이다. 왜냐하면 무결점은 오직 본좌(本座)만이 사용될 수 있는 단어이기에……."

"아, 죄, 죄송합니다. 그만… 잠시 망각했습니다."

"혈막주(血幕主)는 혈각주(血閣主) 축골일계향 소등선을 소개할 때도 결점이 없는 여인이라 소개했으나… 결국 죽지 않았는가?"

"죽을죄를 지었습니다. 부디 용서를 구합니다."

험준한 지형에선 기류가 수시로 바뀐다.

이번에는 운무(雲霧)가 위에서 아래로 폭우처럼 쏟아졌다.

휘이잉~

바람 부는 소리가 마치 해일 소리처럼 일어났다. 잠시 안 되어 기류는 다시 역류할 것이다. 그런 일은 하루에도 열 번 이상씩 일어나는 현상이었다.

이곳은 서장 서부(西部)에 위치한 설산(雪山) 공갈단애(貢噶斷崖)였다.

태고 이래로 인적을 받아들인 적이 없는 천형의 땅이자 영고불변의 험지가 바로 이곳이었다.

절봉들은 사시사철을 막론하고 새하얀 눈을 이고 있었다.

인세를 등진 은거기인이라 할지라도 차마 이곳까지는 흘러 들어오지 못했다. 험준한 지세가 자연적인 철망 노릇을 하기 때문이다. 자신의 몸을 찢어가며 굳이 이곳까지 들어올 바보는 없는 것이다.

노인의 말로 미루어 용서를 구하는 여인은 혈막주임이 분명해졌다.

혈막… 혈막은 공포의 살수 집단(殺手集團)이었다.

강호 상에는 혈막에 대해 떠도는 소문 하나가 있었다.

친구를 죽이려면 혈막을 찾아라. 그러면 친구의 목을 반드시 그대 품에 안게 될 것이다. 설사, 친구가 황제일지라도… 꿈은 반드시 이루어진다.

천하 사람들은 혈막 위에는 존자(尊者)가 없을 것이라 믿고 있었다. 혈막은 천하 신비 문파 중의 최상위 위치이기 때문이다.

그런데… 그런 혈막조차도 존자의 지배를 받고 있었으니…….

혈막을 지배하는 존자는 신(神)인 것 같았다.

"혈막주가 검혼과 도혼을 그토록 높이 평가한다면 그만한 이유가 분명히 있을 것이다. 그들을 부르라. 검혼과 도혼을……! 그리하여 혈각주 축골일계향 소등선의 복수를 하게 하라.”

“존명……!”

“그것으로 환우제일검가 소가주의 목숨도 제거하는 것이다. 그대는 반드시 일을 이루라. 그것이 대업(大業)의 첫 단계이므로!”

스르르르…….

노인의 음성이 소멸되고 있었다. 여인의 음성… 혈막주의 음성도 흐르는 안개와 함께 소멸되었다.

그러자 주변은 믿을 수 없을 정도로 진한 적막에 휩싸였다.

죽음보다도 더 진한 고요…….

단애 사이로 물처럼 흐르는 운무의 움직임만이 끊임없이 이어지고 있었다.

그렇지만 이곳은 완전한 무(無)가 아니었다.

천하에서 가장 살벌한 곳이었고 언제나 새로운 죽음이 창조되는 곳이었다.

그 점을 증명이라도 하듯 한줄기 신형이 짙은 안개에 휘감긴 허공을 긋고 있었다.

피이잇…….

신형은 섬전처럼 빨라 육안으로는 형체를 분간하기 어려웠다.

나타난 신형은 곧바로 사라져 버렸다.

신형이 사라지기 무섭게 붉은색이 감도는 넓은 분지 위로 단단한 가죽 가방 하나가 떨어졌다.

쩔그렁—

그런 소리가 나는 점으로 미루어 가죽 가방 안에는 금화가 가득 차 있음이 분명할 것이었다. 물론 살인 의뢰서 한 장도 분명히 들어 있을 것이다.

그 순간, 가죽 가방은 분지에 떨어지기가 무섭게 둥실 떠올랐다.

슉—

그런 소리가 나며 가죽 가방이 운무 속으로 사라졌다.

누군가가 놀라운 섭물공(攝物功)을 시전했기 때문이다. 이런 일은 이 곳에서만 가끔씩 일어나는 일이었다.

이로서 또 하나의 모진 목숨이 일정액의 금화와 교환될 것이었다.

제33장
쥐새끼 두 마리와 염소 두 마리

 쥐새끼 두 마리와 염소 두 마리

"우리 유람선 타보자. 그리고 다시 돌아와서 저녁 먹으면 되잖아."

바다처럼 거대한 호수 동정호. 출렁이는 수면을 바라보며 마돈나가 어린아이처럼 밝은 표정으로 말했다.

동정호에는 수십 명의 승객을 태울 수 있는 큰 유람선들과 불과 몇 명만이 탈 수 있는 작은 유람선들이 낙엽처럼 흩어져 떠다니고 있었다.

"좋지."

살인미소는 순순히 동의했다.

그럴 만했다. 이때는 몇 잔의 특주(特酒)로 술이 거나하게 올라 있는 상태였다.

또, 마돈나의 제의를 거절했다간 어떤 화가 미칠지도 모르는 일이었기에 거의 무조건적으로 충성과 동조를 표해야 했다. 그게 두루두루 편한 일이라는 것을 벌써부터 깨닫고 있는 살인미소였다.

작은 유람선을 탔다.

큰 유람선을 타면 온갖 부류의 사람들과 복닥거려야 한다. 그것이 싫어 불과 몇 명만이 탈 수 있는 소형 유람선을 탄 것이다.

물론 마돈나의 제의였다. 당연히 살인미소는 오로지 순종이었다.

소형 유람선은 호심(湖深)을 향해 서둘러 돛을 올렸다.

소형 유람선이긴 했지만 원래는 다섯 명의 손님이 타야 돛을 올리고 동정호 유람을 떠나게 되어 있었다.

그러나 마돈나가 세 명 분의 승선비를 더 주겠다고 흥정을 하자, 사공은 살인미소와 마돈나만 태우고 군소리없이 돛을 올렸다.

소형 유람선은 바람을 타고 매끄럽게 수면 위로 미끄러져 나갔다.

사공은 이십 대 초반의 사나이로 힘깨나 쓰게 생긴 우락부락한 사나이였다.

노를 잡고 이리저리 방향을 노련하게 고르는 점으로 보아 사나이는 태어난 이후 지금까지 오직 사공 일에만 전념해 온 자 같았다.

짙은 턱수염이 인상적인 사공은 흥얼흥얼 콧노래까지 부르며 동정호 중심 부근으로 소형 유람선을 몰았다. 그런데 턱수염사공의 눈초리가 이상했다. 놈이 흘끔흘끔 마돈나를 훔쳐보고 있었다.

갈수록 태산이었다.

턱수염사공의 눈초리는 노골적으로 마돈나의 봉긋한 가슴 어림께에 머무르고 있었다. 그러다 놈은 마돈나의 곱디고운 섬섬옥수를 흘깃거리기도 했고 긴 목 부근을 바라보며 넋을 잃곤 했다.

놈의 정도가 더 심해졌다.

눈초리가 마돈나의 쭉 뻗은 종아리와 둔부 아래의 허벅지 근처를 본격적으로 정신없이 오락가락했다. 마치 관 만드는 사람이 시체의 치수를 재듯.

마돈나는 징그러운 벌레 한 마리가 온몸을 기어다니는 것 같은 기분이 들었다.

'자식이… 눈만 높아가지고…….'

마돈나는 이성과 지성, 그리고 꼭 필요한 인내심을 두루 갖춘 여인이었다.

턱수염사공 놈이 번들번들한 눈으로 훔쳐본다는 이유 하나만으로 즉시 '눈깔이 삔 게 아니냐'며 따지고 자시고 할 여인이 아니었다.

'하긴… 너 아닌 어떤 남자라도 나만 보면 게거품을 물긴 하지.'

살인미소도 턱수염사공 놈의 우중충한 분위기를 느꼈지만 모르는 척했다. 마돈나가 앞으로 어떤 반응을 보일지… 그것도 재미있을 것 같았다.

턱수염사공 놈은 호수 한가운데로 빠르게 노질을 했다.

소형 유람선은 다른 유람선들과 반대 방향으로 달렸다. 소형 유람선이 점점 더 호수 한가운데로 나아갔다. 그로서 그곳은 살인미소와 마돈나, 그리고 턱수염사공만의 세상이 되었다.

턱수염사공 놈은 어느새 마돈나의 얼굴까지 빤히 쳐다보고 있었다.

그런 놈의 눈길이 어느새 촉촉한 습기를 담고 있었다. 음탕하기 짝이 없는 색기(色氣)였다.

마돈나가 고개를 흔들며 시선을 멀리 주었다.

'너를 탓할 순 없지. 이건 순전히 십전(十全)의 완벽한 미모를 갖춘 내 탓이니까.'

급기야 턱수염사공 놈의 눈이 이글거리며 타오르기 시작하며 쩍쩍

소리가 나도록 입맛을 다셨다.

이때는 동정호 한가운데였다. 드디어 놈이 흉악한 본색을 드러낸 것이다. 놈이 살인미소를 향해 음흉하기 짝이 없는 얼굴로 시비를 걸어왔다.

"흐흐흐… 촌놈아, 너는 여기가 어딘지 아느냐?"

살인미소는 대답하지 않았다.

'드디어 간지러운 곳을 긁기 시작하는구나.'

턱수염사공 놈은 살인미소가 동태처럼 바짝 얼어붙어 있는 것으로 생각했다.

"네놈은 귓구멍이 막혔냐?"

턱수염사공 놈이 제대로 몰라서 그렇지 살인미소의 귓구멍이야말로 천하 어떤 놈의 귓구멍보다도 뻥 뚫려 있는 귓구멍이었다.

살인미소는 참으로 이상했다. 지금은 턱수염사공 놈의 짐작대로 바짝 얼어 있어야 마땅한 시점이었는데 조금 전보다도 오히려 더 헤실거리는 것이었다.

이윽고 살인미소가 턱수염사공 놈을 향해 입을 열었다.

"너는 참으로 이상한 놈이로구나. 여기가 어딘지도 모르고 유람선을 타는 바보도 있단 말이냐?"

턱수염사공은 일순 멍청한 표정을 지었다.

"……!"

살인미소가 되물었다.

"너는 이곳이 어딘지도 모르고 사공질을 하는 것이냐?"

턱수염사공은 말문이 콱 막혔다.

'이 쉐이가 지극히 당연한 말을 물었을 뿐인데… 어째서 대꾸할 말이 얼른 생각나지 않는 것일까?

다시 생각해 보아도 그건 정말 이상한 일이었다.

턱수염사공 놈은 며칠이 멀다 하고 이런 못된 짓을 해온 놈이었다.

턱수염사공 놈이 음침하게 웃은 다음 조금 전과 같은 수작을 걸면 대부분의 승선자들은 발발발 천둥 소리에 놀란 개처럼 떨며 주머니부터 털어놓았다.

오로지 목숨만은 살려달라며 두 손에서 불길이 일어나도록 싹싹 빌었던 것이다.

그런데 이놈은 그런 부류들과 달라도 너무 달랐다. 오히려 자신을 가지고 노는 것이다.

턱수염 놈은 원래 본업이 사공질이 아니었다. 놈은 동정호 주변에서 알아주는 음적(淫賊)이었다.

화류수호(花流水狐) 반회(潘獪)!

이것이 동정호 주변을 쩌렁하게 울리고 있는 놈의 악명(惡名)이었다.

반회는 대형 유람선 다섯 척과 소형 유람선 스무 척을 소유한 선박업주(船舶業主)였다.

놈이 오늘따라 사공질을 하기로 마음먹은 것은 유람선을 타기 위해 걸어오는 살인미소와 마돈나를 먼발치에서 보았기 때문이었다.

놈은 즉시 수하(手下) 사공을 쫓아버리고 자신이 사공인 양 살인미소와 마돈나를 기다렸다.

반회의 짐작대로 마돈나가 흥정을 위해 다가왔다.

그 흥정이 아무리 손해를 보는 것이라 해도 거절할 반회가 아니었는데… 마돈나는 도합 다섯 명분의 은자를 먼저 내미는 것이다.

놈이 살인미소와 마돈나를 태우고 일반 유람선들과 달리 호심을 향해 디립다 몰아댄 것은 순전히 마돈나를 향한 음욕(淫慾) 때문이었다.

'이런 여자를 차지하면 아마도 삼 년은 재수가 있을 것이다.'

반회라는 놈은 이런식으로, 지금까지 셀 수도 없는 여인들을 농락해 온 자였다.

수법은 언제나 동일했다. 유람선에 태운 후, 호수 중간쯤에 이르러 지금과 같은 수작을 벌였던 것이다.

그런 일을 벌일 땐 함께 승선한 남자들을 모조리 물귀신으로 만들어 버렸다.

놈이 점찍어둔 여인들은 넋을 잃은 채 벌벌 떨며 놈의 흉칙한 살덩어리를 받아들여야만 했다. 그런 일이 놈의 유일한 취미였다.

놈이 잠시 멍청한 표정을 짓긴 했어도 역시 역전의 음적다웠다.

번쩍.

길이 두 척 정도 되는 도(刀) 한 자루를 번개처럼 꺼내 살인미소의 목을 겨누었다. 놈의 두 눈에서는 푸른 빛의 살기와 분홍빛의 색기가 조화를 이루며 줄기줄기 뻗치고 있었다.

놈이 살인미소에게 말했다.

"흐흐흐… 촌놈아, 너는 칼국수가 되고 싶으냐? 아니면 물만두가 되고 싶으냐?"

놈은 수호지(水湖志)에 기록되어 있는 선화아(船火兒) 장횡(張橫) 흉내를 냈다.

칼국수란 다섯 번 난도질하여 국수 가락처럼 토막토막 내어 시체를 물속으로 처박겠다는 의미고, 물만두라는 것은 그나마 인정을 베풀어 홀랑 벗게 만든 후 물속으로 처박는 일이었다.

특히 물만두는 홀랑 벗게 하는 일이 중요했다. 그건 지닌 재물을 모조리 접수하겠다는 의미였다.

하지만 칼국수든 물만두든 어차피 죽게 되는 것은 마찬가지였다. 이곳은 드넓은 동정호 한가운데. 일단 칼국수를 면하기 위해 물속으로 뛰어든다고 해도 결국은 익사당할 수밖에 없었다.

그런데 이건 또 무슨 조화일까?

살인미소 놈은 벌벌 떨며 두 손에서 불이 나도록 싹싹 비비며 목숨을 구걸하는 것이 아니라 어벙하기 짝이 없는 얼굴로 또 헤실헤실거리는 것이었다.

"······?"

목 앞에 겨누어져 있는 반회의 도(刀)를 조금도 겁내지 않는 것 같았다.

반회가 다시 버럭 고함을 질렀다.

"이번이 마지막으로 하는 말이다! 너, 칼국수가 되겠냐?! 물만두가 되겠냐?!"

어벙한 이 작자가 바보스럽게 말했다.

"난 자장면이 좋은데······."

"그, 그건 무슨 뜻이지?"

"오히려 비벼 먹겠다는 뜻이야. 네가 어떻게 이해할지 모르겠지만······."

"뭐······?"

반회는 또 멍청해졌다.

마돈나가 반회의 뒤로 천천히 걸어왔다.

그녀는 생글생글 웃고 있었다. 섬섬옥수를 얼굴 높이까지 들고 있었다.

두 손바닥을 이리저리 찬찬히 훑어보더니 어떤 감상에 젖어 있는 여인처럼 말했다.

"오늘은 참 이상한 날이야. 이 손은 사랑하는 사람의 뺨을 어루만진다거나 사랑하는 사람의 정력을 돋구기 위한 특별한 요리를 만들기 위해 사용되어야 하는 손인데 오늘따라 폭력을 행사하고만 싶으니… 내가 생각해 보아도 참으로 이상한 일이야."

반회는 이로써 세 번째로 멍청한 표정을 짓게 되었다.

'이것들은 도대체 알 수가 없는 족속들이로구나. 어째서 년놈이 한결같이 겁 대가리가 없고 주둥이만 반지르르 한 것일까?'

마돈나의 두 손이 반회의 눈앞에서 갑자기 사라졌다.

반회는 또다시 멍청해졌다.

'내가 뭔가에 홀렸나?'

마돈나는 여전히 반회 앞에 서 있었고 여전히 생글거리고 있었다.

"너는 머리로는 아무것도 깨닫지 못하는 바보임이 틀림없어. 그러므로 몸으로나마 절실하게 깨닫게 해주지."

퍽!

그런 소리가 반회의 하복부에서 났다.

"으아악……."

반회가 도를 떨어뜨리며 펄쩍펄쩍 뛰었다. 그 바람에 소형 유람선이 풍랑을 만났을 때처럼 이리저리 기우뚱거렸다.

반회는 자신의 성기(性器)를 움켜잡고 유람선 안에서 떼굴떼굴 굴렀다.

그동안 무수히도 여인들을 농락했던 못생기고 흉칙한 그놈의 살덩어리는 어디가 상해도 크게 상한 것 같았다.

마돈나는 자타가 공히 인정하는 요조숙녀다. 반회의 성기를 직접 가격한 것은 아니었다. 남자의 가장 중요 부분을 일부러 노려 그런 무식한 짓을 할 리 없었다.

그녀가 가격한 곳은 회음혈(會陰血)이었다. 놈의 회음혈은 그 순간에 파괴되었다.

그로서 반회는 남은 여생 동안 그토록 좋아하는 여자를 이제 더 이상 안을 수 없게 되었다. 놈의 고환에서 생성된 양기(陽氣)를 더 이상 요도(尿道)로 흘려보낼 수 없게 되었기 때문이다. 이른바 발기부전 상태가 된 것이다.

마돈나가 손뼉을 치듯 양손을 탁탁 털었다.

"그래도 너는 후회가 없을 것이다. 짐작컨데 너는 평생 해야 할 짐승의 짓을 이미 다 하고도 남음이 있을 자였을 테니까……."

반회는 여전히 떼굴떼굴 구르며 비명을 질렀다. 소중한 보물을 움켜잡듯 성기를 꽉 움켜쥔 채…….

"으아아~ 다 깨졌다아……!!"

살인미소가 마돈나를 향해 알 수 없다는 표정을 지었다.

"이것도 이상한 일이야. 어째서 이런 자를 죽이지 않았지? 살아봤자 천하에 도움이 조금도 안 되는 자를……?"

마돈나는 당연하다는 듯 말했다.

"여긴 호수 한가운데야. 오빠나 나나 노 젓는 일은 단 한 번도 해본 적이 없잖아… 아마 오빠가 노를 저으면 배는 뒤로 가고 말걸?"

살인미소는 재빨리 동의했다.

"맞는 말이다."

마돈나가 뒹굴거리는 반회를 발로 툭툭 차며 말했다.

"어이, 고통스럽긴 해도 죽진 않았어. 계속 엄살을 부린다면 네가 물만두가 되어야 할걸?"

그래도 놈은 물만두가 되기는 싫었나 보다. 이를 악물며 간신히 일어났다.

비틀비틀거리며 후둘후둘 떨리는 손으로 노를 잡았다.

반회는 노를 호수에 담그기 전에 마지막 발악을 해보고 싶었지만 얼른 생각을 고쳐 먹었다.

'서, 성질 죽여야 한다. 저 년의 머리가 뽀개지기 전에… 어벙하게 생겨먹은 저놈에 의해 내가 먼저 칼국수가 될지도 모르니까……'

반회는 이를 악물고 노를 저을 수밖에 도리가 없었다.

'확… 배를 뒤집어 버릴까?'

그런 생각이 어찌 안 들었겠냐마는 그런 무모한 모험을 감행할 엄두가 나지 않았다. 그건 자신도 죽는 일이었다. 지금의 상태에선 수영은 커녕 일단 물에 빠지면 허우적거리는 일조차 벅찰 것이었다.

어느새 소형 유람선은 선착장으로 유유히 길을 잡고 있었다.

*   *   *

네 마리의 백마(白馬)에 의해 움직이는 마차는 봉황 문양이 화려하게 아로새겨져 있었다.

봉황 문양이 새겨져 있는 마차는 아무나 탈 수 없다. 황족(皇族)의 피가 반 이상 섞여 있어야 탈 수 있다.

네 마리의 백마는 잡털 하나 섞여 있지 않은 순수 혈통의 명마였다.

두두두둑…….

봉황 문양의 마차가 멈춘 곳은 천하사대기루(天下四大妓樓) 중에 하나인 동정루(洞庭樓) 앞이었다.

마부석의 마부가 봉황 문양 마차의 휘장을 걷자, 마차 안에서 한 사나이가 차분한 신색으로 내렸다.

사나이는 이십 대 중반의 헌헌장부였다.

곤룡포를 걸치고 있었으며 황금 수실이 길게 늘어진 보검을 왼손에 들고 있었다.

늠름하기 이를 데 없는 자세, 부드러움과 굳은 기품을 나타내는 눈동자는 곤룡포 사나이가 매사에 사려 깊은 사람이라는 것을 단면적으로 나타내 주었다.

굳게 다문 입술과 강인한 기개를 나타내는 콧날, 지극히 조화로운 얼굴, 그런 점들 모두가 매우 고귀한 태생이라는 점을 단적으로 나타내고 있었다.

게다가 균형 잡힌 어깨와 넓은 가슴… 그것은 게으름을 피우지 않고 부단하게 무공 수련을 거듭했음도 짐작케 했다.

곤룡포 사나이는 마차에서 내리자마자 동정루 내부로 들어섰다.

화려한 내부 치장으로 장식된 동정루는 기루와 도박장, 주루와 찬관(餐館)으로 구분되어 있었다.

지금은 주객이 들끓을 시간이 아니었다. 오후 무렵이 되어야 동정루 전체가 인산인해를 이룬다. 지금의 시각은 간신히 오후를 넘어선 시각이었다.

곤룡포 사나이가 동정루 내부 중의 하나인 주루로 들어섰을 때, 내부에는 일남일녀만이 자리하고 있었다.

일 남 일 녀는 살인미소와 마돈나였다.

이들은 조금 전에 이곳에 도착했다. 반회를 완전한 성불구자로 만들어 놓은 직후였다.

두 사람은 동정루에서도 최고급 요리에 속하는 새우 요리와 백양회춘효(白羊廻春肴)를 시켰다. 역시 최고급에 속하는 죽산대원황주(竹山大元黃酒)를 지금 두 잔째 마시고 있는 중이었다.

곤룡포 사나이가 찬관으로 들어섰을 때 살인미소와 마돈나를 똑바로 바라보게 되었다.

그건 매우 자연스러운 일이었다. 곤룡포 사나이가 들어서게 되자 바로 눈에 띄는 사람은 살인미소와 마돈나였다. 자연히 서로가 서로를 바라보게 되었다.

곤룡포 사나이는 자신도 모르게 잔잔한 미소를 새겼다. 그의 미소는 살인미소의 미소와 달리 은은한 기품이 있었다.

'드물게 보는 선남선녀들이다. 저 공자의 수려한 외모와 저 여인의 그윽한 미모는 정녕 인세의 사람들이 아닌 듯하구나.'

곤룡포 사나이는 심성이 매우 솔직한 사람인 듯했다. 진심으로 살인미소와 마돈나의 풍모에 대해 감탄을 했다.

점소이 하나가 다람쥐처럼 쪼르르 나타나더니 곤룡포 사나이에게 좌석을 권했다.

곤룡포 사나이가 앉게 된 좌석 또한 살인미소와 마돈나가 정면으로 보이는 곳이었다. 그렇게 되자 살인미소와 마돈나도 정면으로 곤룡포 사나이를 마주 보게 되었다.

점소이는 곤룡포 사나이를 향해 최상의 예의를 갖췄다.

"주(朱) 공자님께서 대낮에 방문하시는 건 이번이 처음인 듯합니다."

"그런가?"

점소이가 양손을 비볐다. 비단 손만 비비는 것이 아니라 몸도 비비 꼬았다.

주 공자라 불려진 곤룡포 사나이의 신분은 대단한 것 같았다. 점소이는 주인에게 불려간 개처럼 몸둘 바를 몰라 했다.

"평소처럼 모태백건아(茅笞白乾兒)를 올릴깝쇼?"

모태백건아는 동정루에서 가장 비싼 명주였다.

"그게 좋겠구나. 음… 지금은 조금 바쁜 일이 생겨 간단히 요기만 할 생각이다. 안주는 빨리 내올 수 있는 것이면 어떤 것이든 상관없다."

"네, 알겠습니다."

점소이는 흉내 내기도 어려울 정도로 깊게 허리를 꺾은 후 물러갔다.

곤룡포 사나이의 탁자 위로 주효(酒肴)가 소담하게 차려졌을 때였다.

두 사나이가 터덜터덜 소리를 내며 실내로 걸어 들어왔다.

두 사나이들은 모든 조건이 곤룡포 사나이와 정반대인 자들이었다. 정말로 거지발싸개 같은 작자들이었다.

우선 걸음걸이부터 엄청 채신머리없어 보였고 생겨먹은 것도 영 싸가지없게 생겨먹었다.

제법 장포(長布) 흉내를 내며 각각 흑의와 백의를 걸치고 있었지만 그건 마당쇠가 주인 어르신의 장포를 훔쳐 입고 나들이를 나온 것처럼 어색하기 짝이 없었다.

눈동자에서는 아예 '나는 악인이오' 라는 걸 대변이라도 하듯 독기와 같은 빛이 줄줄이 흘러나왔다.

두 사나이 중 한 사나이는 애꾸였다.

애꾸는 검집도 없는 만자탈명도(卍字奪命刀)를 들고 있었다.

한 사나이는 곰보였다.

곰보는 도신(刀身)이 활엽수 잎처럼 넓적한 금마귀왕도(金魔鬼王刀)를 등에 메고 있었다.

두 사나이에게 한 가지 공통점이 있다면 유난히 삐죽한 주걱턱을 지니고 있어 꼭 쥐새끼 두 마리를 보는 것 같다는 점이었다.

쥐새끼를 닮은 자들은 곤룡포 사나이를 힐끔힐끔 곁눈질로 쳐다보며 바로 앞 탁자를 택해 쿵쾅쿵쾅 소리를 내며 앉았다.

그렇지만 곤룡포 사나이는 깊은 수양을 닦은 고승 같았다.

쥐새끼 놈들의 경망스런 행동은 먼 좌석에 앉아 있는 살인미소조차 눈살을 찌푸릴 정도였지만 곤룡포 사나이는 조금도 그런 내색을 하지 않았다.

쥐새끼를 닮은 놈들은 다가온 점소이를 향해 진짜 쥐처럼 찍찍거리는 소리를 내며 말했다. 여인이 말하는 것처럼 간사한 음성이었다.

"쯧, 얌마, 우리 탁자에도 저 곤룡포 인간과 똑같은 것으로 채워라."

점소이가 알았다는 표시를 하고 물러갔다.

돌이켜 보자면 쥐새끼를 닮은 두 사나이는 곤룡포 사나이에게 시비거리를 찾고 있는 중이었다. 곤룡포 사나이도 분명히 쥐새끼를 닮은 작자들이 하는 소리를 들었을 것이다.

하지만 표정의 변화를 나타내지 않았다. 마치 강 건너 불 구경하듯 태연하게 안주를 먹고 술을 마셨다.

그로부터 천천히 열을 셀 정도의 시간이 지났을 때였다. 동경루 내부로 또 두 사나이가 들어섰다.

이번에 나타난 자들은 붓처럼 끝이 가느다랗게 꼬인 수염을 기른 자들이었다. 꼭 염소의 턱 아래로 길게 자란 수염을 보는 것만 같았다.

이 염소수염의 사나이들도 모든 면에서 쥐를 닮은 사나이들과 오십보 백 보였다.

걸치고 있는 청의는 누더기였고 망나니들이 즐겨 사용하는 비폭도(飛瀑刀)를 무식하게 움켜쥐고 들어서는 모습이 그랬다.

한 염소수염의 눈은 단추 구멍만큼이나 작았다.

또 한 염소수염의 눈은 새우젓 종자기 안에서 비스듬히 누워 있는 곰익은 새우처럼 초생달 모양이었다.

염소수염들은 곤룡포 사나이 바로 뒷좌석에 털퍽털퍽 앉았다.

점소이가 다가오자 염소수염의 사나이들이 염소 울음소리처럼 부들부들 떨리는 목소리로 말했다.

"짜샤아, 여기도 곤룡포 인간과 똑같은 술과 안주로 채워라아."

이로써 모든 건 명확해졌다.

쥐새끼를 닮은 자들과 염소수염들은 곤룡포 사나이에게 시비를 걸기 위해 나타난 것이었다.

이때는 다른 점소이가 쥐새끼를 닮은 작자들의 탁자 위에 술과 안주를 진열하고 있을 때였다.

쥐새끼 한 놈이 젓가락으로 안주를 이리저리 헤치더니 점소이의 멱살을 바짝 움켜잡았다. 그리곤 버럭 소리를 질렀다.

"쯧쯧… 따샤, 왜 우리 안주엔 저 곤룡포 작자의 안주보다 새우가 두 마리나 덜 들어 있는 것이냐?"

멱살을 잡힌 점소이는 대답을 하지 못하고 캑캑거렸다.

점소이는 워낙 세게 멱살을 잡혔기에 어떤 말도 할 수 없었다. 이 세상에서 자신보다 더 불쌍한 사람은 없을 것이라는 표정만 간신히 지었다.

마돈나가 새우를 까 먹다 말고 슬쩍 살인미소를 바라보았다.

"오빠, 무슨 생각을 해?"

"지금부터는 최소한 심심하진 않을 거라는 생각."

마돈나가 고개를 끄덕였다.

"우린 아마도 전생에 부부였나 봐. 어째서 우리의 생각은 언제나 일치하는 걸까? 난 그 이유를 당최 모르겠단 말씀이야."

"지금과 같은 상황이라면 누구라도 그런 생각을 해."

"오빠."

"응."

"저쪽 일은 저쪽 일이고, 지금까지 우리 분위기 괜찮았잖아. 좀 고조됐고……. 나 이런 분위기에 약해. 깨지 마."

"알았어."

살인미소는 깽! 꼬리를 내려주었다. 여자에게 무조건 지는 것… 그것만큼 편한 일은 없을 것이다.

마돈나는 한마디 더 하는 것을 잊지 않았다.

"그치만… 저 치들 정말 밥맛이다."

살인미소는 철저한 순종의 의미로 대답했다.

"응."

곤룡포 사나이는 고승의 경지에는 도달했어도 부처의 경지까지는 도달하지 못한 것 같았다.

그런 점에서 곤룡포 사나이도 피와 살로 이뤄진 인간임이 분명했다. 아무리 참으려 해도 부처처럼 참을 인(忍) 자 세 개를 가슴에 새기긴 정말 어려웠던 것 같았다.

곤룡포 사나이는 쥐를 닮은 사나이들을 바라보며 검미를 찌푸렸다.

"태산명동이서(泰山鳴動二鼠)께서는 언제부터 이 몸과 악감정을 품게 되었소?"

태산명동이서.

애꾸눈 쥐새끼가 히죽히죽 웃었다.

"솔직하게 말하지. 주 공자의 가슴속에 십만 냥짜리 전표가 들어 있는데 악감정이 안 생길 리가 없지."

주 공자가 이번에는 염소수염들을 바라보았다.

"양양대군(羊羊大君)께서도 그런 심정이시오?"

양양대군.

염소 두 마리가 동시에 고개를 저었다.

"아냐. 우린 주 공자가 아름다운 신부를 얻게 된 다음부터 좋지 않은 감정이 생기게 되었어. 왜냐하면 주 공자의 신부는 정말 아름다울 뿐만 아니라 원래부터 평생을 써도 모자람이 없는 재물을 지니고 있으니까 말야."

태산명동이서나 양양대군과 같은 별호가 붙은 자들은 더 설명할 필요도 없이 도적 떼들을 의미한다.

이들이 강호에서 매우 고명한 자들이었다면 태산을 쩌렁쩌렁하게 울리는 두 쥐새끼[泰山鳴動鼠]라는 의미나, 겨우 양 떼들의 두목[羊羊大君]이라는 별호 따위로 불리지 않았을 것이다.

양양대군 중 일양(一羊)이 이어 말했는데 과연 도적다운 말을 했다.

"난 주 공자가 얻은 아름다운 신부를 원래부터 사모해 왔어. 그런 여인은 딱 내 취향이니까 말야. 난 지금도 아름다운 주 공자의 신부 생각만 하면 오금이 저려 참을 수가 없을 지경이야. 오줌이 찔끔찔끔 나올 정도라니까. 그런데 나의 죽마고우이자 동업자인 이 친구는 나와 취향이 조금 다른가 봐. 주 공자의 신부가 지녔던 원래의 재물을 더 사모하고 있으니까 말야. 그러니 우리가 주 공자에게 악감정이 있는 건 당연한 일 아니겠냐?"

주 공자는 더 이상 참지 못했다.

아무리 호인이라 할지라도 다름 아닌 자신의 부인을 두고 왈가왈부하는 일은 장부로서 참아서도 안 되는 일이었다.

물론, 양양대군은 그 점을 노리고 결정적인 시비를 건 것이었다.

주 공자가 천천히 일어섰다.

"마침 잘되었다. 나는 나의 신부를 위해 성대한 잔치를 벌일 생각이었는데 뜻밖에도 양고기와 쥐고기를 더하게 되었으니 성대한 잔치가 더욱더 빛이 나게 생겼구나."

실제로도 주 공자는 잔치 준비를 위해 길을 나선 것이었다.

내일은 주 공자가 결혼한 지 꼭 삼 년째 되는 날이었다. 동시에 신부와의 사이에서 얻은 금지옥엽이 두 번째 생일을 맞는 날이기도 했다.

주 공자가 지닌 거금 십만 냥은 아내에게 줄 보석과 금지옥엽에게 줄 선물을 장만하기 위한 것이었고 잔치를 준비하기 위한 것이었다.

이때의 주 공자는 아무도 짐작할 수 없는 야릇한 표정을 짓고 있었다.

'이 일은 참으로 기이한 일이다. 내가 십만 냥짜리 전표를 지니고 있다는 사실은 나의 아내 외에는 아무도 모르는 일이거늘, 어째서 이런 도적 떼들이 알게 되었을까?'

주 공자가 일어서자 태산명동이서도 벌떡 일어섰고 양양대군도 재빠르게 일어났다.

점소이들은 심상치 않은 분위기를 느끼고 비명을 지르며 그 자리에서 꽁지를 뺐다.

가장 오른쪽에는 살인미소와 마돈나가 마주 앉아 방관자 입장에서 술과 안주, 음식을 마시고 먹었다.

반대 편에는 침착한 자세로 주 공자가 서 있었다.

태산명동이서와 양양대군은 흉포한 안광을 빛내며 그런 주 공자를 노려보며 마주 서 있었다.

주 공자는 백주에, 그것도 동경루까지 쫓아온 태산명동이서와 양양대군을 가볍게 여기지 않았다.

'그만한 능력을 지녔으므로 간 큰 행동을 하는 것이리라.'

사실도 그랬다.

관(官)에서 태산명동에게 내건 현상금만 삼천 냥이었다.

강도. 강탈. 강간… 그리고 좀 창피한 이력이긴 하지만 강간 미수 수십여 차례. 순전히 '강' 자 돌림으로만 대형 사고를 친 게 각각 수십여 건씩이었다.

그런 두 쥐새끼들이 지금까지 강호가 좁다 하고 네 활개를 치고 다녔지만 아무도 이들을 잡지 못했다. 태산명동이서의 못된 짓거리들을 눈앞에서 뻔히 보면서도 오히려 잽싸게 몸을 피해야 했다.

누구에게나 목숨이 가장 중요하기 때문이다.

양양대군 또한 그에 못지않았다.

이 염소수염들은 지금까지 주로 부당한 통행료를 징수하는 일에 적극적으로 종사해 온 자들이었다.

영업이 될 만한 몫 좋은 장소를 골라 길을 막고 제 맘대로 통행료를 징수해 왔는데 아무리 적게 받아도 지닌 재물의 구 할을 받았다. 물론 대부분은 지닌 재물의 전부를 받았다. 그땐 목과 함께 받았다.

한 푼도 빼앗기지 않으려는 자들에게 내려지는 그들의 율법이 그것이었다.

관(官)에서는 두 염소의 목에도 엄청난 현상금을 걸었다. 그리하여 두 마리의 염소들은 천하에서 가장 비싼 염소가 되어 있었다.

애꾸눈 쥐새끼의 만자탈명도(卍字奪命刀)가 주 공자의 백회혈을 향해 무시무시한 도풍(刀風)을 일으켰다.

위이잉~

실내가 통째로 떨었다.

만자탈명도는 두께가 도끼날 만큼 두꺼웠으나 막상 허공을 날자 종이처럼 얇아 보였다.

곰보 쥐새끼의 금마귀왕도(金魔鬼王刀)도 뒤질세라 주 공자의 머리를 노리고 날아들었다.

그러자 염소수염 한 놈이 비폭도를 무지막지하게 휘두르며 주 공자의 가슴으로 뛰어들었다.

이에 뒤질세라 나머지 염소수염도 주 공자의 가슴으로 뛰어들며 소리쳤다.

"어어… 내 허락도 받아야지."

쥐새끼 두 마리나 염소수염 두 마리나 그들의 목적은 주 공자의 가슴에 들어 있는 십만 냥짜리 전표였다.

그건 주 공자를 먼저 베는 짐승 무리의 몫이 될 것이다.

짐승이 사람 죽이는 일에 게으름을 피웠다간 눈앞에서 십만 냥이 상대편 짐승 무리에게로 날아가게 된다.

두 짐승 무리가 뒤질세라 서두르는 것은 당연했다.

십만 냥으로 말하자면 두 짐승 무리들이 평생 동안 털어온 돈보다도 훨씬 많은 금액이었다. 그런 이유로 인해 두 무리 짐승 네 마리는 도(刀)에 전력을 기울였다.

윙… 윙… 윙…….

도신(刀身)들이 번쩍이자 도기들의 폭풍이 일어났다.

폭풍은 모조리 주 공자를 향해 날아갔다. 이렇게 되자 주 공자는 동시에 네 짐승의 합공을 받게 되었다.

주 공자도 재빨리 보검을 뽑아 네 개의 도를 차례차례 쳐냈다.

챙챙챙챙…….

주 공자가 사용하는 검법은 십팔반무예(十八班武藝)가 주종을 이루는 황실의 검초들이었다. 주 공자는 황실과 밀접한 관련이 있음이 분명했다.

검과 도가 한데 어울리자 커다란 철종(鐵鐘)이 울리는 것과 같은 소리들이 연달아 터져 나왔다.

두 쥐새끼의 만자탈명도와 금마귀왕도를 막아내기가 무섭게 염소수염들의 비폭도 한 쌍이 주공자의 옆구리를 노리고 밀려들어 왔다.

처음부터 주 공자의 완연한 수세였다.

두 쥐새끼들의 쌍도를 막기에도 급급했는데 또 염소 무리들의 쌍도가 치고 들어오자 공격다운 공격은커녕 자꾸 뒤로 밀리기만 했다.

쥐새끼들의 쌍도는 도적들답지 않게 눈부신 쾌도였다. 수법도 악랄했다. 게다가 정확하기조차 했다.

이런 모든 조건들은 주 공자를 급격히 피곤하게 만들었다.

'정신을 똑바로 차려야 한다. 놈들은 십만 냥에 목숨을 건 놈들이다.'

돈에 눈이 어두운 자들이 목숨을 등한시하고 덤벼들면 날카로운 예봉이 천하일류고수들 못지않은 법이다.

두 쥐새끼가 연달아 공격을 퍼부으며 중얼거렸다.

"쯧쯧, 제법이로다. 언제까지 버틸지… 그건 모르겠지만……."

그런 와중에 염소 울음소리도 들려왔다.

"매에에~ 주(朱)가 아이야, 차라리 십만 냥을 허공에 던져라. 그러면 혹시 목숨만은 구제받을 수 있을지도 모르는 일 아니냐?"

주 공자가 연이어 도들을 쳐내며 이를 악물었다.

"짐승에게 돈을 주면 인간 대우를 해주는 것이다. 나는 그럴 생각이 추호도 없다."

"매에에~ 이런, 씹어 먹어도 시원치 않을 넘이! 터진 주둥이라고 함부로 씹어뱉는구나!"

"쯧쯧, 오냐, 언제까지 그 생각을 간직하고 있을지 두고 보겠다……."

두 짐승 무리들이 각각 분성(憤聲)을 터뜨리며 전력을 기울여 주 공자를 몰아붙였다.

주 공자는 그때부터 네 마리 짐승이 발출하는 새하얀 기류 속에 파묻혀 있게 되었다. 그것은 매우 살벌하고 강맹한 네 줄기 기류였으므로 주 공자는 매우 위험한 상태가 되었다.

채앵… 챙… 챙챙…….

주 공자는 공격다운 공격조차 펼쳐 보지 못했다. 빙빙 네 짐승 주변을 돌며 주춤주춤 간신히 방어를 위주로 한 초식을 펼치며 물러서기만 했다.

그 점을 깨달은 두 마리 염소수염들이 먼저 주 공자의 사위를 점했다. 이어 풍차처럼 쌍도를 돌려가며 주 공자의 퇴로를 완전히 차단해 버렸다.

"매애에~ 이 넘아, 이 지경이 된 네가 과연 언제까지 버틸 수 있겠느냐?"

상대의 퇴로를 차단하여 상대의 움직임을 무력화시키는 일은 염소수염들이 즐겨 사용하는 수법이었다.

좌우에서 퇴로를 차단하는 일.

이 방법만큼 상대의 목을 얻기가 수월한 일은 없다. 또 목이 없는 자에게서 통행료를 강탈하는 일이야말로 누워서 오줌 누기만큼이나 쉬운 일이었다. 때문에 놈들은 언제나 이런 수단을 썼다.

주 공자는 더 이상 오도 가도 못하는 신세가 되고 말았다.

어쩔 수 없이 한자리에 서서 네 마리 짐승들보다 최소한 네 배나 더 빠르게 보검을 휘둘러 차례차례 상대의 도들을 쳐냈다.

하지만 글자 그대로 악전고투였다.

대체로 두 마리 쥐새끼는 주 공자의 머리 부분을 노리고 악착같이 공격해 왔다. 그들은 교대로 들락거리며 한 번씩 공격해 왔으므로 방어하기가 실로 난감했다.

챙챙챙챙…….

두 마리 염소수염들은 천편일률적으로 좌우에서 주 공자의 허리 부분을 노리고 도를 휘둘렀다.

주 공자는 머리와 허리를 번갈아 동시에 방어해야 했다. 이런 수세(守勢)는 검사(劍士)로서 지극히 피곤하기 짝이 없는 일이었다.

어언 일 각여가 지났을 때… 주 공자의 검초가 차츰 무디어지기 시작했다. 검을 움켜쥔 손이 거미줄에 걸린 나방의 날개처럼 허우적거렸다.

애꾸 쥐새끼가 먼저 기회를 잡았다.

"쯧쯧… 네가 버틸 만큼 다 버틴 게로구나."

놈이 한쪽뿐인 날카로운 눈을 빛내며 주공자의 정수리를 노렸다.

피이잉…….

"아……."

주 공자가 탄식을 내뱉었다. 만자탈명도가 정확하게 주 공자의 정수리를 쪼개려는 순간이었다.

그런데 그때 이상한 일이 일어났다.

쨍그랑—

애꾸 쥐새끼의 만자탈명도는 자루만 남고 도신이 여섯 조각으로 쪼개져 날아갔다.

애꾸 쥐새끼는 도자루만 잡고 멍청하게 서 있게 되었다. 한쪽뿐인 눈에는 의혹이 가득 새겨졌다.

'분명히 베었는데……? 혹시 이놈의 머리가 순전히 광물질이란 말인가?'

그러나 놈은 산전수전을 오로지 몸으로 터득해 온 백전(百戰)의 도적이었다. 주 공자를 돕고 있는 누군가가 있다는 것을 재빨리 간파해 냈다.

휘익…….

놈이 순간적으로 뒤를 향해 몸을 날렸다. 자신의 몸뚱어리가 만자탈명도처럼 여섯 조각으로 화하는 것을 원치 않았기 때문이다.

놈이 뒤로 고개를 홱 돌리며 외쳤다.

"누구냐?"

애꾸 쥐새끼 뒤에는 살인미소가 나타나 있었다.

"나다."

"뭐?"

"나라구."

애꾸눈 쥐새끼가 하나뿐인 눈을 커다랗게 떴다.

"너는 웬 놈이냐?"

살인미소가 헤실헤실 웃으며 아주 솔직하게 대답했다.

"나는 가끔… 내가 누구인지 헷갈릴 때가 있어… 그때가 바로 지금이야."

그 순간,

퍼억!

애꾸눈 쥐새끼의 머리에서 그런 소리가 났다.

애꾸눈 쥐새끼는 눈앞이 캄캄했다. 유일한 한쪽 눈마저도 잃었기 때문이다.

이건 순전히 애꾸눈 쥐새끼의 추측이지만 조금 전, 뭔가 날아와 하나뿐인 눈을 정통으로 때리는 것 같았다.

그리고 정신이 빙글빙글… 돌기 시작했을 때 자신의 눈을 때린 것은 살인미소의 주먹이라는 걸 깨달았다.

놈은 자신의 머리가 옥상에서 떨어진 수박처럼 완전히 부서졌다는 사실을 깨닫는 데에 꽤나 오랜 시간이 걸렸다.

"으으으……."

애꾸눈 쥐새끼는 머리를 움켜잡고 비틀거렸다. 그러나 머리라고 여겼던 양 어깨 위의 머리는 그 자리에 없었다.

"이건 뭐지?"

놈은 깨어진 자신의 해골 조각들을 잡고 비틀비틀 걸어갔다. 그러면서 자신의 나머지 머리 부분들을 더듬거리며 찾았다.

"이상하다… 어째서 내 머리가 뾰족뾰족하게 변했단 말인가……?"

놈은 세 걸음을 걸었다. 그 세 걸음이… 애꾸눈 쥐새끼가 이 세상에서 걷게 된 마지막 걸음이었다.

털퍽.

놈은 짚단이 쓰러지는 것처럼 힘없이 넘어갔다.

그때까지도 두 손은 꼼지락 꼼지락거리며 머리 부분에 있어야 할 등 그런 그 무엇인가를 찾고 있었다.

염소수염 중에 하나가 주 공자의 옆구리를 노리고 힘차게 비폭도를 뻗었다.

"주(朱) 가야, 우리는 절간 근처에는 가본 적이 없어 명복을 빌어주는 법을 알지 못한다."

위이잉~

주 공자는 살인미소에 의해 첫 번째 위기를 벗어나자마자 두 번째 커다란 위기를 맞게 되었다. 비폭도는 주 공자의 옆구리 한 치 앞까지 도달해 있었다.

그때였다. 이번에도 비폭도가 여섯 조각으로 쪼개져 날아갔다.

쨍그랑—

염소수염은 부러져 나간 도 자루만 잡고 훌쩍 뒤로 물러섰다.

"누구냐?"

염소수염 뒤로 마돈나가 하늘거리는 자태로 다가오고 있었다.

"나다."

염소수염의 가느다란 수염이 올올이 떨었다.

"넌… 넌… 웬 년이냐?"

마돈나는 생글생글 웃고 있었다.

"천하제일 미녀라고나 할까……."

염소수염은 허탈한 분노를 느꼈다. 방해자는 겨우 여인이었던 것이다. 그것도 호리호리하고 알상알상하기 이를 데 없는 여인이었다.

이때의 마돈나는 살인미소처럼 헤실거리며 웃지 않았다. 자못 근엄한 미소였다.

이 지경이었지만 염소수염 하나는 딴생각을 했다.

'정말… 미모 하나만큼은 끝내주는구나. 이런 여자는 하룻밤 잠자리로는 성이 차지 않을 것이다.'

마돈나의 섬섬옥수가 염소수염에게로 향했다. 너무나도 희게 보이는 손이었다. 그렇지만 재빠른 손이었다.

마돈나의 이런 행동은 사실 너무나 간단한 동작이었다. 아는 사람을 만나 손을 내밀듯… 혹은 철부지 아이의 머리를 쓰다듬어 주기 위해 손을 내밀듯 그 정도로 단순했다.

그렇지만 그 이후에 벌어진 상황은 결코 단순한 것이 아니었다.

마돈나의 손아귀 안에는 염소수염 놈의 간사하게 생겨먹은 수염이 꽉 움켜져 있었다.

"아야아야."

마돈나는 소 고삐를 끌고 가듯 염소수염을 잡고 질질 끌고 갔다.

"따라와."

염소수염이 발버둥을 쳤다.

"으아아아… 턱 빠진다아……."

"염소야, 네 인생에 있어 보통 약점거리가 아닌, 이 볼품 사나운 수염은 대체 왜 길러서 달고 다니는 것이냐?"

"으아아… 일단 이거부터 놓고 말하자."

"시로."

마돈나가 염소수염 하나를 끌고 간 곳은 원래 염소수염들이 앉아 있던 탁자 앞이었다. 그곳에는 염소수염들이 마시다 남겨둔 모태백건아가 반쯤 들어 있는 술병이 있었다.

마돈나가 술병을 움켜쥐었다.

휙.

술병이 염소수염의 머리 위로 떨어졌다.

퍼어억!

술병이 박살났다.

박살난 건 또 있었다. 염소수염의 머리가 술병과 함께 으스러졌다.

염소수염의 두 안구가 동시에 튀어나오며 바닥으로 또르르르 굴러 갔다.

"매에에에~"

염소수염이 비명을 질렀다.

그러나 그 비명도 더 이상 질러댈 수 없었다. 머리가 터진 것처럼 그의 생명도 그렇게 터져 버리고 말았다.

뇌(腦)에 깨진 병 조각들이 고슴도치처럼 잔뜩 박히게 된 염소수염은 썩은 고목처럼 맥없이 엎어졌다.

쿠웅…….

마돈나가 손을 탁탁 털었다.

"신기하군, 참으로 신기해. 나는 지금까지 살아오면서 머리로 술을 먹는 염소를 오늘 처음 보았어."

두 마리 짐승이 도살되자 주 공자의 검식이 비로소 빛을 발하기 시작했다.

주 공자의 보검이 양양대군 중 남은 일양(一洋)의 가슴을 양단(兩斷)하고 있었다.

펙.

"매애애애~"

놈은 수염을 시뻘건 피로 물들이며 엎어졌다.

주 공자는 한결 여유있는 모습이었다.

'이제 남은 놈은… 하나다.'

이때, 나머지 쥐새끼 한 마리는 진짜 쥐새끼답게 잽싸게 쥐구멍을 찾아 사라지고 있는 중이었다.

놈은 벌써 동정루 문턱을 넘어선 후였다.

'나는 살았다.'

그러나 놈의 앞에는 거대한 태산이 앞을 가로막고 있었다.

‘쯧… 이상한 일이다. 나는 수십 년 동안 태산에서 생활했지만… 이런 광경은 정녕 처음 보는걸?

쥐새끼를 가로막은 태산은 살인미소였다.

“어디 가냐?”

쥐새끼가 화들짝 놀랐다.

“쯧!”

살인미소가 헤실거렸다.

“가더라도 머리는 떼어놓고 가라.”

“……!”

“나는 지금까지 공연한 소리는 단 한 마디도 해본 적이 없는 사람이지.”

쥐도 막다른 골목에 몰리면 고양이를 문다는 말이 있는데 그 말은 조금도 틀린 말이 아니었다.

“이런 씨앙……!”

쥐가 별짓을 다했다.

나름대로 장력을 모아 힘껏 내질렀다. 놈이 평생 동안을 익혀온 열혈혈옥장(熱血血玉掌)이었다.

차후로는 쥐를 몰다 이빨에 물릴까 걱정할 일이 아니라 장력에 당할까 걱정해야 할 판이었다.

살인미소는 노도처럼 몰려오는 장력을 피하지 않았다.

“사실로 말하자면 나는 쥐 이빨을 더 무서워하는데…….”

쥐새끼가 발출한 열혈혈옥장이 살인미소의 가슴으로 넘실거리는 파도처럼 밀려들었다. 그렇거나 말거나 살인미소는 쥐새끼의 열혈혈옥장보다 한참이나 늦게 손을 뻗었다.

살인미소가 손을 뻗었다는 사실… 그로써 열혈혈옥장은 이름만 거창한 쓰레기 절기로 화하고 말았다.

쥐새끼가 발출한 열혈혈옥장의 경력은 잠시 살인미소의 가슴 앞에서 흐느적거리다 모조리 사라졌다.

쥐를 향해 날아간 살인미소의 미풍(微風)은 강호상에 전혀 알려지지 않은 한줄기의 바람이었음에도 쥐의 목과 동체 부분을 무참하게 파괴하고야 말았다.

퍼어억!

"찍……!"

이로써 천하 제일의 명산(名山) 태산에 빌붙어 살던 두 마리의 쥐새끼는 태산에서 영원히 추방되었다.

쿵!

쥐새끼 한 마리가 쓰러지는 소리가 요란하게 실내를 울렸다.

마돈나가 살인미소 뒤로 나타났다.

"오빠, 혹시 고양이 띠 아냐? 어째서 쥐 두 마리만 골라 때려잡는 거야?"

"그럼 넌 범[虎] 띠냐? 대낮에 염소를 때려잡게?"

그때, 청량한 음성 한줄기가 이들 등 뒤에서 들려왔다.

"진짜 범 띠는 바로 이 주 모(朱某)외다."

주 공자가 살인미소와 마돈나를 향해 천천히 걸어오고 있었다.

제34장
개 같은 운명

 개 같은 운명

주 공자는 무척 예의가 바른 사람이었다.

살인미소와 마돈나를 향해 포권을 취하며 정중하게 허리를 굽혔다.

"주 모가 진심으로 두 분께 감사드리오. 주모는 두 분에게 생명의 은혜를 입었소이다. 생명의 은혜가 나를 태어나게 한 부모의 은혜와 어찌 다름이 있을 수 있겠습니까?"

살인미소가 포권을 취한 것은 이때가 평생 처음이었다.

"과한 말씀이시오. 나는 단지 네 짐승이 사람을 공격하는 것이 부당하다 생각하여 약간의 재간을 부렸을 뿐입니다."

마돈나가 눈을 동그랗게 떴다.

'살인미소 오빠에게도… 저런 예의가 있었을 줄이야……'

이곳은 두 무리의 짐승들을 도살한 동정루가 아니었다. 동정루 부근에 있는 자춘루(紫春樓)라는 아담한 주루였다.

조금 전,

살인미소와 마돈나는 주 공자를 위기에서 구해주자마자 자리를 뜨려 했었다.

그러자 주 공자는 팔을 벌려 살인미소와 마돈나의 앞길을 막으며 이렇게 말했다.

"두 분께서 주 모를 외면하고 발걸음을 돌리신다는 것은 천부당만부당한 일입니다. 은인들을 이대로 가시게 한다는 것은 본인의 도리가 아니며 또 도무지 내 체면이 서지 않는 일입니다."

그렇게까지 말하자 냉정하게 뿌리칠 수 없었다. 결국 두 사람은 주 공자에게 이끌려 자춘루로 오게 되었다.

주 공자는 특주와 특미를 산처럼 수북하게 주문했다.

"두 분께 다시 한 번 감사드리며 송구스러운 말씀드립니다. 이 주 모가 먼저 두 분을 누추한 제 집으로 안내해야 하지만… 이미 집사람이 이곳을 향해 오고 있으므로 잠시 여기서 기다린 후에 제 집으로 모시고자 합니다."

살인미소가 정중하게 말했다.

"그렇게까지 하실 필요 없습니다."

"아닙니다. 이 주 모가 간곡히 부탁드리는 것입니다. 제가 두 분을 집으로 모시는 일만큼은 절대로 사양하시면 안 됩니다."

주 공자의 권고는 너무나도 간곡했다. 원수진 일이 있는 사람이라 할지라도 딱 잘라 거절하기 어려울 정도였다.

잠시 망설임…….

살인미소와 마돈나는 서로의 얼굴을 마주 보았다. 그만한 일로 주 공자의 집까지 초대받아 간다는 것이 낯간지러워서였다.

주 공자는 정말로 집사람과 이곳에서 만나기로 약속이 되어 있었다. 자춘루 주변에 만화당(萬華堂)이라는 보석점이 있기 때문이었다.

살인미소가 얼른 대답을 못하자 주 공자가 먼저 말했다.

"부끄러운 일이지만 저는 제 아내에게 약간의 재물을 풀어 보석을 사주기로 약속했습니다. 결혼 삼 주년을 맞았고 또 금지옥엽이 두 돌이 되었기 때문이지요. 때문에 잔치 준비를 겸해 전표 하나를 준비했는데 그것이 그만 도적들의 표적이 되고 말았습니다."

살인미소가 제법 어른다운 말을 했다.

"아내를 사랑하는 마음과 자식을 사랑하는 마음은 언제나 아름다운 것이지요."

주 공자가 다시 포권을 취했다.

"아참! 제 소개를 하겠습니다. 저는 비룡신검(飛龍神劍)이라는 변변치 못한 별호를 지니고 있는 주형광(朱衡匡)이라 합니다. 오래전에는 황실에서 생활했으나 지금은 뜻한 바 있어 중원에 몸을 두고 있습니다. 내세울 일은 못되지만 비룡검보(飛龍劍堡)를 이끌고 있는 사람이 바로 이 사람입니다."

주형광은 비룡검보의 보주(堡主)였다.

그는 당금 황제의 친동생이 되는 주유언(朱維焉)의 셋째 아들이기도 했다.

주형광은 자신의 말대로 뜻한 바 있어 중원인이 되었다. 그건 황실의 복잡 다사한 모든 일들에 염증을 느꼈기 때문이었다.

그의 조예는 황실 십팔반무예에서 비롯되었지만 한동안 소림 속가 제자 생활을 한 적이 있었다.

그가 비룡신검이라는 별호를 얻은 것은 비룡검보의 보주라는 이유와, 황실 십팔반무예와 불문무학을 혼합하여 재창조하듯 비룡백팔검법(飛龍百八劍法)이라는 독특한 검법을 창출해 냈기 때문이었다.

이즈음에 이르러 그가 세운 비룡검보는 그런대로 천하에 명망을 얻고 있었다.

최근에는 제자의 수가 거의 일천(一千)이나 되었으니 당당히 중원의 일문(一門)을 이룬 셈이었다.

살인미소도 포권을 취했다.

"저는 풍운이라 합니다만 약간의 사정이 있어 이름을 사용하지 않고 지내는 처지입니다. 주 형께서 그 점을 널리 양해하시고 당분간 저의 이름만은 잊어주셨으면 합니다. 하지만 이 사람은……."

살인미소가 눈으로 마돈나를 가리켰다. 마돈나가 무림인 흉내를 내며 포권을 했다.

"마돈나라고 합니다."

주형광은 마돈나를 바라보며 눈이 부시다는 표정을 지었다.

"마 소저와 같은 미인에게 구함을 받았으니 저로서는 더없는 광영입니다."

사나이들은 혼자일지라도 술을 마신다.

기쁠 때도 마시고 울적할 때도 마신다. 그러나 지금의 주형광은 혼자가 아니었기에 마셨고 은혜를 입었기에 마셨다. 물론 은인과 함께였다.

주형광은 거듭 감사의 말을 했다. 그러더니 급기야는 살인미소와 의형제를 맺어야겠다고 우겨댔다.

살인미소도 그 점에 대해 굳이 반대할 마음이 없었다.

강호란 그런 곳이다.

뜻이 맞는 사람들끼리 친구가 되는 일이나, 호감을 느끼는 사람들끼리 의형의제를 맺는 것은 강호 생활에 아주 중요한 일이었다.

잠시 동안의 일이었고 그사이에 느끼게 된 것이지만 주형광만한 인물이라면 천하에 매우 드물 거라고 살인미소와 마돈나는 생각했다.

더구나 주형광은 인격과 인품에서도 풍씨들만큼이나 깍듯하고 정중했다. 그 점은 벌써 마돈나도 인정하는 바였다. 마돈나의 눈빛이 그랬다.

"풍 모로서는 감읍할 뿐입니다."

즉석에서 나이를 헤아려 보니 주형광은 스물네 살이었고 살인미소는 열여덟이었다. 당연히 주형광이 의형(義兄)이 되고 살인미소가 의제(義弟)가 되었다.

주형광이 더없이 기쁜 표정으로 말했다.

"아마도… 은인을 의제로 삼은 사람은 천하에서 내가 처음일 듯하오."

"형께서는 저를 아우로 삼으시고 어찌 존대를 하는 것이오?"

"허어… 그랬소? 아니, 그랬나?"

마돈나가 푸우… 하고 웃었다.

주형광이 덩달아 박장대소를 했는데 또 실수를 하고 말았다.

"핫핫하… 아직은 어색하기만 하구료. 아니, 어색하군."

세 사람이 동시에 껄껄 웃으며 술잔을 들었다.

한 여인이 가벼운 청의경장 차림으로 조용히 지춘루로 들어섰다.

여인은 마돈나처럼 아름다운 몸매를 지닌 여인이었다. 주형광이 먼저 청의여인을 발견했다.

"아, 마침 집사람이 오고 있구료. 아참, 다시 말해야겠네. 아우의 형수가 저기 오는군."

주형광은 손을 들어 청의여인에게 위치를 알렸다.

청의경장 차림의 여인이 살며시 미소를 짓더니 주형광을 향해 사뿐한 걸음걸이로 다가왔다.

그때 살인미소의 안색이 급변했다.

살인미소가 안색을 변색시키는 일은 지금까지 없던 일이었고, 또 앞으로도 결단코 없을 일이지만 지금은 분명 그랬다.

'아아……'

살인미소는 길게 혼자만의 한숨을 토해냈다.

'어떻게… 이런 일……! 어찌하여… 천하는… 천하는……. 어찌하여 이다지도 좁은 것이란 말인가?!'

살인미소가 한숨을 깊이 토하는 것은 당연한 일이었다.

주형광의 집사람… 이 여인은 정말 특별한 여자였다.

전 마교의 군사 반오의 수양딸이던 여인이었다. 또 잠시나마 아버지 풍백의 새부인이 되었던, 풍운의 새엄마가 되었던 여인이었다.

반혜요였다!

결국 아버지 풍백을 중독시켰던 여인, 바로 그녀인 것이다.

반혜요가 한 송이 화사한 꽃과 같은 모습으로 다가왔다.

여전히 아름다운 모습이었다. 세류요의 허리는 쥐면 부러질 것 같았고 하늘하늘한 걸음걸이는 구름을 밟고 걷는 듯 가뿐하기 이를 데 없었다.

얼굴 전체로 흐르는 분홍빛 홍조는 그녀의 결혼 생활이 얼마나 행복한지를 대변해 주는 듯 석양 노을만큼이나 붉고 선명했다.

가벼운 청의경장 차림. 그 속에 머물고 있는 절대미색. 그녀가 다가오자 주변은 한꺼번에 강도 높은 조명을 받은 것처럼 환하게 밝아졌다.

실내에는 살인미소와 마돈나가 나란히 앉아 있었고 맞은편에는 주형광이 홀로 앉아 있었다. 반혜요는 살인미소와 마돈나를 향해 가볍게 목례를 한 후 주형광 옆에 다소곳한 자태로 자리했다.

살인미소는 그때 반혜요의 안면으로 스쳐 가는 작은 경악을 놓치지 않았다. 그러나 그뿐이었다. 반혜요는 재빨리 평상시의 표정을 유지했다.

마돈나가 반혜요를 향해 가벼운 목례를 했다.

"마돈나예요."

살인미소는 그럴 수 없었다.

주형광과 마돈나는 반혜요의 과거지사를 알지 못하는 사람들이었다. 또 알 수도 없는 사람들이었다. 때문에 살인미소처럼 쿵쾅거리는 가슴이 아니었다.

살인미소의 내심을 알 길이 없는 주형광이 벙글거리는 표정으로 말했다.

"아우, 인사하게. 이 사람이 우 형의 집사람일세."

세상이 물이 흐르듯 순리대로 흐르는 것이라면 참으로 좋을 것이다.
격랑이 일지 않고 풍파 또한 일지 않는다면 정말로 좋을 것이다.

고요히, 꿈꾸듯 잠잠하게 흐르는 것이라면 정말로 좋을 것이다.

그렇지만 어찌하여 살인미소 앞에 펼쳐지는 세상의 물줄기는 언제나 거센 해일과도 같은 것이며, 어찌하여 여정(旅程)의 일보일보(一步一步)가 탁한 격랑에 휩싸여 휘청거려야만 하는 것이란 말인가?

눈앞에 몰아닥치는 풍파는 왜 이다지도 거센 소용돌이가 되어 휘몰아치는 것이며 운명은 어찌하여 이 자리에서 모질게도 반혜요를 만나게 했단 말인가?

머뭇머뭇거리며 살인미소가 형수를 뵙는 예를 취했다.

"풍운이라 합니다."

가명(假名)을 말했어도 반혜요는 알아보았을 것이다.

살인미소가 비록 지금은 헌헌장부로 장성했다고 하지만 아직도 애티가 어느 정돈 남아 있었다. 얼굴에 흔적처럼 새겨져 있는 헤실헤실거리는 미소, 그것은 풍운임을 증명하는 낙인과도 같았다.

반혜요가 바보가 아닌 이상 살인미소를 못 알아볼 리 없었다.

그러나 반혜요는 철저한 위장의 가면을 뒤집어썼다. 마치 첫 대면을 하듯 생글거리는 미소를 담았다.

"가부(家夫)께서 풍 공자를 아우로 삼으셨다면… 풍 공자께서는 틀림없이 무림의 일절(一節)이 되시는 분일 거예요. 아무쪼록 두 분께서는 이 세상 모든 사람들이 부러워하는 의형제가 되시길 바래요."

반혜요는 정말로 영악한 여인이었다. 주형광이 살인미소를 향해 '아우' 라 한 점을 기억하고 얼른 그렇게 말한 것이다.

마돈나가 반혜요를 향해 공손하게 고개를 숙였다.

"뵙게되어 영광입니다."

마돈나는 진심으로 그렇게 말했다.

진심을 말하는 사람은 또 있었다. 그는 주형광이었다. 그윽한 눈길이 아내 반혜요에게로 향했다.

"여보, 나는 오늘 참으로 어려운 지경에 빠졌더랬소. 만일 풍 아우와 마(馬) 제수(弟嫂)가 나를 도와주지 않았더라면 나는 영원히 당신을 만나지 못했을 거요. 풍 아우와 마 제수가 내 생명의 은인이라는 것을 당신은 결코 잊어서는 안 될 것이오."

반혜요가 눈을 동그랗게 떴다.

"그, 그래요? 어찌하여 그런 일이 일어난 거죠?"

주형광은 지금까지 있었던 일에 대해 자세하게 설명하기 시작했다.

염소 두 마리와 쥐새끼 두 마리에게 지긋지긋하게 당했던 일, 살인미소와 마돈나가 나서서 자신의 목숨을 구하여준 일, 그리고 살인미소와 의형제를 맺은 일까지 모두 다……

마돈나까지도 천진스럽기 짝이 없는 얼굴로 주형광의 이야기를 듣고 있었다.

살인미소는 마돈나처럼 순진을 가장한 얼굴을 하고 있을 수 없었다.

'운명은… 언제나 외나무다리를 준비하고 있어……'

따지고 자시고 할 것도 없이 반혜요는 풍 가문의 봉문을 불러온 장본인 중에 한 사람이었다. 도저히 용서받을 수 없는 가문의 원수였다.

정말로 살인미소와 반혜요는 외나무다리 위에서 서로 만난 것이다.

"누추한 이곳이 내 집일세."

십전(十殿) 십팔각(十八閣) 이십이루(二十二樓)로 이루어진 웅장한 곳이었다.

살인미소와 마돈나는 강호의 신흥 세력 중 하나인 비룡검보(飛龍劍堡)로 안내되었다.

모든 건물들은 웅장한 모습을 하고 있었지만 본전(本殿)인 보주전(堡主殿)은 예상외로 대규모의 거전(巨殿)이 아니었다.

화려하지도 않았다. 내부(內部) 전체는 주형광의 취향을 그대로 보여주듯 단아한 시화(詩畵)폭 몇 점과 도자기류 몇 점, 그리고 은은한 난향을 풍기는 진귀한 난(蘭) 몇 촉이 자리하고 있을 뿐이었다.

살인미소는 이곳까지 따라오며 많은 갈등을 겪어야 했다.

주형광과 이미 의형제를 맺었으므로 권유대로 비룡검보를 방문하는 것은 당연한 일이었다. 문제는 반혜요였다.

좋은 감정으로 그녀와 함께 자리할 순 절대로 없는 일이었다.

예전의 살인미소였다면 이 점을 분명히 하고자 했을 것이지만 지금의 살인미소는 나름대로 성숙해 있었다.

'의형의제(義兄義弟)를 맺자마자 당장 원수로 돌아설 순 없는 일이다.'

살인미소는 일단 분노의 검을 접었다.

'반혜요처럼 지금은 위장의 가면을 쓰자.'

살인미소는 곧 태평한 얼굴이 되었다. 평소처럼 벙글벙글한 미소를 새겼다.

반혜요도 그런 얼굴을 하고 있었지만 그녀도 마음속으로는 실타래처럼 얽힌 운명의 사슬에 대해 저주를 퍼붓고 있을 것이 분명했다.

본전 안에 술상이 거하게 차려지자 네 사람은 다시 잔을 섞게 되었다.

주형광은 귀한 보석을 수레로 얻은 기분이었다.

"나는 참으로 복도 많네. 아우를 만나게 된 것이 바로 그 점일세. 어찌하여 나는 이다지도 행복한 사람이란 말인가?"

그 말은 진심이었다.

진실로 사랑하는 아름다운 아내 반혜요, 그리고 방금 얻게 된 의제 풍운이 함께 있으니 그의 기쁨은 하늘을 찌를 것 같았다.

어떠한 쓰라린 숙명이 해일처럼 자신에게 밀려올 것인가에 대해서는 조금도 깨닫지 못한 채……!

주형광이 계속하여 입을 열었다. 그만큼 그는 기뻤다.

"아우, 나는 어떤 급한 일이 아우를 기다리고 있는지에 대해 전혀 알지 못하네. 그렇지만 단 하루라도 내 집에 머물지 않고 떠난다면 나는 화를 낼 것일세."

점입가경이었다.

살인미소는 술잔을 삼키며 주형광을 바라보았다.

"저야 며칠이든 형님과 함께 지내도 상관없습니다만 문제는……."

넘어온 공을 슬쩍 마돈나에게 떠넘기기 위해 그녀를 바라보며 거기까지 말했을 때였다. 마돈나가 벌게진 얼굴로 살인미소의 말을 가로채 버렸다.

그녀는 단 세 잔의 술로 인해 평소의 냉정함을 잃고 있었다.

"우리는 어차피 방랑자예요."

주형광이 손뼉까지 치며 좋아했다.

"아우, 제수님의 그 말로 나는 분명하게 알게 되었네. 지금 이후로 어떠한 변명을 한다 해도 나는 일주일간 아우를 절대로 보내지 않을 생각일세. 우리는 일주일 내내 마주 앉아 잔을 기울여야 할 것일세."

그러더니 반혜요를 바라보며 말했다.

"여보, 아랫것들에게 별전(別殿)을 치워두라고 명령하구료. 아우 부부가 한동안 편안히 머무를 수 있도록 말이오."

반혜요가 살며시 일어섰다. 그녀는 지금의 이 자리가 지긋지긋했을 것이다.

'이 자리를 당장이라도 벗어날 수만 있다면…….'

이것이 그녀의 진심이었다. 주형광의 그 말은 그녀가 이 자리를 벗어날 수 있는 한줄기 구원의 빛이었다.

"그렇게 하겠어요."

반혜요의 입가로 스쳐 지나가는 알 듯 모를 듯한 비애(悲哀) 비슷한 기운이 일렁거렸다. 그것은 오직 살인미소만이 발견할 수 있었다.

지금까지 앉아 있는다고 앉아 있었지만 바늘방석 같았을 것이다. 반혜요는 재빠르게 그 자리를 벗어났다.

주형광은 계속하여 살인미소와 마돈나에게 술을 권했다.

"아우, 내가 오늘 취하지 않으면… 언제 취하겠는가? 마찬가지로 아우도 오늘은 취해야만 할 걸세."

어쩌자고 밤이고 어쩌자고 의형의제이며, 어쩌자고 이곳이 반혜요가 안주인이 되어 있는 비룡검보란 말인가?

별전은 깨끗이 치워져 있었다.

의형제가 술자리를 끝낸 지는 반 시진 전의 일이었다.

마돈나는 별전으로 오자마자 잘 정돈된 침대에 벌렁 누우며 대번에 퍼지고 말았다.

원래 술이 약한 그녀였다. 순전히 분위기에 휩쓸려 열 잔이나 되는 술을 벌컥벌컥 들이킨 그녀는 그 정도의 술이면 가히 치사량이었다.

그 결과 냅다 땅바닥에 던져 진 개구리처럼 침대 위에서 쭉 뻗게 되었다.

살인미소는 잠을 이룰 수 없었다.

거의 한 항아리나 되는 술을 퍼마셨지만 두 눈이 오히려 밤하늘의 십자성만큼이나 초롱초롱해졌다.

'반혜요… 운이 좋은 여자다. 이 자리가 아닌 다른 곳에서 만났더라면 벌써 두 조각으로 화했을 것을……'

살인미소만의 고민이 계속되었다. 정말로 큰 고민이었다.

주형광에게 아무런 말도 하지 않고 반혜요를 벨 순 없는 일이 되었다.

자초지종을 설명하고 반혜요를 베겠다고 해도 뜻대로 되든 아니 되든 간에 어쨌든 주형광의 행복을 아그작 박살 내는 결과가 된다.

'돌겠군.'

그땐 의형제고 뭐고 휴지 조각이 될 것이었다.

현 시점은 마땅히 고민해야 될 시점이었다. 밤은 어느새 삼 경을 넘어 새벽으로 치닫고 있었다.

그때였다.

똑똑.

별전의 문을 조용하게 두드리는 소리가 있었다.

'왔어. 나만큼이나 고민을 많이 하고 있을 여자가……'

살인미소는 문을 열어보지 않고도 반혜요임을 알아차렸다. 그녀가 아니라면 비룡검보에서 이 야심한 밤중에 살인미소를 찾아올 사람이란 결코 없었다.

"어떤 구실을 대든 당장 날이 밝는 대로 떠나세요."

별전 실내에서였다.

반혜요는 응접용 탁자에 앉자마자 그렇게 말했다. 그 말을 하는 그녀의 입술이 파르르 떨리고 있었다.

응접용 탁자 바로 옆에는 침대가 놓여져 있었는데 마돈나는 침대 위에서 업어가도 모를 정도로 퍼져 있었다.

"그래야 되겠지……."

살인미소는 경어를 사용하지 않았다.

왕년의 새엄마였다는 사실을 상기하자면 부도덕하기 짝이 없는 경우였지만 결코 그녀를 올려주고 싶지 않았다.

참으로 개 같기만 한 살인미소의 운명이어서 반혜요는 오늘부터 갑자기 형수가 되는 입장이기도 했다.

그럼에도 불구하고 반말을 사용한 것은 한 가지 분명한 의지를 깨우쳐 주기 위해서였다.

'너를 죽이겠어. 왜냐하면 환우제일검가를 파멸시킨 장본인이기에…….'

그런 점이 살인미소와 아버지 풍백의 다른 점이었다. 아버지는 반혜요를 용서했지만 살인미소는 용서할 사람이 아니었다.

'죄의 대가는 언제나 죽음이지.'

이것이 살인미소의 원칙이었다.

반혜요는 영악스러움의 극치를 달리는 여인답게 살인미소의 의중을 대번에 파악해 냈다.

그녀는 위기에 당면할수록 오성(悟性)이 더욱 또렷해지는 여인이었다. 그녀도 처음과 달리 반말을 사용했다.

"선택은 그대에게 있다. 나를 지금 베는 것과… 날이 밝는 대로 바로 떠나는 것……."

살인미소의 삼백육십 요혈마다 경련이 일어났다.

반혜요는 이 자리에서 죽임을 당하지 않으리라는 것을 알고 있는 여인이었다.

살인미소는 주형광에게 단 한 마디의 언질도 주지 않고 반혜요를 벨 수 없다는 걸 그녀가 왜 모르겠는가.

참으로 염병할 놈의 일이지만 살인미소가 그녀를 베고 난 후에 자초지종을 주형광에게 설명한다 해도 모조리 변명으로 들릴 것이다. 그 점이 살인미소를 더 분노케 만들었다.

하지만 별 도리가 없었다.

"올 때도 분명하게 왔으니 갈 때도 간다는 말을 분명하게 하고 갈 것이다. 그러나 그대의 과거지사에 대한 문책은 밤새 생각을 거듭해 보고 결정할 것이다. 그 점 잊지 말길 바란다."

반혜요가 싸늘한 미소를 새기며 말했다.

"좋을 대로……!"

반혜요가 일어섰다.

쾅!

그녀는 별전의 문을 부술 듯 닫으며 그 자리를 벗어났다.

진한 허무가 살인미소를 방문했다.

장차 닥쳐올 그 무엇인가를 예감하듯… 살인미소가 고개를 흔들었다.

'나는 과연 형에게… 반혜요의 과거지사를 말할 수 있을까?

살인미소가 세차게 고개를 저었다.

'말할 수 없을 것이다.'

또 저절로 고개가 저어졌다.

'반혜요가… 전 마교의 군사였던 반오의 수양딸로 아버지를 파멸시키기 위한 도구로 사용되었던 마녀(魔女)라는 사실까지 알게 되면… 자체로 형의 인생과 야망이 산산이 부서지는 것이다.'

멀리… 야물(夜物)들의 울부짖음이 희미하게 들려왔다.

우우… 컹컹.

밤의 사냥꾼들이 그렇게 짖어대는 이유는 여명이 밝아오기 때문이었다.

우우… 컹컹컹.

짐승들의 울부짖음은 늘 있는 일이지만 오늘따라 이상하게도 신경에 거슬렸다.

'내 신경이 날카로워져 있구나……'

어느덧 창밖이 어스름하게 밝아오기 시작했다. 잠은 도저히 찾아올 것 같지 않았다.

"피곤한 하루를 피곤하게 새겠군."

일어섰다. 한잠을 잘 자고 일어난 사람처럼 기지개를 켰다.

마돈나는 한밤중이었다.

마침 별전의 서가(書家)에는 춘추전(春秋傳)이 꼽혀 있었다. 무신(武神) 관운장이 언제나 들고 다니며 탐독했다던 춘추전, 그걸 꺼냈다.

내용이 쉽게 머리에 들어올 리 없었다. 그렇지만 읽었다. 그냥 읽었다.

이때는 벌써 아침이 저만치 다가오고 있었다.

제35장
살인미소를 죽여라!

살인미소를 죽여라!

연무장에서 들려오는 각종 병장기 부딪치는 연무(鍊武) 소리와 수련하며 내지르는 기합 소리를 시작으로 비룡검보의 아침이 시작되었다.

그 소리가 너무 시끄러웠는지 마돈나가 침대 위에서 부시시 눈을 떴다.

밤새도록 술에 절었다 깨어난 그녀였지만 여전히 아름다웠다.

여자란 대체로 침대 위에 있을 때가 더 아름다워 보이는 법인가 보다. 그렇지만 지금의 그녀는 그래서 아름다운 것이 아니었다.

마돈나는 하늘로부터 특권을 부여받았다. 그것은 언제나 변하지 않는 아름다움이다. 참으로 복도 많은 여자인 것 같다.

그녀가 동그란 눈으로 주변을 둘레둘레 살피기 시작했다.

별전(別殿) 내부가 몹시 낯설은가 보다. 자신이 잠들었던 침상까지도 기억에 새로운 듯 두어 번이나 고개를 갸웃거렸다.

살인미소와 눈이 마주치자 곧 마돈나는 함박꽃 같은 미소를 머금었다.

"오빠, 나… 어젯밤에 추한 꼴은 안 보였어?"

"시종일관 예쁘기만 했어."

"피."

"믿거나 말거나……."

"오빤 진도 잘 나가다 꼭 삐딱 선 타는 못된 버릇이 있단 말야."

마돈나가 덮고 잤던 비단 침의(寢衣)를 곱게 개며 또 살인미소를 바라보았다.

"오빠, 정말 기억이 안 나서 그래. 나 꼴값 떤 거… 정말 아니지?"

"그런 것 같아?"

"글쎄……."

"꼴값 한번 보고 싶었는데 결코 안 떨더라."

마돈나는 옷매무새를 바로하며 물 주전자를 찾아 벌컥벌컥 마셔댔다.

"나 잘 때 코 안 곯았지?"

"응, 그렇지만 완전 무방비 상태더라……."

마돈나가 다가와 살인미소의 뺨을 살짝 꼬집었다.

"내가 완전히 퍼졌다고? 그래서… 밤새 내 옆으로 오지도 않았냐?"

"아야… 잘 땐 언제나 근처에도 얼씬 못하게 생난리를 치면서……."

"그땐 오빠가 이상한 눈빛을 하고 다가오니까 그랬지."

마돈나가 이런 말까지 하는 것을 보니 밤새도록 완전히 퍼져 있었던 것은 아닌 듯했다.

'혹시… 반혜요가 왔다 간 것을 알고 있는 건 아닐까?'

그 사실을 안다고 한들 별문제될 일은 없었다.

반혜요에 대해서도 물론이고, 환우제일검가와 마교간의 백년전쟁부터 현재에 이르기까지의 복잡 다사한 과거들을 마돈나는 분명히 알아야 할 사람이었다.

왜냐하면 그녀는 살인미소의 영원한 동반자이니까…….

마돈나가 부시럭거리면서 수건을 찾으며 세수를 해야겠다고 수선을 피웠을 때 똑똑 문소리가 들렸다.

아랫것 하나의 목소리가 밖에서 들려왔다.

"조찬(朝餐) 준비가 완료되었습니다. 두 분께서는 연회당(宴會堂)으로 오시기 바랍니다."

비룡검보의 연회당은 보주전과 별전 사이에 있었다.

평소의 비룡검보 사람들은 본전 뒤에 있는 식당에서 아침을 먹곤 했지만 오늘은 좀 특별한 날이었기에 주형광이 연회당에 거한 조찬을 차리게 했다.

이런 일은 귀한 손님이 방문했을 때 가끔 있는 일이었다.

연회당 상석(上席)에는 주형광과 반혜요가 앉아 있었다.

맞은편으로 상석 두 개를 비워두었는데 그곳이 살인미소와 마돈나의 자리였다.

연회당에는 비룡검보의 중요 인물들과 요직 인물들, 그리고 중급 무사 급 이상 백여 명이 앉아 있었다.

주형광이 이런 자리를 마련한 것은 비룡검보 사람들에게 의제인 살인미소를 소개하기 위해서였다.

살인미소와 마돈나가 자리를 찾아 앉자 주형광이 살인미소를 소개하기 시작했다.

"모두 들으시오. 이 두 분은 본인의 은인(恩人)으로 본인과는 어제 의형의제를 맺은 사람이오."

백 쌍이 훨씬 넘는 눈동자들이 살인미소와 마돈나에게 일제히 쏠렸다. 주형광은 계속해서 말했다.

"사정상 의제의 이름을 밝히진 못하지만 혹 어디서라도 마주치는 일이 있다면 오늘의 일을 서로 이야기하고 절대로 서로간에 원한 사는 일이 없도록 해야 할 것이오."

주형광이 거기까지 말했을 때였다.

한 인물이 갑자기 벌떡 일어섰다. 턱수염을 그럴듯하게 기른 이십대 초반의 건장한 사나이였다.

턱수염사나이는 처음부터 오만상을 찌푸리고 있던 자였다.

"매 형, 애석한 일이지만 나는 이미 저들과 깊은 원한 관계를 맺었소. 저자를 찾아내어 반드시 죽이리라 결심했었는데 뜻밖에 여기서 만나게 되다니… 나는 저들의 목을 뱀으로 원한을 갚을 생각이오."

모든 눈동자들이 턱수염사나이에게로 쏠렸다.

턱수염사나이는 형형한 눈빛을 이글이글 빛내고 있었다. 내뱉는 말도 그랬지만 눈빛도 살기(殺氣) 수준이었다.

주형광의 검미가 사납게 일그러졌다. 이런 모습은 평소와 완연히 다른 모습이었다.

"처남, 지금 무슨 소리를 하고 있는 것인가? 너는 이분이 나의 은인이며 또 의제라는 말을 듣지 못했는가?"

턱수염사나이는 조금도 위축되지 않았다.

"매형에게 은인이 되든 의제가 되든 그건 내 알 바 아니오. 그놈은 다만 나에게 원수가 된다는 사실이 중요하오."

주형광의 처남이라면 아내 반혜요의 남동생되는 사람이었다. 다시 말해 반혜요의 친동생인 것이다.

턱수염사나이 놈은 소형 유람선 상에서 살인미소를 죽이고 마돈나를 상대로 음욕을 채우려 했던 자였다.

동정호의 음적(淫賊) 화류수호(花流水狐) 반회(潘獪)……!

바로 그자였다.

친남매지간인 반혜요와 반회는 어려서 조실부모(早失父母)했다.

두 사람이 헤어지게 된 것은 반혜요가 마교의 전(前) 군사 반오의 수양딸로 입적하게 되었을 때였다.

친동생과 헤어지게 된 반혜요는 이후 다람쥐가 쳇바퀴를 돌리듯 인생의 수많은 유전(流轉)을 겪게 되었다.

마교가 멸문되며 수양아버지 반오가 죽게 된 일.

풍백에게 목숨을 구제받게 된 일.

이때 풍백을 중독시킨 일.

그러나 오히려 풍백에게서 자유를 얻게 된 일. 그로써 반혜요는 완전한 자유의 몸이 되었다.

반혜요는 반오가 유사시를 대비해 비밀 장소에 엄청난 재산을 숨겨둔 사실을 알고 있는 유일한 여인이었다.

그녀는 자신을 옥죄었던 모든 구속에서 해방되자마자 그 재산들을 찾아내어 모조리 독차지해 버렸다. 그로써 그녀는 엄청난 재력가가 되었다.

반혜요가 하나뿐인 혈육을 찾는 일은 당연한 일이었다.

반회는 당시 동정호 주변에서 순 날건달로 지내고 있었다. 주색잡기는 취미였고 약탈은 특기였으며 강도 강간이 직업이었다.

반회가 지금처럼 대규모의 선박업을 할 수 있었던 것은 반혜요의 막대한 자금 덕분이었다. 반혜요가 사업 자금을 뭉덩 떼어주었던 것이다.

그렇지만 제 버릇 개 못 주는 법이다.

반회는 여전히 날건달 시절의 친구들과 어울려 다니며 온갖 분탕질로 아까운 세월들을 죽여댔다.

반회가 동정호 주변을 근거지로 하여 선박업을 시작했으므로 반혜요도 반회를 의지하여 동정호 주변에서 생활하게 되었다.

반혜요는 워낙 미모가 출중한 여인이다.

주머니 속의 송곳은 반드시 삐죽하게 밖으로 튀어나온다.

그녀가 동정호에서 생활한 지 얼마 되지 않아 어느새 호남제일미녀로 불려지게 되었다.

그때는 마침 주형광도 동정호 주변에 비룡검보를 세우고 세력을 넓혀가고 있는 중이었다. 주형광 또한 호남의 영걸(英傑)로 인근에 소문을 자자하게 떨치고 있었다.

호남제일의 영걸 주형광.

호남제일의 미녀 반혜요.

이때의 두 사람은 서로에 대한 소문을 듣고 있었다. 서로에 대해 호기심을 갖는 것 또한 당연했다.

그러나 그뿐이었다. 두 사람에게는 당장 길이 없었다.

반회, 이 물건은 다른 건 몰라도 눈치 하나는 끝내주는 자였다. 놈은 먼저 저울질부터 했다.

'만일 누이가 주형광과 결혼하게 된다면 덩달아 나의 신분도 수직 상승하게 된다.'

저울추는 자신 쪽으로 엄청나게 기울어지는 일이었다.

반회는 동정호 주변에서 가장 유명한 중매쟁이를 불러 다리를 놓게 했다. 성사에 거금을 걸었다. 돈이란 그래서 좋은 것이다. 중매쟁이는 즉각 두 사람이 만날 수 있는 자리를 마련했다.

반회의 예상은 적중했다.

미인을 마다 할 남자란 결코 없는 것이며 미남을 마다 할 여자란 결코 없는 법이다.

주형광은 반혜요를 보는 순간 헤로롱 맛이 갔고, 반혜요 또한 주형광을 보는 순간 헬렐레 뻑이 갔다.

중매쟁이는 평생 동안 남녀의 일만 전문적으로 마르고 닳도록 매달려 온 노파였다. 두 사람의 눈빛을 보고 이번이 거액을 챙길 기회임을 알아차렸다.

이런 일은 깔고 앉아 뭉기적거리다간 다른 중매쟁이에게 거액을 빼앗기게 되는 일이기도 했다.

대뜸 길일(吉日)부터 잡았다.

"한 달 후인 갑자년갑자일(甲子年甲子日)은 천하의 모든 기운이 승(昇)하고 음양의 조화가 찰떡처럼 찰싹 달라붙는 대길운이 있으므로 이날을 혼삿날로 잡는다면 백대(百代)가 성(盛)함은 물론이고, 자자손손(子子孫孫)이 부귀영화를 누림은 물론, 천년영명(千年英名)을 떨친 천고(千古)의 기재가 줄줄이 사탕처럼 족보에 주렁주렁 매달리게 될 것이오."

중매쟁이가 숨차게 읊어댔다.

주형광과 반혜요의 귀로 그런 수다는 단 한 마디도 들어오지 않았다.

쿵! 하면 호박 떨어지는 소리다. 두 사람은 척! 보는 순간에 이미 거지반 작정을 한 상태였다.

그날로부터 한 달 후, 갑자일에 맞춰 주형광과 반혜요는 서둘러 결혼을 했다.

사리분별이 깊기로 말하자면 주형광 같은 사람은 정녕 드물 것이다.

어느새 분기(憤氣)를 거두고 영명(英明)한 재판관처럼 예리한 얼굴로 반회를 바라보았다. 그가 느릿하게 입을 열었다.

"처남은 나의 의제에게 어떤 원한이 있는지 소상히 말하도록 하라. 만일 처남이 억울하게 원한을 사게 되었다면 나는 의제에게 분명하게 시시비비를 가릴 것이다. 반대로 처남이 의제를 공연하게 시비하는 것이라면 나는 처남을 결코 용서치 않을 것이다."

기세등등했던 반회가 갑자기 꼬리를 내렸다. 그때부터 버벅거리기 시작했다.

빈대도 낯짝이 있고 벼룩도 간이 있는 법이다. 동정호에서 자신이 벌린 일들은 자랑거리가 될 수 없었다.

반회가 버벅거리자 반혜요가 벌떡 일어났다.

그녀는 표독한 독기를 머금고 말했다.

"제가 대신 말씀드리겠어요. 제 동생 반회가 동정호에서 착실하게 선박업을 하고 있다는 사실을 모르는 사람은 없을 거예요. 저 나이에 그만한 사업을 일으켰다면 얼마나 착실한 사람인지 여러분들은 충분히 짐작하고도 남음이 있을 거예요."

반혜요가 계속 반회를 두둔해서 말했다.

그녀의 말을 대충 정리하자면 다음과 같다.

살인미소와 마돈나가 동정호로 유람을 왔을 때 마침 반회의 소형 유람선 수하 사공이 자리를 비웠을 때였다.

반회는 투철한 직업 정신을 발휘하여 수하 사공 대신 손님인 살인미소와 마돈나를 태웠다. 원래 그 소형 유람선은 다섯 명이 정원이었고 다섯 명의 손님이 다 타야만 유람을 떠나게 되어 있었다. 그런데 마돈나는 두 사람만 타고 유람을 떠나자고 했다.

선주(船主)로서는 나머지 세 사람분의 승선비를 손해 볼 순 없는 일이었다. 당연히 반회는 두 사람이 탔지만 다섯 명분의 승선비를 요구했다.

손님인 살인미소와 마돈나는 그렇게 할 수 없다 하여… 결국 시비가 붙게 되었다.

그런데 비겁하게도 살인미소가 느닷없이 남자의 급소인 남근(男根)을 발로 차 고환을 상하게 만들고 말았다.

이런 말들은 마돈나에게 격타당하여 성불구가 되어 집으로 돌아온 반회가 하소연하듯 반혜요에게 꾸며댄 거짓말이었다.

반회가 반혜요에게 가증스러운 거짓말을 늘어놓아야만 했던 이유는 당장 성 불구에 대해 권위있는 당대 최고의 명의(名醫)를 찾아가야 했기 때문이었다.

당시의 반회는 지푸라기라도 잡고 싶은 심정이었다.

고치든 못 고치든 일단 무조건적으로 의원을 찾아가야 했는데 그러기 위해서는 거금이 필요했다.

사업이랍시고 벌려놓고 온갖 분탕질과 갖은 음적질에 눈이 어두워

돈 버는 일은 언제나 뒷전이었던 반회로서는 모아놓은 돈이 수중에 있을 리 만무했다.

결국 반회는 든든한 후원자인 친누이 반혜요에게 거금을 빌려야 했다. 그러기 위해선 그럴듯한 거짓말이 필요했던 것이다.

결국 반회는 반혜요를 속이고 떼돈을 타갔으나 파괴된 회음혈을 고치지 못했다.

사실로 말하자면 반회는 살인미소와 마돈나를 보고, 오히려 몸을 숨겨야 할 판이었다. 그런데 그만 욱하는 개 같은 성질을 주체하지 못했다. 더구나 성 불구자가 되어버리고 말았으니 앞뒤를 재볼 생각조차 못하고 벌떡 일어섰던 것이다.

그 결과 오히려 더 난처한 지경에 빠지고 말았는데 누이가 나서 대신 좋게 말을 해준 것이었다.

반혜요의 설명을 차분하게 듣고 있던 주형광의 눈길이 살인미소에게 향했다.

모든 눈동자들도 살인미소에게 쏠렸다. 고울 리 없는 눈빛들이었다.

주형광이 차분하게 말했다.

"아우, 이 일은 뭔가 잘못 전해진 부분이 있는 듯하네. 나는 아우가 그런 몰지각한 행동을 했으리라고 도저히 믿지 못하겠네."

이번에는 주형광이 살인미소를 어느 정도 두둔하며 그렇게 말했다.

이제는 살인미소가 뭐라 대답해야 할 차례였다.

연회당은 어느새 찬 서리라도 내린 것처럼 싸늘한 분위기로 바뀌어 있었다.

살인미소의 대답 여하에 따라 반회의 거짓말이 탄로 나든지, 아니면 살인미소가 참담한 꼴을 당해야 할 판이었다.

만일 살인미소가 반혜요의 말을 인정해 버리면 주형광의 의제가 될 만한 자격도 없는 자가 되어버리고 만다. 반회만도 못한 쓰레기 같은 자가 되어버리는 것이다.

살인미소가 천천히 입을 열었다. 커다란 목소리였다.

"형수님의 말씀은 단 한 마디도 거짓이 없는 사실입니다."

주형광은 잠시 감전 상태가 되었다.

반혜요는 이를 득득 갈았다.

반회는 입을 딱 벌렸다. 살인미소의 말을 듣고도 무슨 말을 들었는지 몰라 꿈속을 헤매는 것 같은 몽롱한 상태가 되었다.

마돈나는 고개를 이리저리 두 번이나 꼬았다. 이때는 눈과 입이 동시에 생글거렸다.

'미친 오빠가 또 어떤 재미있는 생각을 한 것일까?'

그때였다.

좌중에서 두 사나이가 살인미소를 향해 번개처럼 몸을 날려왔다.

그들의 손에는 장검이 들려 있었다. 이미 검기도 소용돌이처럼 일어나고 있었다.

피핏…….

두 사나이의 호통 소리가 연회당을 쩌렁하게 울렸다.

"이 가증스러운 놈, 그런 못된 짓을 하고도 뻔뻔스럽게 고개를 쳐들고 지금까지 감히 비룡검보를 어슬렁거리고 있었단 말이냐?"

"너 같은 놈은 죽어야 한다. 겨우 은자 몇 닢을 아끼기 위해 주인의 처남을 불구로 만들어놓다니…….."

두 사나이는 평소 반회와 어울려 다니며 동정호 주변에서 온갖 못된 짓을 함께해 왔던 자들이었다.

그들이 이런 갑작스러운 행동을 하는 것은 다분히 반회에게 높은 점수를 따기 위해서였다.

반회는 돈만 생기면 언제나 물처럼 펑펑 써댔다. 이런 기회에 점수를 따두면 반회는 평생 자신들에게 술과 계집들을 듬뿍듬뿍 안겨주리라는 계산에서 그런 행동을 한 것이다.

이유는 또 있었다. 지금 이런 행동으로 보(堡) 내에서 의리가 있는 사람들이라는 인식이 확실하게 굳어질 것이다.

두 사나이의 검날이 살인미소의 목 근처까지 날아왔다.

살인미소는 미동도 하지 않았다.

이대로라면 살인미소의 목은 철사 줄에 꿰인 닭 꼬치처럼 두 사나이의 장검에 꿰어질 판이었다.

그때 주형광의 소매가 펄럭였다.

"멈추어라."

주형광의 손에서 두 줄기 경풍(勁風)이 두 사나이를 향해 폭사된 것도 그때였다. 경풍은 두 사나이의 전신을 휘감았다.

"윽……."

"어흑……."

두 사나이가 장검을 떨어뜨리며 끈 떨어진 연처럼 바닥에 나뒹굴었다. 그들은 검붉은 선혈을 각각 한 사발씩이나 토해냈다.

주형광이 두 사나이를 노려보며 말했다.

"너희들은 나의 은인이자 의제라는 말을 듣지 못했단 말인가? 어디서 이런 막되어먹은 행동을 하는 것인가?"

한 사나이가 몸을 부들부들 떨며 말했다.

"저자는… 처남 되시는 분을 성 불구자로 만든… 심성이 매우 악독

한 자입니다."

주형광이 천천히 고개를 저었다.

"형제란 나와 동격(同格)의 사람이다. 이 자리에서 분명히 말해 두겠다. 아우가 설사 처남을 죽였다 하더라도 그 일에 대해선 오직 나만이 시비를 가릴 수 있다. 앞으로 우리 형제간의 일에 대해 감히 이러쿵저러쿵 말하는 자가 있다면 나 주형광이 결코 용서치 않을 것이다."

주형광의 일갈에 아무도 입을 열지 못했다. 연회당은 곧 찬물을 뒤집어쓴 것처럼 조용해졌다.

그때 반혜요가 벌떡 일어섰다.

그녀는 여전히 싸늘한 표정으로 입을 열었다.

"당신에게는 은인이 되고 아우가 될지언정 나에게는 하나뿐인 동생의 원수가 되는데 그 일에 대해선 어떻게 생각하시는지요?"

주형광이 간단하게 고개를 저었다.

"처남은 죽지 않았소."

반혜요가 뾰족하게 말했다.

"남자에게 있어 성 불구는 이미 죽은 것이나 마찬가지예요."

주형광이 희미하게 웃었다. 이런 상황에서 그가 흘리는 웃음은 조금도 어울리지 않는 일이었지만 그가 웃었기에 당연한 일인 듯 여겨졌다.

"죽지 않았다면 언제나 또 다른 방법이 존재하는 법이오. 그것을 사람들은 희망이라 부른다오."

반혜요가 주형광을 노려보았지만 주형광의 시선은 살인미소에게 향하고 있었다.

주형광은 못을 박듯 말했다.

"아우는 나와의 약조를 어겨서는 절대로 안 되네. 일주일간 내 집에 머무르면서 내내 잔을 기울여야 한다는 바로 그 약조 말일세."

반혜요의 얼굴에는 핏기가 싹 가셨다. 반회도 마찬가지였다. 보인들의 원망 섞인 탄식들이 여기저기서 터져 나왔다.

다만 살인미소와 마돈나는 별다른 표정을 내색하지 않았다.

*　　　*　　　*

휘이이잉~

샛바람을 타고 자욱한 운무(雲霧)가 흐르고 있다.

샛바람은 만장단애 사이에서 요동치다 더 높은 곳으로 오르지 못하고 스러졌다.

또다시 형성된 샛바람이 뿌연 운무군(雲霧群)을 이리저리 요동치게 만들었다. 결국은 만장단애를 벗어나지 못하고 스르르 소멸되었다.

이곳… 귀기(鬼氣)스러운 운무가 사시사철을 가리지 않고 자욱하게 피어 있는 곳.

서장(西藏) 서부(西部)에 위치한 설산(雪山) 공갈단애(貢喝斷崖)였다.

태고 이래로 인적을 받아들인 적이 없는 천형의 땅이자 영고불변의 험지, 절봉(絶峰)들은 사시사철을 막론하고 새하얀 눈을 이고 있었다.

사람들은 말한다.

―친구를 죽이려면 혈막을 찾아라. 그러면 친구의 목을 반드시 그대 품에 안게 될 것이다. 설사, 친구가 황제일지라도… 꿈은 반드시 이루어진다.

우우우웅…….

갑자기… 만장단애가 울음을 토하고 붉은 기암 분지가 용틀임을 했다.

어느 순간 창노한 음성이 메아리처럼 울려왔다.

"혈막주(血幕主)는 어디에 있는가?"

우우우웅…….

기이한 음향이 일어나며 메아리에 메아리가 화답(和答)했다. 메아리는 여인의 음성이었다.

"속하(屬下)… 하명을 기다립니다."

다시 창노한 노인의 음성이 들려왔다.

"발명(發命:명령을 내림)! 문건(文件) 제 삼백육십오 호! 기한은 삼십 일이다."

"존명(尊命)!"

여인의 메아리가 만장단애를 타고 은은하게 흐를 때 붉은 글씨로 새겨진 명령문 한 장이 붉은 기암 분지를 향해 펄럭이며 떨어졌다.

명령문에는 다음과 같은 글귀가 적혀 있었다.

文件. 第三百六十五號. (문건. 제 삼백육십오 호)

刺殺, 殺人微笑. (척살, 살인미소)

依賴金, 十萬兩. (의뢰금, 십만 냥)

期限, 三十日. (기한, 삼십 일)

依賴者, 馬頓那. (의뢰자, 마돈나)

혈막주의 음성이 운무를 타고 다시 흘렀다.

"살인미소라 함은 장인촌에서 출강호(出江湖)한 아해(兒孩)를 말하시는 겁니까?"

"문답무용(問答無用)……!"

"마돈나(馬頓那)라는 명호(名號)는 천만 명이나 되는 무림인의 명호가 기록되어 있는 무림인명록(武林人名錄)에조차 등재되어 있지 않은 무명인(無名人)인 바… 지존께서는 아둔한 속하에게 깨우침을 바랍니다."

우우우웅…….

잠시 동안 만장단애 전체가 지진을 만난 듯 떨어댔다.

그러길 일각 여… 창노한 음성이 다시 들려왔다.

"본좌도 처음 듣는 명호다. 다만 십만 냥을 선금하고 그 명의(名依)로 살인미소를 의뢰해 왔을 뿐이다. 사실 의뢰자는 그리 중요하지 않다. 너는 살인미소의 목을 들고 오면 된다."

또, 잠시간의 침묵. 혈막주의 음성이 잔잔하게 흘렀다.

"이건… 조금 이상합니다. 본막(本幕)에서는 이미 검각주(劍閣主) 검혼(劍魂)과 도각주(刀閣主) 도혼(刀魂)에게 살인미소의 척살을 이미 명했습니다. 검혼과 도혼이 이미 천하를 샅샅이 뒤지며 살인미소를 추적하고 있는데… 또다시 살인미소의 척살 명령을 하달하시는 이유는… 무엇 때문이신지요."

우우우웅…….

"너는 조금도 이상하게 생각할 것 없다. 살인미소는 원래 본궁(本宮)의 척살 대상 일호(一號)이기에 척살하려는 것이다. 그러나 또 다른 의뢰자가 있다고 한들… 그것은 살인미소가 누군가에게 원한을 샀기 때문이라 여기면 될 뿐이다. 네가 그 일에 의문을 둘 이유가 어디 있겠느냐? 혈막은 누구의 의뢰이든 반드시 이루어주면… 그것으로 되는 것 아니겠는가?"

이 말을 끝으로 노인의 창노한 메아리가 스르르 소멸되었다.

우우웅…….

"존명!"

여인 혈막주의 음성도 스르르 소멸되었다.

휘이이잉…….

만장단애 주변은 어느새 아무 일도 없었던 것처럼 자욱한 운무와 함께 서늘한 기운만 흉흉하게 감돌고 있었다.

*   *   *

비룡검보 후원에 위치한 조그만 정자(亭子).

하늘을 가리며 빽빽하게 솟아오른 대나무들은 주형광의 올곧은 인품을 말해 주듯 곧고 반듯반듯하게 자라고 있었다.

삐딱하게 자라난 가지들은 그가 이미 잔손질을 한 듯… 모두가 일직선 형태였다.

후원에 자라는 꽃들은 대부분이 이름을 알 수 없는 진귀한 난초들이었다. 정자 주변은 그윽한 난향(蘭香)이 파도처럼 넘실대고 있었다.

이런 점 또한 주형광이 얼마나 정심(正心)한 마음으로 후원을 가꾸는지 알 수 있는 대목이었다.

정자에서 마주 보이는 곳에는 그리 크지 않은 인공 연못이 조성되어 있었다.

연못 물 또한 더없이 맑았다. 그곳에 수십 마리 물고기들이 떼지어

놀고 있었는데 한결같이 삼색(三色)이 선연한 삼홍금린어(三紅金鱗魚)
들이었다.

　정자에… 두 사람이 마주 앉아 유유하게 술잔을 기울이고 있었다.

　그들은 살인미소와 주형광이었다.

　이때는 겨우 정오를 넘긴 시간이었다.

　마돈나는 이때 욕실에서 한가로이 목욕 중이었다.

　주형광이 툴툴 메마른 웃음을 흘리며 술잔을 기울였다.

　"아우는 도대체 언제까지 나를 속일 생각인가?"

　살인미소가 헤실헤실 웃었다.

　"더 이상 형님을 속일 기회는 없을 듯하군요."

　주형광이 고개를 끄덕였다.

　"나는 연회당의 일로 인해 다시 한 번 아우에게 감사드리네."

　살인미소가 고개를 저었다.

　"저는 형님의 깊은 도량에 진심으로 감탄했습니다."

　주형광이 술잔을 들자 살인미소도 술잔을 들었다. 두 사람은 맹물을
마시듯 가볍게 한 잔씩 들이켰다.

　주형광이 술잔을 내려놓으며 호탕하게 웃었다.

　"핫핫하… 내가 어찌 아우의 의중을 짐작하지 못했겠는가? 아우가
형수의 주장을 무조건 인정했으므로 형수의 체면은 조금도 손상되지
않았네. 처남의 체면 또한 조금도 손상되지 않았네."

　"……."

　"아우는 처남의 일 따위는 모두 잊도록 하게."

　"그만한 일을 가슴에 넣어둘 제가 아닙니다."

주형광은 이미 알고 있었다. 처남인 반회라는 놈은 천하에 둘도 없는 개망나니라는 사실을……

또 어째서 살인미소가 그 자리에서 반혜요의 주장을 인정해야 했는지까지도 머리 속에 들어갔다 나온 사람처럼 훤히 알고 있었다.

넓은 가슴을 지닌다는 것은 인간 됨됨이가 완성되어야만 하는 것이고, 수양이 깊어야만 가능한 것이다.

주형광이 또 술잔을 입에 대었다. 이상한 일이었지만 이때의 주형광은 조금 근심스러운 표정을 짓고 있었다.

"아우는 당분간 문밖 출입을 삼가고 부디 내 집 안에서만 머물러 주길 바라네."

"그건 또 왜 그렇습니까?"

"내 짐작이 틀리지 않는다면 아우는… 환우제일검가의 직계손(直系孫)이 틀림없을 것일세."

살인미소는 거짓말을 안 하는 사람이다.

"그… 그렇습니다."

"꽤 오래전의 소문이었네만… 아우가 환상궁의 봉인을 무시하고 찢어버린 후 잠적했다는 소문을 나도 들은 적이 있네. 그러므로 자네는 지금 매우 위태로운 지경일 것일세."

"그 점도 옳습니다."

무림에 몸담고 있는 사람이라면 환우제일검가의 직계손인 풍운이 환상궁의 봉인을 찢어버리고 곧바로 잠적했었다는 사실과, 현재까지도 환상궁의 무자비한 추적을 받고 있다는 사실을 모를 리 없었다.

살인미소가 고개를 저었다.

"형님 말씀은 고맙기 이를 데 없습니다. 삼가 조심하겠습니다. 그런데 오늘 누구와 만나기로 이미 약속되어 있습니다. 때문에 잠시 다녀와야 합니다."

살인미소와 마돈나는 장인촌에서 나오자마자 몇몇 사람을 만난 적이 있었다.

몇몇 사람… 그 사람들은 살인미소로서 매우 중요한 사람들이었기에 조심스럽고 비밀리에 접촉했었다.

오늘 그 사람들 중 한 사람과 만나기로 이미 약속이 되어 있었다.

주형광이 눈을 둥그렇게 떴다.

"그 말은 혹시 당장 내 집을 떠나겠다는 뜻은 아닌가?"

"형님과 약조가 있는데 어찌 당장 떠나겠습니까? 저는 약속한 사람을 만나고 반드시 오늘 중으로 돌아오겠습니다. 그리고 형님과 이곳에서 다시 술을 마실 것이고, 일주일이 채워질 때까지 내내 술을 마실 작정입니다."

"흐음… 잘 생각했네. 그런데 아우의 약속이 어떤 것인지 내가 알면 안 되는 것인가?"

"지금은 당장 약속한 사람을 만나야 할 시간입니다. 제가 형님과 무엇을 숨기겠습니까? 다녀와서 말씀드리도록 하겠습니다."

"약속 시간이 되었다면 당장 가야 할 걸세. 사나이란 약속 시간을 어겨서는 절대로 안 되는 것일세."

주형광의 오히려 살인미소에게 얼른 일어나 떠나라고 권유까지 했다. 살인미소가 떠나려 하자 주형광이 손을 저으며 살인미소를 불러세웠다.

"아우는 검술에도 상당한 조예가 있을 거라 여겨지네만 아직 검을 소유하지 않고 있구만. 다행히 나에게 쓸 만한 검 몇 자루가 있으니 한 자루를 아우에게 선물하려 하네. 부디 거절하지 말고 받도록 하게."

살인미소가 고개를 저었다. 막무가내로 젓는 것이 아니라 공손한 모습으로 저었다.

"형님께서 이 아우를 그토록 염려해 주시니 몸둘 바를 모르겠습니다. 하지만 저에게는 훌륭한 명도(名刀)가 있습니다. 그러니 그 말씀은 거두어주십시오."

"모르겠군. 아우의 명도가 어디에 있다는 것인지……."

"그 점도 다녀와서 말씀드리겠습니다."

"아참, 그렇지. 아우는 부디 몸조심하고 얼른 다녀와야 하네."

"저는 잠시 다녀올 것이지만 마돈나는 남아 있을 것입니다. 여자란 목욕하는 데 반 시진 또 화장을 하는 데 반 시진이나 걸릴 테니까요."

주형광이 껄껄거리며 웃었다.

"아마도 옷 입는 데에도 반 시진이 족히 걸릴 걸세."

살인미소도 따라 웃었다. 주형광이 살인미소를 배웅하며 말했다.

"그런데 아우는 어디로 가는 것인가?"

"귀주(貴州)입니다."

주형광이 고개를 끄덕였다.

"그렇다면 나의 애마(愛馬)를 빌려주지 않겠네. 말과 함께 다니는 것이 오히려 더 귀찮은 일이 될 테니까."

비룡검보에서 귀주를 다녀오려면 몇 개의 험한 산을 넘어야 한다. 말은 오히려 짐이 될 뿐이다.

말은 단애(斷崖)를 오를 수 없기 때문이다.

제36장

우리길, 임자 잘못 만났네

 우리집, 임자 잘못 만났네

귀주(貴州).

절강성에 위치한 고도(古都)다. 수륙상업도시(水陸商業都市)이기도
한 곳이었다.

전당강(錢塘江) 위로 어스름한 석양이 길게 드리워지고 있었다. 오늘
따라 너무나도 선명한 노을이었다.

전당강은 또 다른 이름으로 절강(浙江)이라고도 부른다.

이상한 일이지만 강은 음력 팔 월이 되면 조수(潮水)의 흐름이 사나
워지고 맹렬한 기세로 소용돌이가 일어난다.

이때가 되면 오자서(오자 병법을 기록한 유명한 인물. 오자 병법은 손자
병법과 더불어 병법의 이대병서(二大兵書)임)의 혼백이 조류가 되어 강을
거슬러 오르기 때문이라고 했다.

전설은 믿을 바가 못 되는 것이긴 하지만 귀주에 거하는 사람이라면

이 전설을 믿지 않는 사람이 없었다.

실제로 음력 팔 월이 되면 전당강은 미친 듯 소용돌이를 일으키곤 했다.

따라서 귀주 사람들에게 전당강은 강(江)이라기보다 아예 신성한 신령수(神靈水)로 여겨졌다.

한 사나이가 강변을 따라 일직선을 긋고 있었다.

눈처럼 새하얀 백의를 걸친 백의인(白衣人)이었다.

무림인으로 보였다. 그러나 붉은 가죽으로 만들어진 허리띠만 허리에 달랑 두르고 있을 뿐 도검(刀劍)을 소유하고 있진 않았다.

백의인이 무림인이라 여겨지는 이유는 섬전처럼 빠르게 강변을 따라 이동하고 있기 때문이었다.

물론 보통 사람의 눈에는 백의인의 모습이 보이지 않을 것이다. 안력이 극히 뛰어난 고수들만이 백의사나이를 간신히 발견할 수 있을 것이다. 백의인은 그만큼 빠른 신형이었다.

한순간,

슛…….

백의인이 안개처럼 전당 강변에서 사라졌다.

귀주서원(貴州書院).

화려한 곳이 아니었다.

전당강으로 흘러드는 긴 여울의 최상류에 자리하고 있는 이곳은 백여 그루에 이르는 매화(梅花) 나무에 그윽이 둘러싸여 있었다.

전체의 규모는 겨우 일전일각(一殿一閣)에 불과했다. 하지만 귀주에서는 전당강만큼이나 유명한 서원이었다.

본전(本殿)은 제법 웅장한 규모였다. 그곳은 십만 권의 장서(藏書)를 보관하고 있는 서고(書庫)였기에 규모가 컸다.

서원(書院)으로 사용되는 곳은 고색창연한 빛을 뿌리며 본전 앞에 자리하고 있는 작고 낡은 전각이었다.

그곳은 아침부터 저녁까지 오직 낭랑하게 책 읽는 소리만 들렸다.

간혹 큰소리가 들려오기도 했다. 그 소리는 원주(院主)가 서동(書童)을 꾸짖는 소리였다.

"원삼(元三)아, 너는 어찌하여 지금까지도 논어를 외우지 못한단 말이냐?"

꾸짖음 소리는 묵직하고 근엄한 음성이었다. 꾸짖음을 받는 자가 두 번 다시 게으름을 피우지 않을 만큼 위엄이 서려 있는 음성이었다.

또 이런 말이 들려오기도 했다.

"왕함(王舍)은 책 읽기를 게을리 하지 않았으니 다음 주부터는 삼국지연의 진본을 읽도록 하라."

이때는 제자를 사랑하는 진정이 올올이 배어 있는 음성이었다.

지금은 석양 무렵이었다.

귀주서원에는 단 한 명의 서동도 보이지 않았다. 이 시간에는 서동들이 모두 돌아갔기 때문에 원주만 홀로 묵묵히 서원을 지키고 있었다.

서원 내부에 자리하고 있는 책상은 적단(赤檀)이라는 나무로 만들어진 것이었다.

자체로 붉은색을 띠고 있기에 달리 색을 칠하지 않아도 단장을 해놓은 듯 은은한 기품이 흘렀다.

책상 위에는 문방사우가 가지런히 놓여져 있고 용추란(龍秋蘭) 한 송이가 화분 위에 다소곳이 머리를 내밀고 있었다.

만리향(萬里香)처럼 만 리까지 향기를 퍼뜨리진 못하지만 한 번 피면 겨우내 향기를 잃지 않는다는 희귀한 난초였다.

적단 책상에 앉아 세필(細筆)로 진한 묵을 찍어 양피지를 빽빽하게 채우고 있는 중년인이 있었다.

사십오 세가량의 중년인… 그는 귀주에서 가장 유명한 인사(人士) 중에 한 사람인 매화서원 원주(院主) 육우당(陸雨當)이었다.

육우당은 무인(武人)이지만 그 사실을 아는 사람은 귀주에선 없었다.

꽤 오래전부터 귀주에서 귀주서원을 열고 서동들을 가르쳐 왔기에 사람들은 귀주서원의 매화선생(梅花先生)이라는 별호로 부르고 있었다.

본래 별호가 매화신검(梅花神劍)이라는 사실은 까마득하게 모르는 채.

육우당이 지금 양피지를 채우고 있는 내용들은 내일 서동들을 가르칠 내용들이었다.

누구에게는 사서(四書)를 가르쳐야 하고 누구에게는 삼경(三經)을, 또 누구에게는 삼교(三敎)와 구류(九流)를… 또 누구에게는 당시(唐詩)를 가르쳐야 할 것인지에 대해 적고 있는 것이다.

육우당은 푸른색이 감도는 유복(儒服)을 입고 문사건(文士巾)을 깊이 눌러쓰고 있었다.

난향과 진한 묵향, 그리고 육우당의 비범치 않은 풍도가 몸에서 흘러나왔다.

원래가 탈속한 신색의 육우당이었다. 지금의 모습은 신선이 하범하여 인세에서 시상(詩想)에 잠겨 있는 듯 단아함까지 느끼게 했다.

오직 그런 것만이 어우러진 귀주서원 내부는 붓이 양피지 위에서 움직이는 소리 외에는 아무런 기척도 일어나지 않았다.

문득 육우당이 필(筆)을 접고 밖을 향해 조용하게 말했다.

"아해(兒孩)야, 나는 지금 간단한 잡무로 소일하고 있을 뿐이다. 왔다면 쉽지 않은 길이었을 터 어찌하여 시간을 소비하고 있는가?"

조금 전까지 밖에는 아무도 없었다. 그런데 육우당이 밖을 향해 그렇게 말했다.

그때 조용하게 서원 문이 열렸다.

문을 열고 조용히 들어서는 인물은 백의에 붉은 가죽으로 만들어진 허리띠를 두른 헌헌한 사나이였다.

조금 전 전당강을 따라 섬전이 무색할 속도로 치달렸던 사나이였다.

알 듯 모를 듯한 미소를 수려한 얼굴에 언제나 새기고 다니는 사나이, 살인미소였다.

살인미소가 육우당을 향해 조심스러운 예를 취했다.

"육(陸) 숙부님을 뵙습니다."

"어서 오너라."

살인미소와 육우당은 인척 관계가 되지 않았다. 아버지 풍백과 친구가 되는 사람이었다.

육우당은 환우제일검가가 마교를 궤멸하기 위해 급습했을 당시 자신을 불러주지 않았다며 풍백을 나무라기도 했던 사람이었으며 누구보다도 앞장서 마교의 마인들을 베어 넘긴 사람이었다.

그때의 육우당은 화려하기 이를 데 없는 검에 이십사수매화검법(二十四手梅花劍法)을 사용했다.

그것은 육우당과 화산파는 어떤 형태로든 연관되어 있음을 증명하는 일이기도 했다.

그날 이후, 육우당은 가끔 환우제일검가를 방문하여 풍백과 술잔을 기울이곤 했었다.

살인미소가 아주 어렸을 때였다. 살인미소는 그때부터 육우당을 '아저씨'라 부르며 따랐었다.

육우당이 마치 자신의 아들을 바라보는 것 같은 그윽한 눈길로 살인미소를 바라보았다.

"네가 부탁한 대로 호북성에 있는 마문세가(馬門世家)를 정리하고 백만 금의 황금을 마련했다만 너는 그 돈을 어디에 쓸 작정인지 궁금하구나."

살인미소가 조심스럽게 말했다.

"기업(企業)을 이끌겠습니다."

'기업……!'

무사로서는 이상한 말이었다. 그렇지만 어딘지 커다란 야망이 깃들어 있는 말이었다. 살인미소가 단지 그렇게만 말했을 뿐인데 육우당은 안면 가득히 미소를 새겼다.

"그 점은 이미 짐작하고 있었다. 단지 재확인했을 뿐이다."

"……."

"당장 시작하겠는가?"

"네, 당장 시작해도 일 년 이상이 걸릴 것입니다."

육우당이 고개를 끄덕였다.

"정말 좋은 생각이었다."

살인미소는 마돈나와 장인촌에서 처음 중원으로 나왔을 당시, 가장 먼저 육우당을 찾아왔다.

살인미소가 육우당을 가장 먼저 찾은 이유는 아버지의 은거 장소를 알고 싶었기 때문이다. 육우당은 아버지와 가장 절친한 사람이므로 아버지가 은거하고 있는 장소를 분명히 알고 있을 것이다.

그러나 육우당은 그 점에 대해 일언반구도 꺼내지 않았다. 다만 이렇게만 말했었다.

"지금의 나는 다만 너의 의논 상대가 되어줄 뿐이다."

그 말은 아버지에 대해 당분간 묻지 말라는 의미였다.

두 번째로 육우당을 찾아온 건 마평을 설득하여 호북마문세가를 봉문시키던 날이었다.

동정객점에서 마돈나와 만나기 전에 잠시 육우당을 찾아왔던 것이다.

살인미소가 호북마문세가의 봉문을 권하며 마평에게 이렇게 말한 적이 있었다.

"호북마문세가는 내가 접수하겠다."

그 말은 호북마문세가를 임의대로 처분하겠다는 뜻이기도 했다.

또 이런 말도 덧붙였었다.

"네가 원하면… 언제라도 열 배나 되는 금액으로 보상해 주겠다."

그때의 마평은 살인미소에게 약간의 반항을 하긴 했지만 결국은 모든 걸 살인미소에게 맡겼었다.

형 생각이 옳다며…….

살인미소는 마평과 함께 즉시 육우당에게 달려왔었다. 그때부터 마평은 육우당의 보살핌을 받게 되었다.

지금도 마평은 육우당만이 알고 있는 비밀 거처에 몸을 숨기고 있다. 마평은 살인미소의 특별한 명령이 있어야만 세상에 모습을 나타낼 것이다.

그 당시 살인미소는 육우당에게 호북마문세가를 처분해 달라고 했었다. 오늘 다시 오겠다는 약속도 그때 했었고 약속대로 오늘 다시 나타난 것이다.

육우당은 언제나 살인미소의 속을 훤히 꿰뚫어 보는 사람이었다.

"너는 또 무엇인가를 부탁하려 하는구나."

"네, 그렇습니다."

육우당이 지필묵을 살인미소에게 내밀었다.

"적어라. 아마도 한두 가지가 아닌 듯하구나. 나도 나이를 먹다 보니 이젠 기억력이 예전만 못하구나."

살인미소는 즉시 붓을 들었다.

살인미소의 생각이 고스란히 양피지로 옮겨졌다. 그것은 살인미소가 말한 '기업'에 관한 것이었다.

육우당은 여전히 조용한 미소를 새기고 있었다.

이윽고 살인미소가 쓰기를 마쳤다.

육우당은 잠시 양피지를 들여다보더니 고개를 갸우뚱거렸다.

"어째서 너는 십문(十門)을 세우려는 것이냐?"

"본가(本家)는 단 한 곳뿐이었으므로 봉문을 당하자마자 내일을 기약하기가 어려워졌습니다. 호북마문세가도 마찬가지입니다. 그러나 장차 모아질 세력을 분산하여 여러 곳에 방파(幇派)를 세워둔다면 한두 곳이 붕괴된다 하여도 나머지 세력들로 대업을 이루어갈 수 있으리라 생각하여 어려운 부탁을 드리는 것입니다."

"음… 일리있는 생각이다."

"제 의견에 혹시 잘못된 점이 있다면 지적해 주십시오."

육우당은 고개를 저었다.

"지금은 완벽하다. 그러나 시간이 지나면 반드시 허점이 생길 것이니… 그런 일이 생긴다면 그때 가서 의논하도록 하자."

"네."

"너는 당장 떠나거라. 너에게 차라도 한잔 대접하고 싶다만 그건 형식적인 일이 될 것이다. 우리가 각별히 조심해야 될 것은 남의 이목이다. 환상궁의 무리들이 나와 너를 감시하지 않는다고 감히 말할 수 없는 일 아니냐?"

살인미소는 허리를 꺾었다.

"육 숙부님께서도 특히 몸조심하십시오."

육우당은 환우제일검가가 마교를 멸문시킬 당시 합세한 사람이었다. 살인미소는 그 점을 상기시킨 것이다.

육우당이 고개를 끄덕였다.

"나는 오직 네가 걱정될 뿐이다."

*   *   *

여인은 더 이상 씻지 않아도 아름다운 여인이었다.

천하에서 이 여인만큼 아름다운 여인은 쉽게 찾을 수 없을 것이다.

그럼에도 불구하고 여인은 단 하루라도 씻지 않으면 갑자기 추녀로 변모된다고 생각하는 여인이었다.

여인은 따뜻하게 데워진 물로 목욕을 하지 않았다.

얼음을 와장창 깨고, 그 아래로 흐르는 깊은 산중의 물로 목욕을 해야만 직성이 풀리는 여인이었다.

여인은 물속에서 녹아버리는 것이 소원인 여인이었다. 알몸을 차가운 옥수(玉水)에 담그고… 몸 전체가 마냥 풀어지는 것을 기다리는 여인이었다.

여인은 오래도록, 아주 오래도록 차가운 계곡에 자신의 몸을 담가두고 있었다.

여인은 눈을 가느다랗게 뜨고 자신의 가슴, 허리와 허벅지, 그리고 종아리를 바라보며 대단히 만족한 표정을 지었다.

여인은 전대(前代)와 현대(現代)를 넘나들며 무수한 강호 활동을 해왔지만 지금은 어느 한구석에서도 그런 흔적을 발견할 수 없었다.

또, 지금까지 어떠한 고생도 한번 하지 않고 곱고 귀하게만 살아온 여인처럼 보였다.

매끈매끈하기 이를 데 없는 피부는 투명해 보이기조차 했고, 또 어찌 보면 순백의 우윳빛으로 보이기도 했다.

얼굴과 표정에서도 그늘진 구석이라곤 조금도 발견할 수 없는 이 여인은, 인간 세상의 고난 따위는 조금도 모르는 여인 같았다.

그렇지만 자세히 그녀의 얼굴을 살펴본다면 조금은 삶의 고단한 표시가 나긴 했다. 그건 아주 자세하게 그녀의 얼굴을 들여다보아야만 알 수 있는 작은 흔적들이었다.

그건 세월이 저절로 여인에게 준 흔적이 아니라 순전히 타의에 의해 급격하게 생기게 된 흔적이었다.

분하게도 여인의 눈 아래로 희미하게 세 개의 잔주름살이 새겨져 있는 것이었다.

그 생각만 하면 여인은 저절로 욕이 튀어나왔다.

"고 쓰벙 쒜이… 넘… 땜시……"

천하에서, 그녀에게 그런 흔적을 남길 수 있는 사람은 단 한 사람이 있을 뿐이다.

그 웬수는… 지금은 장인촌을 완전히 벗어난 소악마… 살인미소였다.

여인은 야매였던 것이다.

이런 혹한에 얼음을 깨고 그녀만의 선녀탕에서 목욕을 즐기는 여인이 있다면 그녀 외에 누가 또 있겠는가.

그런데 야매는 단 하나의 취미인 목욕하는 일에 요즘 들어선 그리 큰 즐거움을 느끼지 못했다.

웬지 좀 시들해졌다. 분명 그랬다. 전처럼 생기있게 목욕을 하지 못했다.

"왜일까? 그 지긋지긋한 시뱅이가 사라졌는데… 왜 호젓한 기분을 느끼지 못하고 허전한 기분을 느끼며 목욕을 해야 하는 것일까?"

그건 정말로 이상한 일이었다.

'이런 이율배반적인 일이 이 세상에 또 어디에 있단 말인가?

그토록 징글징글한, 그리하여 자신의 눈 밑으로 희미한 주름살을 세 개나 만들어놓은 소악마가 아주 멀리 사라져 버렸는데 이토록 허무하기만 하다니……

'정말 모르겠네… 이 일을 도대체 어떻게 설명해야 논리적으로 옳은 일일까?

야매는 사실 그 이유를 알고 있었다.

"그넘이 이토록 내 뇌리에 깊이 각인되어 있을 줄이야……"

야매는 봉긋한 젖가슴 위에 탐스럽게 달려 있는 짙은 분홍빛의 유두를 조심스럽게 닦으며 고개를 살짝 흔들었다.

선녀탕에 작은 파문이 일었다.

사실로 말하자면 지금의 그녀는 정말로 서운했다.

그녀의 이토록 아름다운 몸매를 감상해 줄 인간이 지금은 존재하지 않는 것이다. 자신의 몸은 겨우 자신만 만족시키는 그림의 떡이나 마찬가지였다.

거기까지 생각하자 정말 이상한 일이지만 허무와 허전함을 동시에 느끼게 되었다. 돌 것 같기도 했다.

"이 현상을 이해하긴 증말… 쉬운 일이고… 또 증말 엿같이 어려운 일이다."

그녀는 그전과 달리 그냥, 형식적으로 목욕을 했다.

그런데 그때였다. 야매는 인기척을 느꼈다.

"……"

잠시 귀를 기울였다.

그녀는 이내 실망의 빛을 떠올렸다.

그녀는 본능적으로 가슴을 가렸고, 배 아래의 중요한 부분을 가렸다. 순간적으로 아미(蛾眉)에 잔주름을 새겼다.

'그 우라질… 놈이… 아냐.'

만일 살인미소가 나타났다면 야매는 지금과 같은 행동을 하지 않았을 것이다. 위아래를 동시에 가리는 그런 행위 말이다. 그녀의 몸 중에서 살인미소에게 숨겨야 할 건덕지는 더 이상 남아 있지 않았으니까.

놈은 그녀의 유방이 얼마나 탐스러운지… 유두가 얼마나 선연한 분홍색인지… 허리가 얼마나 가늘며 그 대신 엉덩이가 얼마나 둥그스름한지… 또 치모(恥毛)가 얼마나 무성하고 또 얼마나 곱슬거리는 것인지에 대해 너무나도 적나라하게 잘 아는 놈이었다.

그녀가 동시에 위아래를 가렸다면 그건 살인미소가 아닐 때였다.

야매가 큰 소리로 외쳤다.

"염병할 시키들… 꼴사나운 머리통이 세 통이나 있군. 반드시 뽀개져야 할 머리통들이… 나와!"

잠시 고요.

야매는 무슨 생각을 했는지 더 이상 자신의 아래위를 가리지 않았다. 살인미소가 보고 있을 때처럼 손을 떼어버렸다.

훔쳐 보는 자들에게 마지막 선심을 쓰기 위한 배려였을까?

그런 것 같았다. 그녀는 짐작하기 어려운 야릇한 미소를 새겼다.

그녀는 아직도 드러나지 않는 머리통들을 향해 커다랗게 소리쳤다.

"얘들아, 너희는 선녀가 목욕하는 모습을 오늘 처음 보는 것이냐?"

첫 번째 머리통이 참나무 뒤에서 툭 튀어나왔다.

그 머리통은 보기만 해도 역겨웠다.

그도 그럴 것이 칠십 년쯤이나 묵은 허연 머리통이었다. 게다가 왜 저리도 못생겼는지… 돼지 머리에 돼지 코, 애꾸에 뻐덩니였다.

'정말 골고루 갖춘 희한한 넘이로군. 꿈에 나타날까 두렵네……'

두 번째 머리통은 바위 뒤에서 튀어나왔다.

그 머리통은 그래도 첫 번째 머리통보다 훨 보기 좋았다.

왜냐하면 생긴 것은 첫 번째 머리통과 별반 다름이 없어 보였지만 그래도 첫 번째 머리통보다 자그마치 삼십 년은 젊어 보였으니까.

그렇지만 하마(河馬)가 보면 형님하고 달려들 정도로 몸이 팅팅 불어 있는 작자였다.

'그놈이나 그놈이나……'

결국은 오십 보 백 보였다.

'아무튼 거기서 거기에 속하는 밥맛이로군.'

세 번째 머리통이 울타리처럼 자연적으로 형성된 찔레 넝쿨 사이에서 튀어나왔다. 그놈은 그래도 그들 중 제일 봐줄만 했다.

우선 스무 살 남짓한 나이가 마음에 들었다.

놈은 제법 빤빤하고 탄력있어 보이는 쌍통에… 제대로 위치한 이목구비를 지니고 있는 놈이었다.

좀 전의 두 머리통에 비교하자면 그런대로 충분히 인간 소리를 들을 만한 자였다.

그런데 놈은 생애 처음으로 홀랑 벗고 목욕하는 선녀를 보는 자 같았다. 놈은 머리끝에서 발끝까지 오로지 헬렐레였다.

'저런 오줌을 지리고 있군. 저런 놈이라면 이쪽저쪽 아무짝에도 쓸모가 없지……'

허연 머리통은 살아온 연륜을 대변하듯, 그런대로 여자가 목욕하는 모습을 가장 많이 봐온 자 같았다.

이윽고 허연 머리통을 수레에 실린 파뿌리처럼 흔들어가며 숲 사이에서 몸 전체를 나타냈다.

"노부는 여자가 목욕하는 것은 많이 보아왔지만 선녀가 목욕하는 것을 보기는 이번이 처음이오. 실례가 안 된다면 소저에게 한 가지 묻고 싶소만……."

야매는 대꾸없이 천천히 움직여 선녀탕에서 나왔다.

그런 야매의 모습을 보며 스무 살 남짓한 젊은이는 자지러지고 있었다. 놈은 입까지도 함지박만하게 벌리고 있었다. 거기에 게거품이 고여 있었다.

야매가 천천히 옷을 꿰었다.

옷이래야 보통의 여인 옷과 달리 매우 간단한 것이었다. 그만 해도 그녀의 완전한 알몸은 조금씩 자취를 감추고 있었다.

"실례가 안 된다면이라고? 너는 도대체 어떤 것이 실례가 되는 것이라고 생각하는 것이냐?"

허연 머리통이 잠시 생각에 잠겼다.

야매의 반말에 화가 나긴 했지만 자신의 말에 대단한 오류가 있음을 즉시 발견해 냈다.

"다시 말하겠소. 노부는 대단히 실례했소. 우리 모두가 우연히 길을 지나다 정말 우연히 소저의 알몸을 보게 된 점 깊이 사죄드리오. 우리는 결코 본의가 아니었소. 우리는 다만 이 길을 따라 내려오다 소저의 알몸을 진짜로… 정말… 우연히… 보게 된 것뿐이오."

"그 점은 인정하지. 왜냐하면 오독불 늙은이의 금역을 피해 장인촌으로 오려면 길은 이 길뿐이니까. 그러나 잠시나마 숨어서 나를 훔쳐

본 죄과에 대해서는 어떻게 생각하느냐?"

이때의 야매는 걸치나 마나한 의삼으로 반드시 가려야 할 부분만 정확하게 다 가린 후였다.

허연 머리통은 그래도 가장 오래 산 늙은이답게 느물느물 말을 받았다.

"만일… 만일 말이오. 우리가 소저의 알몸을… 숨어서 감상할 가치마저 없다 여기고 그냥 지나쳐 버렸다면 그것이야말로 우리는 소저에게 더 많은 죄를 짓게 되는 것 아니겠소?"

야매가 까르르 웃었다.

"맞아, 정말 맞는 말이야. 그렇지만 너희들은 아무래도 오래 살 것 같지가 않구나. 몰래 숨어 훔쳐본 죄도 반드시 죽어야 할 죄임이 분명한 것이고 또 만일, 그냥 지나쳤어도 죽어 마땅한 죄를 지은 것이 분명할 테니 너희가 어찌 오늘을 넘길 수 있겠느냐?"

허연 머리통은 은근히 화가 났다. 야매가 처음부터 지금까지 마치 어린아이 대하듯 하대를 하기 때문이었다.

"소저는 밥 대신 싸리 잎새만 먹고 사는 것이오? 어째서 경어를 사용할 줄 모르오?"

야매가 또 까르르 웃었다.

"나는 시체를 향해 경어를 쓰지 않는다."

야매는 벌써 세 노(老), 중(中), 소(少)를 시체로 단정하고 있었다. 허연 머리통은 난감한 표정을 지었다.

"난 소저의 알몸을 보는 순간 십 년은 더 목숨이 연장될 것 같은데… 그 말은 가당치 않은 듯하오."

야매가 세 사람을 향해 다가갔다.

"개소리하고 자빠졌네. 하지만 한 가지 물어보고 죽이겠다. 너희는 무슨 이유로 장인촌으로 들어왔느냐?"

세 사람이 오독불의 금역을 피해 이곳으로 나타났으면 반드시 먹은 마음이 있어서일 것이다. 이들은 독불의 금역이 어디인지를 정확하게 알고 금역을 거치지 않고 장인촌으로 들어선 자들이었다.

이 점은… 시사하는 바가 컸다.

여전히 허연 머리통이 말을 받았다.

"우리는 한 사람을 찾아왔소. 나이는 정확하게 열여덟일 것이오. 육 년 전인 열두 살에 이곳에 들어왔으니 그 점은 의심할 여지가 없소. 왜 나하면 누구나 한해에 한 살씩 먹기 때문이오."

허연 머리통이 제법 말 잘하는 사람의 흉내를 내었지만 그 말은 야 매의 부아를 박박 긁는 말이었다. 왜냐하면 다른 사람은 몰라도 야매 는 해마다 나이를 먹는 여자가 아니기 때문이었다.

"흐음… 너희도 살인미소를 찾아왔단 말이냐?"

"그렇소. 그는 장인촌에서 그런 별호로 불려지는 자로 알고 있소."

이로써 세 사람의 직업이 현상금 사냥꾼임이 밝혀졌다.

이들이 살인미소가 떠난 지 한참이 지난 후인 지금에야 장인촌으로 들어오게 된 것은, 오독불의 금역을 멀리 빙빙 돌아 닷새라는 기일을 초과하여 수십 개의 산을 넘으며 찾아왔기 때문이었다.

야매가 어찌 그 사실을 짐작 못하랴.

"너희는 시기를 놓쳤지만… 그건 아무래도 상관없는 일이다."

"그건 왜 그렇소?"

"정말 귀찮아 죽겠군. 나는 지금까지 살아오면서 죽어야 할 자들이 면서 그토록 많은 의문을 지니고 있는 자들을 만나본 적이 없다."

허연 머리통이 자신의 쭈글쭈글한 목줄기에 손을 대었다.

"허어… 얘는 쉽사리 나를 벗어날 생각을 안 할 것이오. 자그마치 칠십 년 동안이나 그럭저럭 한자리에서 버텨왔으니까 말이오. 그러니 소저는 노부가 왜 시기를 놓쳤다는 것인지 그 점을 분명히 밝혀주시기 바라오."

"너는 이제 더 이상 아무것도 알려 하지 말아라."

야매의 신형이 세 사람을 향해 가볍게 떠올랐다.

솜털처럼 가벼운 능공(能空)으로 허도(虛道)를 찾아 떠오른 것이었다.

세 사람은 또 한 번 경탄했다. 그중 허연 머리통은 정말로 말 많은 늙은이였다.

"허어… 나는 정말로 복도 많구나. 홀라당 벗은 선녀를 감상했고 또 선녀의 아름다운 비상(飛上)까지 감상하게 되었으니……."

말은 그랬지만 허연 머리통은 놀라울 정도로 빠른 솜씨로 장검을 뽑았다. 나머지 두 사람도 일제히 장검을 뽑았다.

채애앵…….

발검성(拔劍聲)이 계곡을 통째로 떨리게 했다. 검기 또한 눈부시게 계곡을 향해 뻗어 나갔다.

검을 뽑는 순간에 검기를 발출할 줄 안다는 것… 세 사람은 고수였다. 직업으로 살수를 택하지 않았다면 당장에라도 무림에서 일류 소리를 들을 수 있는 자들이었다.

그러나 세 사람이 어찌 야매 앞에서 고수라는 점을 내세울 수 있으랴.

야매는 세 사람을 향해 신형을 폭사시키며 신경질적으로 외쳤다.

"정말이지… 너희 반건곤삼살(反乾坤三煞) 삼대(三代)는 조금 전에 매우 비싼 구경을 했다."

세 사람은 원래 자신의 본명을 드러내지 않고 비밀리에 살수 활동을 하는 자들이었다. 이들은 야매의 지적대로 삼대로 이루어진 보기 드문 살수들이었다.

세 사람은 자신들의 이름이 알려지는 것을 원치 않았지만 분명히 살수 세계에 몸담고 있었으므로 그들 세계에선 반건곤삼살로 불리고 있었다.

세상의 이치대로 말하자면 이들이 별호를 얻으려면 건곤삼살(乾坤三煞)로 얻어야 했다.

이들이 반건곤삼살이라는 별호를 얻었다는 것은 세상의 도리와 이치를 벗어난, 어떤 일에서든 하늘을 거스르고 땅을 반(反)하는 행위만을 일삼아왔음을 증명하는 일이었다.

삼대가 함께 몰려다니며 헝클어져 여자를 건드리는 일과 한데 뭉쳐 자는 일…….

함께 어우러져 현상금 붙은 자의 목을 베고, 그 목을 취해 의뢰자에게 바치는 등등의 일을 수도 없이 감행해 온 그들이었다.

인간의 도리라곤 아예 무시하고 살아가는 삼대였던 것이다.

야매는 허공에서 세 번 연달아 소매를 펄럭였다.

피이이잇…….

자색(紫色) 세 줄기 기류가 반건곤삼살을 향해 강맹하게 폭사되었다. 자색의 기류는 섬전처럼 빠르고 태산이 일시에 무너져 내리는 힘만큼이나 위력적이었다.

"앗……."

몸이 팅팅 불어 있는, 돼지 머리에 하마 몸을 하고 있는 사나이가 경악성을 터뜨렸다. 사실로 말하자면 비명이라 해야 옳았다.

퍼억……

놈의 이마에서 한줄기 시뻘건 핏줄기가 터져 나왔다.

그것으로 놈은 세상에 펼쳐져 있는 어떤 아름다운 광경도 더 이상 감상할 수 없게 되었다.

그런 현상이 일어난 것은 제법 이목구비가 반지르르한 스무 살가량의 청년에게서도 마찬가지였다.

퍽!

놈의 목에서 그런 소리가 나며 역시 시뻘건 핏물이 콸콸 뿜어져 나왔다.

"커어욱… 컥컥……."

숨이 막히는지 놈은 그런 소리를 내며 엎어졌다.

쿵!

허연 머리통도 별반 다름없이 죽음을 맞아야 했다. 그래도 허연 머리통만은 어떻게 죽어가는 것인지… 그 점만은 정확하게 알아보았다.

"커억! 금정적하산수(金頂赤霞散手)… 소저는… 과거 아미(峨嵋)의 제자였구료."

허연 머리통이 붉은 머리통으로 변했다. 온통 붉은 머리통으로…….

늙었다고 해서 몸속으로 흐르는 피가 적은 것이 아니었기에… 허연 머리통은 발끝까지 붉게 물들이며 죽어갔다.

"우, 우라질……. 임자 잘못 만났네."

야매가 가볍게 내려섰다. 그녀의 모든 동작들은 한 마리의 날랜 비조(飛鳥)를 연상케 했다.

"……."

따지고 보면 장인촌은 드러나진 않지만 정말 많은 사연을 간직하고 있는 곳이었다.

지금까지 그토록 많은 세월이 흘렀지만 야매의 내력을 알아낸 사람은 지금까지 단 한 사람도 없었다. 그녀의 내력이 여승(女僧)이었다는 사실을 말이다.

장인촌은 원래가 불가사의한 곳이어서 야매가 과거 아미의 제자이든 아니든 그것을 문제 삼는 사람 또한 지금까지 없었다.

물론 오독불이나 생선은 처음부터 알고 있었을 테지만 그들은 원체 능구렁이 같은 사람들이었다.

그런 점 따위는 처음부터 '그렇거나 말거나', '이런들 어떠하리 저런들 어떠하리' 였다.

야매는 세 사람을 시체로 만드는 것을 끝으로 또다시 과거를 모조리 잊었다. 그녀에게는 언제나 미래만 존재할 뿐이었다.

"반건곤삼살까지 나설 정도라면… 살인미소 그놈… 지금쯤 아주 어려운 지경을 맞고 있겠구나……."

야매는 인간에 속하기보다 귀신에 더 가까이 속하는 여인이다. 그녀가 그렇게 짐작했다면 그 짐작은 틀림없는 사실일 것이었다.

실제로도 그랬다.

환상궁의 명령을 받아 혈막에서 이미 그를 추적한 이상, 살인미소가 어찌 탄탄 대로만 골라 걸어갈 수 있겠는가.

야매는 잠시 생각에 잠기는 듯하더니 고개를 휘휘 저었다.

"그 종자가 어떤 어려움을 겪든 곤란을 겪든… 그것이 나와 무슨 상관이 있다고 이다지도 신경이 쓰인단 말인가?"

그녀는 또다시 머리 속으로 환하게 피어오르는 살인미소의 영상을
애써 지우고 있었다.
　'에잉~ 오늘따라 목욕하는 일이 처음부터 찜찜하더니만…….'
　그녀는 세 구의 시체를 발로 툭툭 차며 마을로 향했다.
　공연히 심술이 나 그랬다.

제3장
갈수록 태산

갈수록 태산

고난의 가시밭길이 길게 펼쳐져 있었다.

귀주서원에서 육우당에게 작별을 고하고 전당강을 따라 유성이 흐르듯 가볍게 나아가는 살인미소의 앞길이 그랬다.

이때는 아주 어두운 밤이었다. 전당강의 아름다운 노을이 강 저편으로 사라진 지 이미 오래였다.

비라도 내릴 것인가?

암천(暗天)은 먹물을 뿌려놓은 듯 암울하기 이를 데 없었다.

만약 귀신이 있어 튀어나온다면 반드시 이런 날을 고를 것이다. 그만큼 하늘은 검고 낮게 깔려 있었다.

사람들은 대체로 이런 날씨를 싫어한다.

음울하다고나 할까… 공연히 모공(毛孔)이 움츠러드는 서늘한 날씨라고나 할까…….

그래서인가 보다. 평소 많은 사람들이 북적대던 전당강 상류는 인적이 끊긴 지 벌써 오래되었다.

살인미소가 빛으로 화해 마악 전당강 상류를 벗어날 때였다.

그곳은 모래와 황토로 이루어진 붉은색의 기운이 감도는 땅이었다. 갑자기 땅거죽이 갈라지며 한 인영이 불쑥 솟아올랐다.

파아앗……

이때의 살인미소는 천하의 누구라 할지라도 감히 앞을 막아설 수 없을 만큼 빠른 걸음이었다.

살인미소가 매우 빠르게 나아가고 있는 이때를 맞춰 정확하게 살인미소의 앞을 가로막았다면 인영의 내력 또한 범상치 않으리라.

인영은 땅속에서 솟아오른 자 같지 않았다. 깨끗하게 세탁된 금의를 걸치고 있었으니까.

땅속에서 솟구친 자가 일반인들보다 더 깨끗한 금포를 입고 있다니… 이상한 일이었다.

손에는 한 자루의 보도(寶刀)를 움켜쥐고 있었다.

일견에도 과거에 이름깨나 얻은 명도(名刀)인 듯 칠흑처럼 어두운 밤임에도 불구하고 화사한 도기(刀氣)와 싸늘한 인광(燐光)을 발산하고 있었다.

보도는 지금까지 이루 헤아릴 수 없을 정도로 많은 사람의 목을 베었을 것이다. 싸늘한 인광은 바로 인간의 기름 때였다.

나타난 인영은 나이를 짐작할 수 없을 정도로 얼굴 전체가 온통 주름살로 뒤덮여 있었다. 피부는 두꺼비 등처럼 우둘투둘했다.

"큭큭……"

팍 쉬어버린 웃음… 인영은 쭈그렁탱이 늙은이였다.

노인의 얼굴이 이토록 쭈글쭈글하게 변한 것은 세파(世波)나 인간적인 어떤 고뇌에 의해서가 아니었다.

평생을 거의 땅속에서만 지내왔으므로 오래도록 태양 빛을 받지 못했기에 그렇게 된 것이다.

팔뚝에서 손등에 이르기까지는 두더지를 보는 것처럼 피부 전체에 까칠한 털이 뒤덮여 있었다. 눈은 새우 눈만큼이나 작았다. 그나마 그 눈 속에 박혀 있는 눈동자는 너무나도 희미하여 한 말쯤이나 되는 술을 마시고 자다 취중에 세상 밖으로 뚝 떨어진 눈 같았다.

늙은이는 은잠노야(隱潛老爺) 두치(杜雉)라고 불리우는 전대(前代)의 기인이었다.

이 늙은이가 은잠노야라고 불려지는 이유는 평생 동안을 거의 지하에서만 살아왔기 때문이었다.

은잠노야가 일단 땅속으로 틀어박히면 아무도 찾아내지 못했다.

천하에서 은둔법(隱遁法)과 잠행술(潛行術)에 가장 뛰어난 자를 가리라면 누구든 서슴없이 은잠노야를 지목할 것이다.

살인미소는 속도를 뚝 떨어뜨리긴 했지만 걸음까지 멈추진 않았다 계속하여 은잠노야를 향해 걸어가자 서로간의 거리는 불과 일 장여 정도가 되었다.

은잠노야가 손을 뻗으며 말했다.

"멈춰라."

은잠노야의 음성은 잘못 만들어진 질그릇이 깨지는 소리처럼 탁한 음성이었다. 살인미소는 상대가 명령어를 사용하는 것을 가장 싫어한다.

"싫소."

은잠노야가 잠시 멍청한 눈을 만들었다.

'뭐 이런 놈이 다 있어?'

살인미소는 계속하여 다가왔다.

"사나이 가는 길 비풍초라 하였으니 나는 절대로 멈추지 않겠소."

은잠노야는 어벙한 표정이 되었다. 살인미소의 그런 말은 머리털 나고 처음 들어보는 말이었다.

"으음… 아무래도 본노가 너무 오랫동안 땅속에 있었나 보구나. 그게 무슨 뜻이냐?"

"사나이는 비가 오나 눈이 오나, 풍진 잡초와 같은 길이 펼쳐져 있다 하더라도 초연한 의지로 앞으로만 나아간다는 뜻이오."

"음… 좋긴 좋은 말이다만……."

두 사람의 거리는 아주 가까워졌다. 살인미소가 은잠노야의 신색을 기이한 눈초리로 훑어보며 말했다.

"그런데 노친네께서는 그 보도(寶刀)를 나에게 팔 생각이시오?"

은잠노야가 갑자기 두더지처럼 퐁! 튀어나온 것이 자신에게 좋은 일일 순 절대로 없다. 그 사실을 왜 모르랴.

은잠노야가 툴툴 메마른 웃음을 날렸다. 보도는 팔 물건이 아닌 듯했다. 그걸 좀 더 높이 쳐들었다.

"노부가 비록 무저갱 속에서 생활하지만 어찌 황금이 필요하지 않겠느냐?"

이로서 은잠노야는 저의를 분명하게 나타낸 셈이다.

살인미소가 고개를 끄덕였다. 은잠노야는 현상금 사냥꾼이었다.

"허어… 은잠노야께서는 평생 동안 땅만 파고 지낸다고 들었소만 아직도 노다지를 캐지 못했다니 그 나이가 되도록 말짱 헛짓만 한 셈이구랴."

"어린것이 함부로 입을 놀리는구나. 노부는 다른 사람들과 달리 땅 위에서 노다지를 얻는다!"

살인미소가 보통 사람들과 다른 점이 있다면 얄미울 정도로 상대방의 모든 점을 빨리 파악한다는 점이었다.

"듣고 보니 노야(老爺)께서는 정말로 모든 것이 특이한 사람인 듯하구랴. 그래서 하는 말이지만 대개의 사람들은 보통 땅 위에서 살다가 죽어서야 땅속에 묻히게 되겠지만 노야께서는 땅속에서 살다가 죽어서는 땅 위에 팽겨쳐질 것 같소이다."

은잠노야는 지금까지 이런 모욕을 당한 적이 없었다.

자신의 인생에 사 분지 일밖에 못 산 어린놈에게 그런 말까지 들었으니 노기가 활화산처럼 뻗치는 것은 당연했다.

금세 얼굴을 붉으락푸르락 무지개처럼 변색시키더니 보도를 머리 위로 치켜세웠다.

"너는 지금까지 겪어보지 못한 험악한 꼴을 당하며 죽게 될 것이다. 노부가 일찍이 얻은 별호 중에 하나가 해부관(解剖官)이었음을 뼈저리게 깨닫게 될 것이다."

그 말은 신용할 만했다.

도식이 실로 오묘하고 기괴했다.

보도가 허공을 가르며 살인미소의 얼굴로 날아들며 매순간마다 매우 까다로운 변환(變幻)을 몇 번씩이나 연달아 일으켰다. 누구든 일단 휘말리게 되면 최소한 열 군데 이상이 찢어지거나 쪼개질 판이었다.

은잠노야의 도법은 변황(邊荒) 지역에서 유래된 오귀투차쇄심도법(五鬼偸叉碎心刀法)이었다. 다섯 귀신이 한꺼번에 도를 시전하여 상대를 갈기갈기 찢어놓는다는 의미의 무자비한 도법.

피이이잇……

도법명(刀法名)대로 은잠노야의 보도가 순간적으로 다섯 줄기 이상의 변화를 일으켰다. 위맹한 도기를 동반한 채였다.

일단 휘말리면 살인미소의 몸뚱어리는 해부(解剖)되며 던져 버린 시체 조각처럼 너덜너덜하게 변해 바닥에 처박힐 것이 틀림없었다.

은잠노야는 결정적인 순간에 언제나 오귀투차쇄심도법을 구사했기에 과거의 별호가 해부관이었던 것이다.

살인미소의 신형이 가볍게 뒤로 날아갔다.

"아… 잠깐. 나는 아직 할 말이 남아 있소."

은잠노야가 다시 보도를 곧추세우며 다가왔다.

그는 일 도(一刀)가 무산되어 버리자 자존심이 매우 상해 있는 중이었다.

"말해 봐라."

"도대체 내 목에 얼마가 걸려 있소?"

"황금 십만 냥이다. 그만 하면 노부가 지하의 아방궁 속에서 여생 동안 열 명의 여자를 끼고 왕처럼 호의호식하며 지내기에 충분하지."

살인미소가 실망한 빛을 감추지 못했다.

"싸군."

"뭐?"

"만일, 만일 말이오. 나를 벨 수만 있다면 노야에게 아주 좋은 일이 생길 것이오. 왜냐하면 내 품속에는 십만 냥짜리 전표 한 장이 들어 있기 때문이오. 그 돈이면 노야의 여생 동안 열 명이 아니라 스무 명의 여인들을 끼고 황제처럼 호의호식하며 지낼 수 있을 것이 아니겠소?"

"그, 그렇다면 반드시 네놈의 목을 비틀어 따야 되겠구나."

살인미소가 헤실헤실 웃기 시작했다.

"그런데… 그런데 말이오. 애석하게도 그건 나를 반드시 죽여야만 가능한 일이오. 나는, 나를 죽이면 십만 냥을 더 얻을 수 있다는 사실을 가르쳐 주었으니 노야께서도 나에게 한 가지 사실을 알려줘야 할 것이오."

은잠노야는 살인미소와 헤실헤실 웃는 것이 아니라 껄껄껄 웃었다.

십만 냥이 덤으로 더 생기게 되다니 이보다 더 좋은 일이 또 어디 있으랴.

"너는 어차피 죽을 놈이니까 무엇을 묻는다 해도 가르쳐 줄 용의가 있다. 도대체 무엇을 알고 싶은 게냐?"

"누가 나를 청부한 것인지 그 점을 알려주시오."

"그 일은 대수로운 일이 아니지."

은잠노야는 살인미소 같은 애송이를 죽이지 못할 이유가 조금도 없다는 생각이 들었다. 말이 술술 나왔다. 어차피 곧 죽게 될 놈이라는 생각에서……

"한단(邯鄲)에 가면 신복노(神卜老)라는 점쟁이가 있다. 놈은 그 땅에서 알아주는 명물이긴 하지. 순전히 엉터리 복자(卜者)로 말이다. 그는 노부의 친구이기도 하지만 원래 살인 중개업이 본업이다. 애야, 이제 더 알고 싶은 것이 없느냐?"

"없소. 노야께서는 더 이상 알고 있는 것도 없으면서 무얼 더 아는 체를 하는 것이오?"

"너는 모르는 것보다 아는 것이 더 많은 매우 신기한 놈이로구나."

그 말과 동시에 은잠노야가 살인미소의 옆구리를 향해 보도를 길게 뻗었다.

피이잉…….

옆구리부터 해부할 심산이었다.

아찔한 도기들이 무수한 은광을 이루며 살인미소의 옆구리로 날아왔다.

살인미소는 순간적으로 다섯 번이나 번신(翻身)하며 두 번째로 은잠노야의 도기를 무산시켰다.

"노야의 과거 별호가 왜 해부관이었는지 이제야 확실하게 깨달을 수 있겠소. 하지만 오늘은 녹슨 해부도(解剖刀)를 들고 나온 것 같소."

살인미소가 가볍게 착지를 할 때 은잠노야의 도기가 또 뭉게구름처럼 몰려들었다.

"너도 이제는 도(刀)를 뽑아라. 언제까지 숨기고만 있을 것이냐?"

살인미소의 도(刀)! 도대체 그것이 어디에 있다고 은잠노야가 그렇게 말하는 것일까?

살인미소는 고개를 저었다.

"도란 원래 눈깔이 없는 것이라 한 번 뽑히면 반드시 노야를 쪼갤 것인데 무얼 그리 서두르는지 나는 이해하지 못하겠소."

그 말로써 은잠노야는 이성을 잃었다. 도(刀) 없이도 은잠노야를 죽일 수 있다는 의미였기 때문이다.

"이, 이 씨앙넘의 시키가… 노부를 너무 가벼이 여기는구나……."

급기야 욕설을 동반했다.

은잠노야는 오귀투차쇄심도법의 최상승 절기인 투차쇄심도술(偸叉碎心刀術)을 감행했다.

상대의 몸을 유린하고[偸叉], 인간의 마음까지도 갈기갈기 찢어놓는다는[碎心] 절정의 변황도술(邊荒刀術)이 폭풍처럼 펼쳐졌다.

도기의 해일이 별빛조차 숨을 죽인 암울한 한밤중임에도 불구하고 눈부시게 피어올랐다.

쏴아아아…….

믿을 수 없는 일이 이때 일어나고 있었다. 살인미소는 너무나도 가볍게 도기의 해일 속을 벗어나고 있는 것이었다.

"……!"

보고서도 믿지 못할 부드러움으로 살인미소는 도기의 해일 속을 유유히 벗어났다.

그런 일은 결코 있을 수 없는 일이었고 누구라 할지라도 믿을 수 없는 일이었다.

왜냐하면 투차쇄심도술은 상대의 외곽부터 봉쇄하며 도기 안에 들어있는 자를 무차별적으로 도륙하는 독특한 도법이었다.

은잠노야는 환장할 일을 맞고야 말았다.

"이 노옴… 제법 재간을 부린다만……."

또다시 살인미소를 향해 쏟아지는 도기의 폭풍.

그러나 은잠노야는 살인을 감행할 때 도(刀) 끝에서 일어나는 짜릿한 감촉을 끝내 느낄 수 없었다.

스스스슷…….

살인미소의 신형은 구름을 벗어나는 달덩어리 같았다. 느린 듯 보이지만 정녕코 빠른 최상승의 경악스러운 보법이었다.

은잠노야가 핼쑥하게 질리며 자탄했다.

"아아… 노부는 어째서 네가 어영부영 보법을 사용하는 것인지… 그 점을 이해할 수가 없구나."

은잠노야 최후의 살인술을 벗어날 수 있는 걸음이 있다면 그것은 단한 가지뿐이었다.

천하에서 가장 빠른 보법 어영부영 보법이 아니라면 그것이 과연 어떤 보법이겠는가?

살인미소의 우수(右手)가 가볍게 움직였다. 아주 가볍게.

그렇지만 그 일은 결코 가벼운 일이 아니었다. 죽음이 은잠노야를 향해 다가오고 있었으니 결코 가벼운 일이라 말할 수 없을 것이다.

살인미소의 장심(掌心)에서 쏟아져 나오는 현란한 강기(罡氣)는 죽음의 묵빛 강기로 불리우는 혼천마라강(混天摩羅罡)이었다.

콰아앙…….

은잠노야의 가슴에서 폭발이 일어났다.

주변으로 역겨운 살 타는 냄새가 번져 나갔다.

은잠노야의 가슴은 비단 잘 익은 고깃덩어리로 변했을 뿐만 아니라 석쇠 위에 올려져 있는 갈비뼈처럼 새까맣게 변색되었다.

은잠노야가 잔뜩 찌푸린 얼굴로 간신히 말했다.

"우우우… 너, 너는… 오독불의 전인인가?"

벌써 은잠노야의 오장육부는 물론, 전신에 퍼져 있는 심맥과 경혈이 모조리 끊어져 있었다. 혀는 상하지 않은 것 같았다. 그런 질문을 했으니 말이다.

살인미소가 헤실거리며 고개를 저었다. 이때부터는 존대를 하지 않았다.

"아냐. 내가 어찌 오독불의 전인이겠어?"

비틀비틀.

은잠노야가 간신히 신형을 유지했다.

"그의… 제자가 아니라면… 어찌하여 그의 독문강기를… 사용할 수 있는 것이냐?"

살인미소가 헤실거리며 웃었다.

"뺏은 거지."

"……?"

"아무튼 그건 사실이야. 물론 그 사람은 훔쳐 갔다고 말하겠지만."

은잠노야는 무슨 말을 들었는지 한참 동안을 생각해야 했다.

제자가 되어 독문절기를 이어받는다는 말은 수없이 들어봤어도 독문절기를 빼앗아 익혔다는 말은 들어본 적이 없었다.

심장과 간, 콩팥과 위장까지 이미 새카맣게 타버린 후여서 모든 기능이 마비되어 있었지만 그래도 뇌까지는 익지 않았기에 은잠노야는 잠시나마 생각을 이을 수 있었다.

"그, 그렇다면 너는 반드시… 오독불의 손에 죽을 것이다."

살인미소가 박장대소를 했다.

"내가 차분하게 설명을 한다고 해도 노야께서 어찌 이해할 수 있겠어? 오독불 아저씨가 나에게 항복한 지 이미 오래되었다는 사실을……"

은잠노야는 불신의 커다란 빛을 새기며 그 자리에서 엎어졌다.

"컥!"

놀라 까무러친 절명(絶命)이었을까?

사람들은 땅 위에서 살다가 죽으면 땅속에 묻히는 것이 보통의 일이지만 은잠노야는 땅속에서 살다가 죽을 땐 정말로 땅 위에서 죽게 되었다.

이로써 살인미소의 말은 어느 것 하나 틀린 점이 없음이 증명되었다.

살인미소가 손을 탁탁 털었다.

"주형광 형님이 술상을 차려놓고 눈 빠지게 기다릴 텐데……."

말은 그렇게 했지만 머리는 벌써부터 한 사람의 명호를 새기고 있었다.

'한단의 엉터리 복노, 신복노라……'

살인미소는 중대한 사실 한 가지를 알아내게 되었다. 그것은 혈막(血幕)의 강호 연계자를 알게 되었다는 점이었다.

멍청한 은잠노야는 자신이 오히려 죽게 되리라는 것을 조금도 생각하지 못하고 너무 쉽게 혈막의 정체 일부분을 드러낸 것이다.

산은 높아야 오르는 묘미가 있겠지만 보타산(普陀山)은 높아도 너무 높았다.

보타산이 절강성 주산열도(舟山列島)에 위치해 있는 불교의 성산(聖山)임을 모르는 사람은 아마 없을 것이다.

소백화(小白華) 또는 매장산(梅嶹山)이라 불리기도 하는 보타산은 관음보살의 진령(眞靈)이 안치된 곳이기도 했다.

특히 산 전체의 모양이 팔각(八角)을 이루고 있어 그 자체로 연꽃 받침 모양을 하고 있는 게 불가(佛家)에서는 더없이 신성시하는 산이기도 했다.

사천성의 아미산, 산서성의 오대산, 그리고 안휘성의 구화산과 더불어 불교 사대 명산 중의 하나가 바로 보타산이었다.

대로(大路)를 택하지 않고 산을 가로지르는 일은 마음이 급한 사람이 행하는 행동이다.

살인미소가 만일 보타산을 가로지르지 않고 산 아래의 길을 따라 빙

빙 돌아 비룡검보로 향한다면 오늘 밤 안으로 도저히 당도할 수 없을 것이다.

순전히 그런 이유에서 살인미소는 날개 달린 새처럼 일직선을 이루며 보타산을 넘고 있었다.

휘이익…….

살인미소는 한줄기 바람이었다. 시위를 벗어난 화살이었다. 떨어지는 뇌섬(雷閃)이었다. 어영부영 보법에 의한 그의 신형은 찰나를 영위하는 영겁 속의 빛이었다.

그런데… 이상한 일이 벌어지고 있었다.

"으음… 나는 여전히 보타산을 벗어나지 못하고 있구나."

허공을 가볍게 울리는 음성…….

어느 순간, 살인미소가 번쩍하며 모습을 나타냈다.

그의 발자국들이 눈앞에 길게 이어져 있었다. 그건 살인미소가 조금 전에도 이 길을 지나갔다는 의미가 된다.

그의 속도로 말하자면 보타산 정도는 벌써 가볍게 지나쳤어야 했다.

"진도(陣圖) 속이로군."

살인미소가 혀를 찼다.

"쯧, 누가 나를 가두어놓으려는 심산인가 본데……."

주변을 살펴보았다.

자신이 서 있는 주변으로 무수한 암경(暗勁)이 흐르고 있었다. 암경을 따라 자욱한 기류(氣流)도 끊임없이 뿜어지고 있었다.

"팔황열강기진(八荒列疆奇陣) 같기도 하고 대윤회육합진(大輪廻六合陣) 같기도 한데……."

문제는 자신이 그런 곳에 갇혀 있다는 점이었다.

자욱한 암경과 기류들 뒤에는 기이한 암석들이 이상한 형태를 이루며 쌓여 있었다.

여기저기에 돌무더기들 또한 인위적으로 쌓여 있었다. 이런 모든 점들이 주변 전체를 을씨년스러운 분위기로 바꾸어놓았다.

이상한 점은 또 있었다. 그것은 여러 가지 형태로 산재해 있었다.

주변의 고목들이 앙상하게 말라 죽어 있었고, 풀들 또한 누렇게 말라 죽어 있었다. 계곡을 흐르던 물줄기들도 바짝 말라 있었다.

"으음… 필시 주변에 번져 있는 암경과 기류에 의한 기이한 기(氣)에 의해 이런 현상이 일어난 것이리라……."

살인미소는 생선의 범천대승만회강 해설서 열두 권 중에 진도지학(陣圖之學) 편(篇)을 떠올렸다.

범천대승만회강 해설서 중 열 번째는 천하에 존재하는 모든 진세(陣勢)에 대한 설명을 모조리 수록하고 있는 진도지학 편이었다.

잠시 생각.

"흠… 이 진세는 구궁(九宮)의 위치가 상리를 벗어나 변환되어 있구나. 진도는 삼십 년 전에 홀연히 중원에서 사라진 진원무보(陣元武堡)의 비전진식(秘傳陣式)이고……."

진원무보는 살인미소의 짐작대로 삼십 년 전까지 강호 활동을 하다 갑자기 사라진 문파였다.

진원무보의 진식들은 그때 저절로 세상에서 사라지게 되었다.

그러나 누가 진원무보를 모르랴.

진원무보는 삼십 년 전만 해도 천하에 존재하는 삼백여 보(堡) 중에서 가장 명성이 높은 보(堡)였다.

천하십대명가 중에 환우제일검가가 가장 위에 존재했던 것처럼 진원무보 또한 모든 보 중에 가장 꼭대기에 존재했었다.

진원무보가 천하제일보(天下第一堡)로 불려졌던 이유는 천하에서 가장 독창적이고 무적의 기절진식(奇絶陣式)을 백 종(種)이나 독자적으로 창안해 냈기 때문이었다.

진원무보의 백여 종이나 되는 기문진식(奇門陣式)들은 그 당시까지만 해도 단 한 번도 파해된 적이 없는 천하제일 진식들이었다.

때문에 세상 사람들은 진원무보의 사소한 진식(陣式)조차도 소림 백팔나한진보다 오히려 더 높게 여겼다.

그런 진식 중에 하나가 지금 살인미소 앞에 펼쳐져 있는 것이다.

살인미소는 빠르게 주변을 관찰하기 시작했다.

"이건… 생문(生門)과 휴문(休門)의 위치가 서로 바뀌어 설치되어 있다. 그로 인해 일반적인 진식과 달리, 어느 문으로 향하든 사문(死門)이 되는 것이다……."

다시 말하자면 어느 문을 찾든 그곳이 죽음의 문이 되는 것이며 그로써 죽음의 덫이 되어 설치되어 있는 것이었다.

'삼십 년 전에 홀연히 사라진 진원무보 또한 환상궁에 귀속되며 강호상에서 자취를 감춘 것이로군. 가장 중요한 시점에 환상궁의 도구로 이용되기 위해…….'

지금이 그때인 것 같았다.

그 점을 증명이라도 하듯 홀연히 네 노인이 모습을 나타냈다.

스스슷…….

네 노인이 나타나자 다른 곳과 달리 네 노인이 서 있는 주변의 암경과 기류들이 스르르 소멸되었다.

네 노인은 인세를 벗어난 신선처럼 탈속한 풍모를 지니고 있었다.

길게… 가슴 앞까지 늘어진 흰 수염이 배 앞에서 조용하게 흔들리고 있는 네 노인은 아주 낡은 청의를 걸치고 있었다.

비록 네 노인이 낡은 청의로 몸을 감싸고 있었지만 자체로 위엄 서린 풍채를 지니고 있어 정녕 인세의 사람들 같지 않았다.

네 노인은 나타나는 것과 동시에 두어 발자국씩 움직여 살인미소의 건곤감리(乾坤坎離), 즉 사위(四圍)를 재빠르게 점해 버렸다.

네 노인이 이런 행동을 취한 것은 진도학(陣圖學)의 대가(大家)임을 뜻하는 것이다.

네 노인이 점한 사위만이 살인미소가 찾아내지 못한 유일한 생문(生門)임을 증명하는 일이기도 했다.

살인미소가 네 노인을 향해 차례로 목례를 했다.

"불초가 진원사현(陣元四賢)을 뵙소."

네 노인이 깜짝 놀랐다.

네 노인은 이 갑자(二甲子) 전부터 삼십 년 전까지 활동하던 고인(高人)들이었다. 또 네 노인은 또 과거 진원무보의 사대장로(四大長老)들이기도 했다.

각각 진성(陣聖), 진무(陣撫), 진광(陣廣), 진허(陣虛)로 불리던 노인들이었다.

진원사현… 그들이었다.

진원사현은 놀라움을 감추며 기이하게 안광을 빛냈다.

진성 노인이 고개를 흔들었다.

"아직까지도 우리를 알아보는 사람이 있으리라곤… 공자의 말을 듣고서도 믿을 수가 없구나."

살인미소는 대답하지 않았다. 아직 진원사현의 의중이 무엇인지 모르기 때문이었다.

진무 노인이 긴 수염을 파르르 떨었다.

"과연 공자는 명가 환우제일검가의 적자답소."

"……."

이번에는 진광 노인이 고개를 저었다.

"공자가 장인촌을 벗어났다면 나름대로 많은 공부를 거듭하고 나왔으리라 예상은 했었지만… 이토록 뛰어난 식견을 갖추고 출강호(出江湖)하리라곤 전혀 예상치 못했소."

그때까지 듣기만 하던 살인미소는 네 노인의 의중이 대단히 좋지 않다는 것을 깨달았다.

우선 살인미소의 길목을 노려 진세를 이용해 가둔 것이 첫 번째 증거였다.

두 번째는 살인미소가 누구인지 정확하게 알고 있다는 점이 그랬다.

환우제일검가의 적자라고 말한 점… 더구나 장인촌을 벗어났다는 점까지도 네 노인이 알고 있는 것이다.

그것은 진원사현이 누군가의 명령을 받고 살인미소에게 위해(危害)를 가하기 위해 사전 연구를 하지 않았다면 알아낼 수 없는 일들이었다.

진허 노인이 그 점을 분명히 했다.

"공자, 안됐지만 머리를 본 진원사현에게 주어야겠소."

살인미소가 한 걸음 뒤로 물러섰다.

"제가 알기에는 과거의 진원무보는 분명히 정파의 일문(一門)이며, 네 분께서도 불의가 아니면 절대로 뜻을 굽히지 않는 대쪽과 같은 기개를 지닌 분들이시라 들었소. 그런데 어찌하여 아무 원한 관계가 없는 불초의 머리를 얻고자 하는 것이오?"

말은 더없이 정중했다. 이럴 때의 살인미소는 환우제일검가의 직계 손다웠다.

잠시⋯ 네 노인의 얼굴에는 부끄러운 기운이 가득하게 감돌았다.

사람의 앞길을 막고 머리를 요구하는 것은 녹림의 산도적 떼나 하는 짓인 줄 진원사현이 모를 리 없었다.

진광 노인이 황망한 중에 입을 열었다.

그는 진원사현 중에 가장 성미가 급한 사람이었다. 이번에는 '공자'라는 존칭을 사용하지 않았다.

"너는 이상하게 생각하지 말아라. 너의 머리는 진원무보의 개산대전(開山大展)에 쓰고자 함이니라."

개산대전은 봉문한 문파가 다시 강호 활동을 시작한다는 뜻이다.

봉문이라 함은 대체로 자의보다 타의에 의해 이루어진다.

그러므로 삼십 년 전의 진원무보는 어떤 세력의 압력에 굴해 봉문을 선언했던 것임이 틀림없었다.

진성 노인이 명문(名門) 후예답게 살인미소의 목을 얻고자 하는 까닭을 세세히 밝히기 시작했다.

노인의 긴 설명을 요약하면 다음과 같았다.

삼십 년 전.

한 여인이 홀연 진원무보에 모습을 나타냈다.

여인이 진원무보에 홀연히 모습을 나타냈다는 사실은 진원무보로서는 충격적인 대사건이었다.

전문을 중심으로 하여 언제나 열 가지 이상의 최 상승 절진이 펼쳐져 있는 곳이 진원무보였다.

여인이 본전(本殿) 앞까지 당도한 이 사건은 자체로 불가사의였다.

진원무보가 자랑하는 상승의 절진들을 모조리 파해(破解)하지 않고서는 들어설 수 없기 때문이다.

여인은 자신을 환상궁의 대주(隊主) 중 한 사람인 요월(姚越)이라고만 밝혔다.

진원사현은 아득한 절망감을 느꼈다. 즉시 자결(自決)을 떠올렸다.

진원사현이 잠시 자진(自盡)을 미루고 있는 사이에 여인은 다음과 같은 말을 했다.

"진원무보의 진도지학이 천하제일이라 들었지만 실망이 커요. 어린아이들의 장난질과 다름이 없군요. 어찌하여 진원무보가 그런 허명(虛名)을 얻게 되었는지 저는 전혀 이해할 수가 없어요."

당시 진원무보의 보주(堡主)였던 진해선생(陣解先生) 진여귀(陣黎歸)는 그 말을 듣는 순간, 백회혈(百會穴)을 내려쳐 먼저 자진했다.

진여귀는 마지막 가쁜 숨을 몰아쉬며 생의 마지막 말을 다음과 같이 진원사현에게 남겼다. 진여귀는 진원사현의 사형(師兄)이자 핏줄로는 숙부가 되는 사람이었다.

"이런 모욕을 당하고도 자진하지 않는다면 세상 사람들은 나를 뻔뻔스럽기 짝이 없는 자라 비웃을 것이다. 그, 그러나… 그대들까지 자진할 이유는 없다. 너희는 마땅히 저 여인과 진도지학을 겨뤄 이겨 저 여인을 흙으로 돌려보내라."

진성은 진원사현 중 맏이였다.

"요월, 진원무보는 지금부터 열 가지의 기절진(奇絶陣)을 펼쳐 보이겠다. 네가 파해법(破解法)을 알지 못한다면 그 자리에서 목을 떼어놓아야 한다."

요월은 여전한 표정을 지었다.

"만일 내가 진원무보의 열 가지 기절진을 정확하게 맞춘다면 그땐 어떡하겠어요?"

진성은 서슴없이 말했다.

"네가 찾아온 목적대로 될 것이다."

진원무보의 모든 인물들이 총동원되어 기절진들이 펼쳐지기 시작했다.

진식이 펼쳐지자 진원무보의 연무장에서는 때 아닌 운무와 같은 기류들이 흐르기 시작했다. 무한대의 암경들도 귀기(鬼氣)처럼 서리기 시작했다.

진인(陣人)들이 그림자처럼 부드럽게 움직여 하나의 절진을 만들어냈다.

요월은 마치 자신이 진(陣)을 창조한 사람처럼 절진을 알아보았다.

"천망탈혼귀곡절진(天網奪魂龜哭絶陣)이로군요. 모든 문은 사문(死門)이고 이(離) 건(乾)이 휴문(休門)… 오직 감문(廿門)만이 생문(生門)이겠군요."

두 번째 절진이 펼쳐졌다.

이번에도 요월은 망설임없이 말했다.

"삼십육과모니주기생사절진(三十六顆牟尼珠欺生死節陣)이 서역에서 중원에 들어온 지 어언 이백여 년. 약간의 미진한 구석이 있는 절진이었지만 진원무보에서 열두 곳에 변환(變幻)을 주어 미비점을 모조리 보완했군요."

요월의 말이 끝나기 무섭게 진성의 손에 들려져 있던 붉은 깃발이 흔들렸다.

진무보의 진인(陣人)들이 그림자처럼 소리없이 움직였다. 진원무보의 연무장에는 또 다른 절진 하나가 조용히 펼쳐졌다.

얄밉게도… 요월이 함박꽃처럼 활짝 얼굴을 펴고 웃었다.

"천강창우비사절진(天降創祐飛瀉絶陣)이로군요. 오백 년 전에 창안되어 백오십 년 전에 실전(失傳)된 진도지학의 대가 도굉선사(圖轟禪師)의 기문진식(奇門陣式)이고요. 천강창우비사절진은 유감스럽게도 네 곳의 결정적인 단점이 있었는데 진원무보에서 그런 단점들을 완전히 보완한 것은 물론이고 무려 스무 곳이나 사문을 첨가하여 새로운 기문진식으로 재창조했군요."

또 다른 진식이 펼쳐졌을 때에도 마찬가지였다.

요월은 배우가 대사를 외울 때처럼 술술 기절진들에 대해 설명을 하는 것이었다.

진원사현은 현기증을 느꼈다.

지금까지 요월에게 견식시켜 준 기절진들은 대체로 진원무보에서 독특하게 보완하거나 독창적으로 재창조한 진식들이었다.

결국 진원무보는 진성 노인의 지휘 아래 절정의 열 가지 기절진들을 모조리 펼치게 되었다.

마지막 기문진식이 펼쳐졌을 때 요월은 깔깔거리며 웃었다.

"아하… 이건 정말 놀라운 일이로군요. 북해(北海) 사라빙궁(斯羅氷宮)의 정심빙정하야절진(靜心氷精霞若絶陣)이 어째서 진원무보의 기절진이라는 거죠?"

진원사현은 얼굴을 벌겋게 물들이며 고개를 떨궜다.

잠시 어색한 침묵이 흘렀다. 진허(陣虛)가 패배를 솔직하게 인정했다.

"우리는 다만 그대의 조건을 기다릴 뿐이다."

요월이 요사한 미소를 새겼다.

"봉문을 요구하겠어요."

진원사현이 낮게 신음했다.

"으음."

또 잠시 동안 어색하기 짝이 없는 죽음과 같은 침묵…….

진무(陣撫) 노인이 오만상을 찌그리며 입을 열었다.

"환상궁의 목적은 오직 본보(本堡)의 봉문에 있는 것이오?"

요월이 고개를 저었다.

"솔직하게 말씀드리겠어요. 본궁은 진원무보의 능력을 원해요."

"모를 말이군. 본보의 능력을 원한다면 능력을 활용하면 될 일이지 어째서 봉문을 요구하는 것이오?"

이번에도 요월이 희미하게 웃었다. 그녀는 말을 할 때마다 살짝살짝 웃는 버릇이 있었다.

"본궁은 단 한 번 진원무보의 능력을 이용할 거예요. 단 한 번만 말이에요. 그동안 진원무보는 당연히 봉문 상태를 그대로 유지해야 합니다. 그러나 삼십 년이 지났다고 해서 저절로 봉문이 풀리는 것은 아닙니다. 진원무보는 본궁을 위해 커다란 소임 한 가지를 해결해 주어야 합니다."

"어떤 소임이오?"

요월이 고개를 저었다.

"그건 삼십 년이 지난 후에 말씀드리겠어요. 진원무보는 당장 강호 상에 봉문부터 선언하세요."

진원무보는 그때 봉문되었다.

그 후로 삼십 년이 지났다.

조금 전의 일로, 이때는 살인미소가 나타나기 전이었다.

봉문을 선언하고 오로지 자숙의 기간을 보내고 있던 진원사현에게 환상궁의 대주 요월이 모습을 나타냈다.

요월은 진원무보의 개파대전 열쇠를 쥐고 있는 여인이었다. 요월은 진원사현에게 시원스럽게 말했다.

"이 일은 처음 기회이자 마지막 기회이며 진원무보의 흥망성쇠와 직접적인 연관이 있는 소임이에요. 소임을 완수한다면 진원무보의 소원대로 개파대전을 허락할 것이에요. 하지만 완수하지 못한다면 진원무보의 영원한 파문(破門)을 요구하겠어요."

이 말처럼 무서운 말은 없었다. 진원무보의 흔적이 강호상에서 영원히 사라질 수도 있다는 의미가 되는 것이다.

진원사현은 애가 탔다.

"우리는 환상궁의 요구가 어떤 것이든 반드시 완수할 각오가 되어 있소."

요월이 배시시 웃었다.

"한 사람을 죽이는 일이에요. 죽어야 될 자의 명호는 풍운(風雲)이에요. 그자는 환우제일검가의 유일한 핏줄이기도 하지요. 지금은 살인미소라고 불리우고 있으며 최근에 장인촌에서 강호로 나왔지요."

제38장

생선(生仙)은 생선(生鮮)이 아니다

생선(生仙)은 생선(生鮮)이 아니다

섬뜩하리만큼 철저한 환상궁의 무서운 죽음의 안배였다.

살인미소는 생애 처음으로 두려움을 느꼈다.

환상궁은 이미 오래전부터 천하를 향해 조직적인 죽음의 덫을 여기 저기에 설치해 놓고 있었던 것이다.

삼십 년 전에 진원무보를 봉문시키며 파놓은 죽음의 함정은 사실 살인미소를 대상으로 파놓은 것은 아니었을 것이다.

당시는 살인미소가 태어나기도 전이었으니까……. 아버지 환우제일 검 풍백을 대상으로 파놓은 것이 분명했다.

풍백이 마교의 간계에 걸려 내공(內功)을 잃지 않을 경우를 대비하여 이 차 삼 차로 설치한 덫이었음이 분명했다.

지금의 풍백은 이미 강호 생활을 접고 은거한 것이나 마찬가지였다.

그리하여 죽음의 화살은 풍백을 비켜가고 그 대신 아들인 풍운에게 돌려진 것이었다.

진원무보는 과거 강호의 정파를 자처하고 있었지만 지금은 사정이 급했다.

환상궁이 내건 조건이 아무리 악랄한 것이라 할지라도 그게 대해 왈가왈부할 입장이 아니었다. 조건의 부당성에 대해 반기를 들 입장 또한 아니었다.

현재는 이유 여하를 막론하고 무조건 살인미소의 목을 분리시켜야만 다시 강호 활동을 할 수 있는 절박한 처지였다.

살인미소는 허탈한 심정이 되었다.

'결국… 진원무보는 환상궁의 차도살인지계(借刀殺人之計)의 칼날 역할을 맡은 것이로군.'

진원사현은 그래도 일말의 양심이 있어 살인미소의 목을 요구하는 이유를 낱낱이 밝히긴 했다.

허탈한 심정을 느끼기는 그들도 마찬가지였다.

진광(陣廣) 노인이 조그맣게 머리를 흔들었다. 그가 단도직입적인 말을 했다.

"주시오. 공자의 머리가 본보를 소생시킬 수 있는 유일한 희망이오."

살인미소가 헤실헤실 웃기 시작했다.

"참으로 딱한 일이오. 이럴 땐 내 머리가 둘이었으면 얼마나 좋겠소?"

진원사현이 일제히 고개를 끄덕였다.

"남의 머리라는 것은 내가 원한다고 거저 얻을 수 있는 것이 아니지.

그러나 이 지경에 이르러 무엇인들 바라지 않겠나?"

진무 노인이 작심한 듯 빠르게 말했다.

"네가 이곳을 빠져나갈 경우란 우리 넷을 모두 베었을 때뿐이다."

살인미소가 고개를 끄덕였다.

"그렇지 않다면 이 절진이 풀리지 않을 것인데 어찌 내가 네 분을 시린 땅속으로 돌려보내지 않겠소?"

진무 노인이 품 안에 지니고 있던 누죽호필(淚竹毫筆)을 재빨리 꺼내 들었다.

누죽호필은 진무 노인의 독문 병기로 평소에는 난(蘭)을 치거나 일필휘지를 드날려 용봉(龍鳳)을 그리는 데 사용되던 죽필(竹筆)이었다.

길이는 불과 두 자 세 치.

그렇지만 모필(毛筆) 속에는 날카로운 한철(寒鐵)이 감춰져 있어 가까이 스치기만 해도 예리한 검기에 심경맥이 토막나게 되는 무서운 병기였다.

그것이 암묵적인 신호인 듯했다.

진성 노인이 재빨리 천풍폐문철선(天風閉門鐵扇)을 꺼내 들었다.

천풍폐문철선은 보통 크기의 붉은색이 감도는 일반적인 섭선(攝扇)이었다.

진성 노인의 천풍폐문철선에서 발출되는 천풍삼십육강기(天風三十六罡氣)와 폐문역류혈강기(閉門逆流穴罡氣)는, 과거 무림의 일절로 일컬어지기까지 한 무시무시한 선공(扇功)이기도 했다.

무림 일절이라는 칭호는 아무나 얻을 수 없다.

진성 노인은 소싯적에 아흔아홉 명이나 되는 녹림도들과 홀로 대적하여 모조리 죽인 적이 있었다.

하북(河北) 고산(孤山)에서였으며 처가(妻家)인 하북목가(河北穆家)에
서였다.

하북목가는 딸이 아홉이나 되는 딸 부자 세가였다.

아홉 딸들은 한결같이 미인들이었다. 진성 노인은 그때 불과 스물한
살이었다.

맏사위가 되어 인사 겸 하북목가를 방문 중이었는데 그때 고산 녹림
도들의 습격을 받았던 것이다.

녹림도들의 습격 목적은 아홉이나 되는 딸들을 강탈해 가기 위해서
였다. 늘 그렇지만 녹림도들은 미인에 대해 상당히 편리한 개념을 지
닌 자들이었다.

"그건… 보석과 같은 것이어서 먼저 차지하는 놈이 항상 임자지."

그들만의 매우 편리한 사고방식이었다.

당시 청년 진성이 그 꼴을 앉아서만 구경할 순 없었다.

노기 충천하여 아흔아홉 명의 녹림도들을 상대로 꼬박 일 박 칠 일
간이나 혈투를 벌이게 되었다.

이때 청년 진성의 병기가 바로 천풍폐문철선이었다.

결과는 한 사람이 살아남았고 아흔아홉 구의 시체가 생겼다. 살아남
은 자는 진성이었다.

진성은 그 당시의 일로 불과 스물한 살에 무림일절이라는 명성을 얻
게 되었다.

천풍폐문철선 또한 무림의 일절이 되었다. 지금 진성 노인이 움켜잡
고 있는 천풍폐문철선이 바로 그것이었다.

진광 노인의 독문 병기는 천뢰태허박명쌍모(天賴太虛博命雙矛)라는
자단목(紫檀木)으로 만들어진 조그만 몽둥이 창[矛] 두 개였다.

두 모(矛)의 이름은 각각 천뢰박명모(天賴博命矛)와 태허박명모(太虛博命矛)였다. 그것은 자단목으로 만들어졌기에 검붉은 색을 띠고 있었다.

진광 노인과 천뢰태허박명쌍모는 비록 무림의 일절로 불려지진 않았지만 그런 명성을 얻어도 조금도 모자람이 없는 무서운 병기였다.

진허 노인은 조그만 한 쌍의 옥루개산취부(玉淚開散翠斧)를 움켜잡고 있었다.

옥루개산취부는 철로 만들어진 것이 아니라 천년한옥(千年寒玉)으로 만들어졌다.

은은하게 푸른빛이 감도는 도끼들이었다.

크기는 겨우 커다란 붓 정도의 크기······.

진허 노인이 쌍부(雙斧)를 움켜쥐자 마치 장난감 도끼를 양손에 들고 있는 것처럼 보였다.

천하에서 가장 단단한 물질은 두말할 필요도 없이 만년한철(萬年寒鐵)이다.

천하에서 두 번째 단단한 물질을 꼽으라면 누구든 서슴없이 천년한옥을 꼽을 것이다.

진허 노인의 옥루개산취부는 바로 그 천년한옥으로 만들어진 것이기에 도검(刀劍)과 부딪치면 오히려 도검을 조각 내고 부러뜨렸다.

진허 노인의 옥루개산취부는 지금까지 패배를 모르는 신병기(神兵器)이기도 했다.

진허 노인을 비롯하여 진무보 전체가 패한 건 혈전(血戰)이 아니라 기문진식에 대한 문답(問答)에서 패한 것이다.

만일 환상궁의 대주 요월이 일대(一隊)를 거느리고 찾아와 비무를

청하였더라면 진허 노인의 옥루개산취부는 결코 패하지 않았을지도 모르는 일이었다.

그만큼 고강한 위력을 나타내는 옥루개산취부를 진허 노인이 살인미소를 향해 겨누고 있었다.

우우우웅…….

진원사현이 각종의 신병이기(神兵異器)를 움켜잡고 살인미소를 노려보자 진(陣) 전체가 파도를 만난 배처럼 출렁거리기 시작했다.

귀기스러운 떨림 소리도 계속해서 터져 나왔다.

귀성(鬼聲)은 진세와 신병이기들에게서 뿜어져 나오는 날카로운 예기에서 발출되고 있었다. 그 소리가 얼마나 공포스러운지 살인미소조차도 기혈(氣穴)이 울렁거릴 정도였다.

진허 노인의 옥루개산취부가 가장 먼저 쌍으로 허공을 가르며 날아왔다.

살인미소의 정면을 노린 공격이었다.

"안된 일이지만 소(小)를 희생시켜 대(大)를 살리고자 함이니 너는 본 진원사현을 결코 원망하지 말아라."

위잉…….

진허 노인의 옥루개산취부는 태산을 쪼개고 장강(長江)을 거스를 만한 놀라운 위력이 깃들어 있었다.

눈앞이 아찔할 정도로 빠를 뿐 아니라 곡선을 그리며 날아오는가 싶었는데 어느새 직선을 그렸고, 반원을 그리는가 싶었더니 어느새 좌에서 우측으로 일직선을 그렸다.

'주로 변환을 위주로 하는 부공(斧功)이로군.'

살인미소는 아직 강호 경험이 풍부하다고 말할 순 없었다. 변식을 위주로 하는 공격법에는 약간 미숙했다.

그런 공격 방법에 대한 방어법은 순전히 경험이 뒷받침되어야 가능한 것이기에 그럴 수밖에 없었다.

스슷…….

타고난 승부 감각으로 두 걸음을 물러나며 여섯 번이나 고개와 허리를 숙여 일단 몰려오는 노도를 피했다.

그러자 간신히 진허 노인의 기이막측한 변초를 무산시킬 수 있었다.

그것만으로도 아찔한 기운을 느낄 정도였는데 이번에는 좌측에서 진무 노인이 누죽호필을 앞세우고 짓쳐 왔다.

"아이야, 너도 숨겨둔 신병기를 잡아야 할 것이다. 그렇지 않으면 후회도 하기 전에 네 목이 땅바닥에 구를 것이다."

이때는 이미 누죽호필의 끝 부분이 살인미소의 목 어림까지 당도해 있었다. 섬뜩한 한철(寒鐵)의 기운이 싸늘하게 몰려들었다.

"좋은 가르침이었소이다."

말은 그렇게 했지만 살인미소는 우선 누죽호필의 뾰족한 예기부터 피해야 했다.

휘익…….

살인미소는 그 자리에서 세 번이나 변신(飜身)하며 일단 누죽호필의 영향권에서 벗어났다.

우측에서 진성 노인이 천풍폐문철선을 조용하게 펼쳤다.

"네가 과연 노부의 신선(神扇) 앞에서도 백수공권(白手空拳)으로 맞설 수 있을지 심히 궁금하구나."

치이이잇…….

진성 노인의 천풍폐문철선에서 신묘한 기운이 말 그대로 부챗살처럼 넓게 뻗쳐 나왔다.

이것은 천풍폐문강기(天風閉門罡氣)라는 진성 노인의 독문강기였다.

일단 강기에 휩싸이면 삼백육십 군데의 기혈이 폐쇄되고 모든 경락이 마비 현상을 일으키게 되는 무서운 공격 수법이었다.

때문에 천풍폐문강기라고 명명되어 있는 것이다.

살인미소는 은빛으로 변해 뻗쳐 오는 천풍폐문강기를 순전히 빠른 발놀림을 이용하여 무산시켰다.

이제는 진성 노인의 충고가 아니었더라도 이 시점에서는 기병기(奇兵器)를 사용해야만 했다.

이미 사인합공(四人合功)이 감행된 이 마당에 방어만으로는 더 이상 버틸 수 없었기 때문이다.

그런데 살인미소는 도대체 어떤 무기를 감추고 있단 말인가?

그때,

피이이잉…….

진무 노인의 천뢰태허박명쌍모가 두 직선을 이루며 살인미소의 정면으로 날아들었다.

살인미소는 또다시 재빠른 네 번의 번신으로 천뢰박명모와 태허박명모의 위맹한 공격을 무산시켰다.

이때 비로소 살인미소의 천고기병(天故奇兵)이 모습을 나타냈다.

그것은 살인미소의 허리에 채워진 붉은 가죽 허리띠였다.

붉은 가죽 허리띠는 살인미소의 허리에 그대로 남아 백의 자락을 단단하게 허리에 여미고 있는 상태였다.

살인미소가 오른손으로 움켜쥔 것은 붉은 허리띠를 고정시키는 쇠

부분이었다.

그것이 손아귀 안에 쥐어지자, 붉은 가죽 허리띠 안에서 백색의 기운을 발출하며 가느다란 마도(魔刀)가 모습을 드러내기 시작했다.

기이이잉…….

마도가 뽑혀지며 고고한 울부짖음이 토해졌다.

마도……!

처음에는 붉은 가죽 허리띠 안에 들어 있는 철사 줄 같았다.

그러나 살인미소의 내력이 조금씩 주입되자 곧 가느다란 한 자루의 마도로 변신하기 시작했다.

살인미소의 붉은색 가죽 허리띠는 마도를 숨기기 위한 검집과 같은 것이었으며, 실제로 마도는 그 안에 숨겨져 있었던 것이다.

번쩍.

살인미소의 손 안에서 형성된 마도가 눈부신 자광(紫光)을 뿜어냈다.

도(刀)란 일면(一面)만 날이 서 있는 것을 말한다.

반면에 검(劍)은 양면(兩面) 모두에 날이 서 있는 것을 이른다.

살인미소가 움켜쥔 도는 분명 양면에 날이 서 있었다. 그렇지만 그 날은 도의 일반적인 날이 아니었다.

정말로 이상하기 짝이 없는 도(刀)여서 주입되는 내력의 증감(增減)에 따라 도신(刀身)의 길이와 날의 면적이 늘어나기도 했고 줄어들기도 했다.

때문에 살인미소가 쥐고 있는 도(刀)는 스스로 생각을 하여 상황 변동에 따라 늘어나기도, 줄어들기도 하는 것처럼 보였다.

우우우웅…….

마도가 눈부신 자광을 뿜으며 홀로 울었다.

진원사현의 안색이 금세 어두워졌다.

으음…….

그들은 신음을 뱉었다.

표정으로만 본다면 무기를 뽑으라고 한 말을 후회하는 것 같았다.

진원사현의 맏이인 진성 노인의 안색이 가장 어두웠다.

"너, 너는 오… 오독불의 전인이로구나."

진성 노인이 마도를 바라보면서 몇 걸음이나 뒤로 물러나며 그렇게 외쳤다.

살인미소는 간단하게 고개를 저었다.

"그는 단지 나를 위해 존재했던 하나의 기다림이었소."

"……?"

진원사현은 얼른 이해를 못했다.

진성 노인이 살인미소에게 '오독불의 전인'이 아니냐고 물은 것은 살인미소가 움켜쥐고 있는 마도를 보고 짐작한 것이었다.

이 마도야말로 강호 활동을 하던 시절 오독불의 명망을 천하에 떨치게 했던 상고기병(上古奇兵)이었다.

이름하여 혼천일월도(混天日月刀)……!

태양을 쪼개고 달을 쪼개 천하를 혼돈케 만든다는 천하제일의 마도였다.

오독불이 자신의 목숨보다도 더 귀중하게 생각했던 천하제일도(天下第一刀)가 바로 혼천일월도였다.

오독불이 까만 머리숱노인에서 반질반질한 대머리 노인으로 변모된 이유는 바로 이 혼천일월도를 잃게 되었기 때문이다.

살인미소가 장인촌을 벗어나기 전, 오독불은 야매 앞에서 초죽음이 되어 신세를 한탄한 적이 있었다.

　그때의 오독불은 자해(自害)를 하며 자신의 그 탐스러웠던 머리카락을 몇 줌이나 뭉텅뭉텅 뽑은 후였다.

　당시의 오독불은 살인미소가 오독불의 비고(秘庫)에서 혼천마라강(混天摩羅罡) 진본(眞本) 스무 권을 모조리 훔쳐 간 것을 땅이 꺼져라 한탄하더니 결국 야매에게 다음과 같은 분노를 터뜨리지 않았던가?

　"나의 애도(愛刀)이자 대대의 가보인 천하제일의 명도(名刀) 혼천일월도(混天日月刀)까지 그놈이 훔쳐 갔다."

　그 일로 인해 오독불은 한순간에 반폐인이 되고 말았다. 정신적인 면에서 말이다.

　그 혼천일월도가… 지금 살인미소의 손에 들려 있는 것이었다.

　혼천일월도는 혼천마라강을 구 성(九成) 이상 익혀야만 사용할 수 있는 특이한 마도였다.

　혼천마라강기의 내력을 위주로 하여야만 사용할 수 있기 때문이다.

　살인미소가 혼천일월도를 뽑아 들어 내력을 주입시켰다면 분명 혼천마라강기의 내력을 칠 성 이상 발휘하고 있음이 분명했다.

　살인미소가 혼천일월도를 움켜쥐고 사위를 견제하자 진원사현은 선불리 공격을 감행하지 못했다.

　그들은 세수(歲數)로 따져 일백 세가 훨씬 넘는 사람들이었다. 혼천일월도의 위력을 모를 리 없었다.

　자신들이 지닌 희대의 병장기들 또한 강호상에 이름이 자자한 신병기들이긴 했다. 그에 비해 혼천일월도는 자신들의 병기보다 최소한 수십 배 이상이나 가공할 위력을 지닌 명도였다.

진원 사현은 그 점을 자각하고 있는 중이었다.

'으으음… 함부로 병기를 맞부딪쳤다간 우리의 기병들이 모조리 부러져 나갈 것이다.'

'…우리의 병기들을 잃게 되는 것은 차후 문제다. 그땐 우리의 목숨이 어찌 보존되겠는가.'

이 사태는 정말로 심각한 일이었다.

살인미소를 죽이려면 혼천일월도와 맞부딪치지 않고 살인미소를 베거나 개 패듯 때려죽여야 했다.

그러나 살인미소가 천고의 기병인 혼천일월도를 움켜잡고 있으니 그 일이 쉬운 일이 될 수 없었다.

진원사현이 공격의 고삐를 한 단계 늦추자 살인미소가 오히려 혼천일월도를 겨누며 그들에게로 다가섰다.

"어차피 우리에게 주어진 운명은 하나의 목이 떨어지느냐, 아니면 네 개의 목이 떨어지느냐를 가름하는 것이오. 이제는 더 지체하지 말고 승부를 결정 짓겠소. 왜냐하면 나는 지금 몹시 술을 마시고 싶으니까… 말이오."

"……!"

살인미소가 농담처럼 말했지만 듣는 사람은 그야말로 이성을 잃게 만드는 격동적인 말이었다.

성미 급한 진무 노인이 그 말을 듣고 천뢰태허박명쌍모를 힘있게 움켜쥐었다. 당장이라도 살인미소를 향해 돌진할 태세였다.

진성 노인이 눈짓으로 그런 진무 노인을 저지했다. 진성 노인은 허를 차고 있었다.

'놈은… 저 나이에 심기조차도 지극히 뛰어나니… 쉽게 놈을 제압하긴 어려운 일이 될 것이다.'

그때서야 진성 노인은 자신들이 환상궁에 의해 철저하게 농락당하고 있음을 깨달았다.

환상궁은 이토록 어려운 과제를 몽땅 진원무보에 떠넘기기 위해 삼십 년 전에 이미 봉문이라는 사전 공작을 감행했던 것임을… 지금에서야 비로소 깨달은 것이다.

치이이잇…….

혼천일월도에서 쏟아지는 눈부신 자광이 무서운 소용돌이를 일으키며 진성 노인을 덮쳐 가고 있었다.

'앗……!'

진성 노인은 순간적으로 뒷모습을 보였다.

잠재된 의식 중에 천풍폐문혈천선으로 혼천일월도를 대적해서는 안 된다는 생각에서 그런 행동을 한 것이다.

그러나 그 동작이야말로 오히려 시기 적절하여 살인미소의 일 초가 허공 중에 무산되었다. 살인미소의 두 번째 공격이 순간적으로 이어졌다.

이때는 진원사현 모두를 향해 일시에 전개되었다.

치이이잉…….

눈부신 도광은 모두 자색의 눈부신 기류였다.

이미 살인미소의 사위를 점하고 있는 진원사현은 각각 최소한 일 장 이상의 거리를 유지하고 있었지만… 애석하게도 그것으로 혼천일월도의 암울한 공세에서 벗어날 수 없었다.

'으음……'

'음……'

진원사현이 이 순간에 할 수 있는 최선의 방법은 가능한 빨리, 더 멀리 몸을 뒤로 날려 닥쳐오는 일단의 혈풍을 우선적으로 피하고 보는 것이었다.

자신들의 신병으로 혼천일월도를 감당할 수 없어서였다.

그렇지만 그들은 기혈이 울렁거리고 정신이 아득해짐을 느끼고 있었다.

와직— 우지끈—

진세를 형성했던 돌무더기들과 나목(裸木)과 거목들이 혼천일월도에서 분출되는 도기에 의해 모조리 부러지거나 잘려져 날아갔다.

절진이 무너지기 시작했다.

그런데 그때였다.

살인미소가 연이어 공격을 감행하기 위해 혼천일월도를 곧추세웠을 때… 진성 노인이 다급하게 외쳤다.

"자, 잠깐. 공자는 멈춰주시오."

이때의 살인미소는 상황에 어울리지 않게 헤실거리고 있었다.

"진원사현께서는 구차하게 목숨을 구걸하는 일이 없기를 바라오."

진성 노인이 단호하게 고개를 저었다.

"차라리 자진할지언정 구차한 일을 하지 않는 것이 본 진원사현이오."

"그렇다면 더 이상 뒤를 보이지 마시오."

이때는 진성 노인뿐만 아니라 나머지 세 노인도 놀란 토끼 눈을 하고 있었다.

진성 노인이 나머지 노인들을 대표하여 좀 전에 하려던 말을 계속했다.

"좀 전에 공자께서는 오독불의 전인이 아니라고 말했소만… 그러면 생선(生仙) 어르신의 전인 되시오?"

살인미소가 고개를 저었다.

"나의 사부는 오직 가문과 하늘뿐이오."

진성 노인이 이해할 수 없다는 표정으로 고개를 흔들었다.

"그, 그렇다면 공자가 어찌하여 생선 어르신의 진원절예(眞元絶藝)를 얻을 수 있었소?"

살인미소가 두 번째로 시전했던 절기는 오독불의 혼천마라강기가 아니었다.

부지불식간에 그만 생선의 비절초식인 범천대승마라강기를 혼천일월도에 실었던 것이다.

"설명을 하자면 사연이 매우 길어 일일이 대답해 줄 수 없는 것이 유감이오. 하지만 나는 그 사람에게서 순전히 음(陰)으로만 도움을 받은 게 사실이오. 나는 그를 끝내 괴롭혔지만 기실은 그에게 고마운 마음을 간직하고 있소. 나의 성격상 그 점을 분명하게 나타내진 못하지만 말이오."

이 말은 살인미소가 처음으로 고백하는 솔직한 심경의 말이었다.

사실 생선은 오독불과 달리 살인미소에게 어떠한 해도 입힌 적이 없었다.

오히려 한 번 죽은 살인미소를 살려냈으니 은인의 덕(德)이 있고 골방이나마 방을 제공했으니 은혜의 깊이가 있는 것이었다.

그 사실을… 살인미소가 아예 망각하고 있던 것은 아니었다. 다만 당시는 주어진 여건과 환경상 표현하지 않았을 뿐.

진성 노인이 잠시 눈을 깜박이더니 조심스럽게 말했다.

"공자가 분명 생선 어르신의 도움을 받았고… 그분에게 고마운 마음을 지니고 있다는 점이 진정… 사실이오?"

"사실이오. 그러나 지금은 그 점을 따질 때가 아닌 듯하소."

그때였다.

살인미소로서도 전혀 예기치 못했던 일이 벌어졌다.

진성 노인이 천풍폐문혈철선을 땅바닥에 팽겨쳤다. 그러자 나머지 세 노인도 자신들의 신병이기를 땅바닥에 던졌다.

'왜?'

언제나 진원사현을 먼저 대변하는 이는 진성 노인이었다.

"우리는 공자가 본 진원사현을 죽이려고 마음먹는다면 죽을 뿐이오."

돌연한 말이었다.

살인미소조차도 그 말의 진의를 한참이나 생각해 보아야 했다. 그러나 진원사현의 말과 행동들을 전혀 짐작할 수 없었다.

"……?"

진성 노인이 자초지종을 설명하기 시작했다.

"공자는 생선 어르신의 본명(本名)을 알고 있소?"

"모르오."

"그분의 본명이 진원무(陣元武)라고 말한다면 공자는 깨닫는 바가 있을 것이오."

'진원무……!'

진성 노인의 말대로였다.

살인미소는 짚이는 것이 있었다. 때문에 얼른 되물었다.

"진원무보는… 바로 진원무보(陣元武堡) 보라는 의미요?"

"그렇소이다."

"그럼 진원무가 바로 진원무보의 사조(師祖)란 말이오?"

"그렇소이다. 생선이라는 가명을 쓰시는 어르신이 본 진원무보의 시조(始祖)이시오."

"……!"

"진원무보의 내력을 자세하게 말하겠소."

"으음……."

"시조이신 진원무 어르신께서 진원무보를 여신 후 삼대(三代)에 걸쳐 천하에 위명을 떨치며 천하제일의 진도지학의 명가로 지내왔소. 그러나 손자이신 진해선생(陣解先生) 진여귀(陣黎龜) 대(代)에 이르러 환상궁의 교묘한 계책에 휘말려 잠정적인 봉문을 선언하고야 말았소."

"……."

살인미소로서는 정녕 뜻밖의 말을 들었다.

그러나… 진성 노인의 말이 사실이라면 이 일은 보통 복잡해지는 일이 아니었다.

진성 노인의 말이 이어졌다.

"공자에게 먼저 시조이신 진무보 어르신에 대해 말씀드려야겠소. 그분은 진원무보를 여시고 한동안은 진도지학에만 전념하시었소. 그때가 진원무보의 황금기였소. 그러나 원래 그분은 모든 공부(工夫)에 욕심이 많으신 분이셨소. 의술에도 상당한 조예를 지니셨으니까 말이오. 아무튼 그때 원래의 내력이신 범천대승만회강을 완성하시기 위해 잠시 강호 활동을 중단하시겠다는 말과 함께 당시의 손자이신 진여귀 어르신에게 진원무보를 부탁하고 홀연히 강호 생활을 접으셨소."

살인미소는 어렴풋한 가닥을 잡을 수 있었다.

'그때 장인촌으로 들어왔던 것이로군. 범천대승만회강 해설서를 완성하기 위해… 생선이라는 허명도 그때부터 사용한 것이고…….'

"물론, 시조 어르신께서 무조건 진원무보와 강호를 떠나신 건 아니셨소. 진원무보는 원래 진도지학이 성명절기이므로 무공무학(武功武學)에 뛰어난 제자를 발견해 낼 수 없었소. 그런 연유로 인해 시조 어르신께선 두 가지 당부를 한 후 종적을 감추셨소."

'두 가지 당부……?'

"첫 번째는 천하에서 가장 뛰어난 근골을 찾아내어 제자를 삼아 범천대승만회강의 진산을 연성시킨 후, 진원무보의 대(代)를 잇게 할 장문(掌門)으로 만들어 돌아오시겠다는 말씀이셨소. 그때까지 진원무보를 잘 부탁하겠다는 말씀과 함께 말이오."

살인미소는 왜 생선이 자신을 제자로 삼으려 했는지 이제야 확실하게 이해할 수 있었다. 생선이 장인촌에 거하면서 틈 날 때마다 천하를 주유하며 제자를 찾은 이유 또한 지금에서야 확실하게 알게 되었다.

진성노인의 말이 계속 이어졌다.

"두 번째 당부는 '누구든 범천대승만회강의 진산절예를 사용하는 사람이 있다면 그 사람이 바로 진원무가를 이어갈 장문이 되는 것이니 그 사람을 향해 절대로 도검을 겨누어서는 안 된다는 엄명이자 당부의 말씀을 하셨소. 왜냐하면 그런 사람은 시조 어르신의 전인이 되는 셈이니 오히려 전대(前代) 보주(堡主)이셨던 진해선생 진여귀 어른의 사숙(師叔)이 되는 셈이고 본 진원사현에게조차도 까마득히 높은 사조부(師祖父)가 되기 때문이오."

살인미소가 놀란 토끼 눈을 했다.

'어어… 어째… 일이… 엄청 꼬이는 거 같은데……'

"그러니 우리가 사조부 앞에서 마주 겨누던 병장기들을 집어 던지고, 병기를 겨누었던 점에 대해 커다란 용서를 구할 수밖에… 어떤 다른 도리가 있겠습니까?"

어느새 진성 노인은 최대의 경어를 사용하고 있었다.

그의 말대로 치자면, 아무튼 그 논리를 대입시키자면 살인미소는 진원사현의 사조부가 되는 셈이었다.

살인미소가 비록 오랜 기간 동안 장인촌에서 생활을 해왔지만 무림의 법도와 강호의 율법을 모를 리 없었다.

환우제일검가 시절에는 그놈의 법도와 예의, 그리고 엄정한 규율 속에서 생활해 왔던 그였다.

그렇지만 반전(反轉)도 이런 반전이 천하에 또 어디 있겠는가.

"일이… 그… 그렇게 된다는 것인가……?"

사태는 정말 엄청나게도 꼬여 있었다.

진원사현이 일제히 무릎을 꿇었다.

"본 진원사현이 사조부님을 뵙습니다."

"본 진원사현은 이제야 시조 어르신의 숨은 뜻을 조금이나마 이해하게 되었습니다."

"우리가 사조부님을 대하게 됨으로 진원무보는 앞으로 커다란 광영(光榮)을 이룰 것입니다."

살인미소의 골이 갑자기 우지끈 아파왔다.

'어째서 나를 앞서 기다리고 있는 운명은 단 한 가지도 골치 아프지 않은 일이 없는 것이란 말인가?'

이로써 살인미소는 또 한 가지를 깨닫게 되었다.

그것은 '진정한 최후의 승자는 참고 인내하는 자의 몫'이라는 것이었다.

생각해 보라.

생선은 처음부터 끝까지 단 한 번도 살인미소를 이긴 적이 없었다.

처음부터 끝까지 처절한 완패였다. 모든 면에서 그랬다.

그렇지만 생선은 대단한 성공을 거둔 사람이 되었다.

과정이야 어떻든 결과적으로 자신의 진원진기를 살인미소에게 완전히 물려준 셈이었다.

또, 옵션으로 진원무보까지 떠넘겼으니… 생선이야말로 가장 늦게 웃는 자의 표본인 셈이었다.

살인미소는 범천대승만회강 해설서 십 편 전체를 할애하여 천하에 존재하는 모든 진도지학이 세세하게 도배되어 있는 이유에 대해서도 깨달을 수 있었다.

생선의 원래 진산은 진도지학이었던 것이다.

살인미소의 혼천일월도는 다시 허리띠로 사용되게 되었다.

더 이상 진원사현을 상대로 한 무기가 될 수 없었기에 붉은 가죽으로 만들어진 허리띠 안으로 잽싸게 자취를 감춘 것이다.

이때는 절진이 완전히 파훼되어 있었다.

지금은 절진 속이 아니라 평범한 산중이었다.

살인미소가 서 있는 앞에 진원사현이 무릎걸음으로 앉아 있었다.

"진원사현은 일어서시오."

"네."

네 명의 늙은이가 구부정한 허리를 만들며 일어섰다.

좋든 싫든 간에 일이 이 지경에 이르렀다면 책임질 줄 아는 것도 무림을 살아가는 자의 지혜이자 지침이었다.

살인미소는 네 노인의 사조부가 된 셈이니… 그 역할에 걸맞는 가장 현명한 명령을 반드시 하달해야만 했다.

"진원사현은 본인이 지정하는 장소에서 잠시 동안 시기를 기다리시오."

진성 노인이 간신히 살인미소를 바라보며 말했다.

"하, 하오면 진원무보는 결국 영원히 파문(破門)을 하라는 말씀이신지요."

살인미소가 간단하게 고개를 끄덕였다.

"이 시점에서 진원무보가 개파대전을 하려면 내 목이 떨어져야 하는 것 아니겠소?"

그건 그랬다.

"……."

진성 노인이 할 말을 찾지 못하자 살인미소가 빠르게 해답을 제시했다.

"새 술은 새 병에 담아야 시큼털털한 맛이 번지지 않는 법이오."

"……."

그때서야 진원사현은 살인미소가 무슨 말을 하려는 것인지 알아들었다.

살인미소는 재차 깨우쳐 주듯 말했다. 닳고 닳은 늙탱이들을 상대로 말이다.

"내가 지정해 주는 장소에는 이미 호북마문세가의 후계자인 마평이라는 젊은이가 은거하고 있을 것이오. 그가 은거하는 이유는 새로운 세력의 대결집을 기다리기 위해서이오. 때를 기다리지 않고는 누구도 대업을 이룰 수 없는 법… 진원사현은 시간을 저울질하는 법을 그곳에서 터득하도록 하시오."

"명을 받습니다."

살인미소는 그들을 위해 위로의 말도 빼놓지 않고 곁들였다.

"생각을 달리해야 새로운 세상이 보이는 법이오. 진원무보가 비록 문을 내려 건다고 해도 핵심은 바로 나와 그대들이오. 새로운 진원무보로 탈바꿈하면 되는 것이지, 과거에만 연연할 필요는 없는 것 아니겠소?"

진원사현은 태양의 환한 빛줄기를 보게 되었다.

확실히 살인미소의 말이 정답이었다.

진원무보가 개파대전을 한다고 해도 그땐 반드시 환상궁의 간섭을 받아야 한다. 한 번 환상궁을 향해 머리를 숙였기 때문이다.

그 점은 진원무보 최대의 약점으로 남아 이 세상 끝나는 날까지 잔존할 것이었다.

그러나 새 술이 되어 새 병에 담겨지면 그런 치욕까지 안고 갈 필요가 없게 된다.

진원무보는 완전히 사라지고 대신 새로운 일문(一門)으로 거듭나면 되는 것이었다. 문파명(門派名)을 달리하여…….

살인미소의 말대로 '생각을 달리하면 새로운 세상'이 보이는 것이다.

이로써 진원사현은 한순간에 두 번이나 살인미소를 향해 진심으로 감복했다.

한 가지는 살인미소의 무용(武勇)에 대해서였고, 또 한 가지는 지극한 심기(心氣)에 대해서였다.

새 병이어서 그런지 확실히 살인미소에게서는 구태의연하지 않았으며, 고리타분하지 않은 새로운 향기가 났다.

진원사현이 진정으로 그런 깨달음을 얻었을 때 살인미소가 그들이 은거할 장소를 알려주었다.

그곳은 아주 중요한 장소였기에 전음으로 알려주었다.

제39장

그리워서 사람이다

그리워서 사람이다

자정 무렵.

정확하게 말하자면 자정이 되려면 아직 일각이나 남았다.

비룡검보 후원에 있는 정자(亭子)에서 주형광은 홀로 잔을 비우고 있었다.

그는 믿음을 지니고 있었다.

"아우는 앞으로 일각 안에 돌아온다. 자정을 알리는 경종이 울리기 전에……. 그러므로 나는 지금부터 술을 시작해도 아우보다 겨우 두 잔을 더 마시게 될 뿐이다."

잘 쪄낸 거위 고기를 통째로 들고 온 하인이 자작을 즐기는 주형광을 바라보며 눈을 휘둥그렇게 떴다.

하인은 올해 갓 서른을 넘긴, 왼발을 조금 저는 노총각이었다.

"이런 모습은 제가 처음 뵙는군요. 보주께서는 지금까지 홀로 술을 드신 적이 한 번도 없으셨는데…….”

주형광이 호탕하게 웃었다.

“왕칠아, 너는 지금 당장 가서 전문(前門)을 활짝 열어두도록 해라.”

“네?”

“비질을 하면 더 좋겠지만 다리가 불편한 너로서는 무리가 되는 일이기에 그 일은 시키지 않겠다. 다만 너는 전문을 활짝 열어두기만 해라.”

왕칠 노총각은 눈을 더 크게 떴다.

“그 말씀도 오늘로 처음 들어보는 말씀입니다. 왜냐하면 한밤중이 되면 누구나 문을 단단히 걸어 잠그는 것 아닙니까?”

“왕칠아, 너는 오늘따라 이상하구나. 내게 단 한 번도 이의를 제기하지 않다가 왜 그러느냐.”

왕칠이가 허리를 꺾었다.

“죄송합니다. 시키시는 대로 하겠습니다.”

왕칠이는 절룩거리며 전문으로 갔다.

“거참… 어째서 전문을 한밤중에… 그것도 자정에 맞춰 열어야 하는 것일까?”

왕칠이가 투덜거리며 전문을 활짝 열었을 때 마치 기다리기라도 한 듯 살인미소가 안으로 들어섰다.

“어?”

왕칠은 깜짝 놀랐다.

살인미소는 헤실거리며 왕칠을 향해 고개를 숙였다.

“놀라게 했다면 미안합니다. 하지만 때맞춰 문을 열어주시니 고맙기 이를 데 없습니다. 그 점 감사드립니다.”

왕칠이는 한동안이나 멍청한 표정을 지어야만 했다.

"별일이네… 증말……. 보주께서는 이제 별 신통력을 다 보이시니……."

왕칠이는 죽었다 깨어나도 지금의 현상을 이해할 수 없을 것이다.

그날 안으로 당도하기로 한 사나이의 약속은 반드시 그날 안에 당도함으로 지켜진다는 사실을…….

"아우, 무사히 다녀왔구료."

"형님께 너무 많은 심려를 끼친 건 아닌지 모르겠습니다."

살인미소가 정자에 앉으며 그렇게 말했을 때 자정을 알리는 종소리가 먼 곳에서 간절한 소망처럼 아련하게 들려왔다.

주형광이 잔부터 내밀었다.

"들게. 이 거위고기는 마침 먹기 좋게 적당히 식어 있을 것일세."

주형광과 살인미소는 그때부터 술잔을 들이키기 시작했다. 거위고기도 뜯었다.

몇 잔을 거푸 들이키며 거위고기를 반쯤 뜯었을 때 살인미소가 오늘 다녀온 일에 대해 설명하기 시작했다.

귀주서원에서 육우당을 만난 일…….

육우당에게 환우제일검가를 부활시키기 위한 몇 가지의 상의를 한 일…….

혈막의 의뢰를 받은 은잠노야를 만나 죽인 일…….

진원사현을 만나게 된 일과 내력에 대해… 또 당분간 귀주의 매화선생의 은신처에서 숨어 지내라고 말한 일…….

자신의 병기는 다름 아닌 혼천일월도라는 것 등등…….

주형광은 고개를 끄덕여 가며 살인미소의 말을 듣기만 했다. 살인미소는 귀주를 다녀오며 일어난 모든 일들을 세세하게 모조리 말했다.

이런 말들은 살인미소가 귀주에 다녀온 후에 하기로 했던 말이었으므로 숨김없이 말한 것이다.

주형광은 고개부터 설레설레 저었다.

"앞으로 아우는 되도록 바깥출입을 삼가도록 하게. 내가 불안하네."

살인미소가 헤실거렸다.

"내일도 일이 있습니다만… 조금 일찍 돌아오도록 하겠습니다."

주형광이 쓰게 웃었다.

"내일도 불안한 하루를 보내야 하겠군. 그런데 내일은 또 어떤 일인가?"

"환상궁에 대해 자세히 알아야 할 것이 있습니다. 사실… 저는 환상궁에 대해 전혀 알지 못했습니다. 그런데 마침내 실마리가 조금 풀렸습니다. 은잠노야가 죽기 전에 이런 말을 한 것입니다. 한단의 신복노가 환상궁의 사주를 받고 있는 혈막의 중간 책임자라는 말 말입니다. 그를 내일 만나야겠습니다."

"그가 혈막에 대해 입을 열까?"

"아마… 열지 않겠지요."

"신복노를… 죽일 생각이로군."

살인미소가 고개를 끄덕였다.

"아마… 그럴 것 같습니다."

그때 마돈나가 천천히 정자를 향해 걸어왔다. 주형광이 사람 좋은 표정으로 마돈나에게 자리를 권했다.

"내가 제수씨에게 죄를 지은 건 아닌지 모르겠습니다. 방금 도착한 사람을 붙잡고 술잔부터 돌리고 있으니 말입니다."

마돈나는 말을 빙빙 돌려 하지 않았다.

"맞아요. 난 아직 도착하지 않은 줄 알았어요. 걱정이 되어 나왔어요."

주형광이 술잔 하나를 마돈나에게 내밀었다.

"저런… 원래 근심 걱정에는 술이 최곱니다."

주형광답지 않게 농으로 말하자 마돈나의 표정이 일시에 풀어졌다.

"사실은 술 생각이 간절했어요. 원래 술을 좋아하지는 않지만 사람을 기다리다 보니 저절로 술 생각이 나지 뭐예요."

주형광이 껄껄껄 웃었다.

"그게 주량이 느는 신호입니다. 저는 부덕한 사람이라 윗사람이기는 하지만 세상의 이치를 가르쳐 줄 건 하나도 없습니다만 술에 대한 일만큼은 얼마든지 가르쳐 드릴 수 있습니다. 그러니 우선 한 잔 받으시면 진도 나가겠습니다."

벙긋거리며 마돈나가 따라 웃었다.

"저도 벌써 술꾼이 다 된 것 같아요. 술 이야기만 나와도 이렇게 기쁜 걸 보면 분명 입문 단계는 훨씬 넘어선 것 같아요."

이경 무렵이 되어 그날의 술자리가 끝났다.

마돈나가 취한 것 같다며 자리를 먼저 털었으므로 술자리는 저절로 종치고 막 내리게 되었다.

"아우, 편안히 쉬고 내일 다시 한잔하도록 하세."

주형광이 살인미소와 마돈나를 향해 그렇게 말함으로 살인미소는 그날의 피곤함에서 완전히 해방되었다.

"이상해."

별전으로 들어서자마자 마돈나가 살인미소를 보며 조그맣게 말했다.

"뭐가?"

"오늘 밤에 여섯 사람이 월담을 해서 비룡검보에 들어왔고 다시 여섯 사람이 월담을 해 밖으로 사라졌어."

"뭐?"

"정말이야."

남의 집 담을 넘어 들어왔다가 다시 담을 넘어 사라진다는 것은 결코 좋은 의미로 행하는 일이 아니다. 더구나 이곳은 경비가 엄중하기로 이름난 비룡검보였다. .

"혹시 그자들… 반회 무리들 아냐?"

마돈나가 강력하게 고개를 저었다.

"나도 그렇게 생각하고 주시해 봤어. 여섯 명이 사라졌을 때 반회는 분명 집 안에 있었어."

마돈나가 확실하게 봤다면 믿어야 한다. 마돈나의 안력(眼力)과 청각에 대해 의심할 순 없다. 그녀는 이미 고수니까.

"그때 형님은 어디 계셨지?"

"연무장에서 수련 중이셨어."

"형수는?"

"그건 알 수 없지. 내전에 있으면 하루 종일 얼굴 보기도 힘드니까."

"월담한 자들은 언제쯤 안으로 들어왔고 언제쯤 밖으로 사라졌어?"

"사라진 건 아주버님(주형광)이 후원 정자에 도착하기 반 시진쯤 전이었어. 월담을 한 건 그보다 한 시진쯤 전이었고……."

월담을 한 자들은 야심한 밤을 틈타 비룡검보에 몰래 들어와 한 시진가량 머무르다 다시 조용히 사라진 것이었다.

"그들을 추적할 생각은 없었어?"

"남의 일인데 뭐……."

"헤… 그렇긴 하지."

마돈나가 털퍼덕 요란하게 침대에 누웠다.

"내일도 오빠는 가볼 곳이 있다고 했지?"

"응."

"맘 푹 놓고 다녀와. 내일도 또 월담을 하는 자가 있는지 살펴볼게. 오빠 기다리다 보면 심심할 테니까……."

살인미소가 커다란 수건을 챙겼다.

"지금은 우선 욕실부터 다녀와야겠어."

"니 맘대로 하세요."

욕실로 향하며 살인미소는 내일이면 비룡검보를 월담한 자들의 정체가 무엇인지 밝혀질 것이라고 생각했다.

마돈나는 비룡검보의 담을 넘은 자들에 대해 대수롭지 않은 투로 말했지만 그녀가 대단한 여우라는 걸 잘 알고 있는 살인미소였다.

오늘 이만큼 살인미소가 관심을 보였으면 그녀는 알아서 월담한 자들의 정체를 파악해 낼 것이었다.

'마돈나는 깜찍한 여시니까.'

측은하기 짝이 없는 어투로 살인미소가 말했다.

"나 옆에 누워도 돼?"

마돈나가 동정호만큼이나 넓은 아량으로 말했다.

"돼."

살인미소가 털퍼덕, 마돈나 옆에 누웠다.

"돈나야."

"응."

"오랜만에 함께 누워보는군."

"웃겨. 그건 그렇고 오늘 일… 어물쩍 넘어갈 생각 마. 앞으로 자정을 넘겨 들어와도 외박으로 인정하겠어. 기다리는 사람 생각해서 일찍일찍 다녀. 알겠지?"

"알았어. 그런 의미에서 우리 손이나 잡고 잘까?"

"푸우… 치워. 징그러워."

"돈나야."

"응."

"오빠 못 믿나?"

"거럼, 못 믿지."

"왜?"

"손 다음에는 어딜 잡을 거지?"

"어딜 또 잡긴, 그냥 손만이야. 넌 여잔데… 손 말고 잡을 데가 또 어디 있냐?"

"있긴… 있지."

"난 못 봐서 몰라."

"이게… 증말… 음탕구리한 소리하고 있네."

딱.

"아야."

고요…….

깨알처럼 많은 나날들을 함께 지내온 두 사람이었다.

미리내처럼 수많은 밤을 함께 지내온 두 사람이었다.

그러나 두 사람은 바보였다. 정말 바보였다. 매일 그냥 잤었고 매일 그냥 일어났었다.

정말이다.

"돈나야."

"응, 왜 또 불러."

"생각해 보니 나… 미성년자가 아냐. 열여덟 살이잖아."

"그래서?"

"내가 어떤 행동을 하든 스스로 충분히 책임질 수 있는 나이야."

"미소 씨."

"응."

"난 아직 미성년자야. 생일 안 지났어."

"돈나야."

"부르지만 말고 본론을 말해."

"우리 손잡고 자자. 아니, 손만 잡고 자자."

"……."

"돼?"

"……."

"되냐?"

"바보, 오빠야."

"응."

"빨리 잡아."

"……."

어쩌자고 세상은 남자 아니면 여자이고, 어쩌자고 세상은 여자 아니면 남자란 말인가.

어쩌자고 남자와 여자에게 밤 아니면 낮이고, 어쩌자고 여자와 남자에게 낮 아니면 밤이란 말인가.

도대체 알 수가 없는 거다.

남자를 위해 여자가 창조되었다면 여자는 순응하면 되는 거다.

여자를 위해 남자가 진화되었다면 남자는 진화의 과정을 되풀이하면 되는 거다.

누구든 안다.

순응이라 단정하기엔, 이성(異性)의 몫을 담당하기엔 서로에게 하고 싶은 말이 너무나 많다는 것을.

그리하여 그토록 많은 까만 날들을 홀로 애태우는 촛불처럼 빨갛게 충혈되다 스스로 스러진다는 것을.

외로워서 사람인 것을.

고뇌해서 인간인 것을.

멀리 떨어져 있기에 그리운 무인도(無人島)라는 것을 깨닫기 전까지는 누구도 함부로 사랑해선 안 되는 거다.

"오빠."

"응."

"우리가 벌써 사고쳤으면 우리는 아직까지도 서로 사랑하고 있을까?"

"솔직히 그건 모르겠어."

"오빠… 나 오빠를 사랑해."

"나도……."

"너무… 너무……."

"나도……."

"그런데 오빠, 나 지금은 오빠에게 몸을 열 자신이 없어. 지금은 그래."

"……."

"나… 지금의 나에게 지금보다 더 큰 행복이 없다고 생각해. 내가 오빠의 사랑을 받고 있다는 거… 세상에서 이보다 더 큰 행복은 결단코 없다고 생각해."

"……."

"그래서 두려운 거야. 나에 대한 신비감이 조금이라도 남아 있다는 거… 그게 좋은 거야. 오빠가 나를 속속들이 알고 나면 그땐 내가 싫어질 수도 있잖아… 그게 두려워."

"그렇진 않을 거야. 절대로."

"나… 벌써부터 오빠에게 순응하고 싶었어. 지금도 마찬가지고……."

"……."

"오빠에게 내 몸 구석구석까지 보여주고 싶었어. 벌써부터… 그

렸어."

"……."

"오빠보다 내가 더 많이 달아오르고 있었어… 오빠를 받아들이고 싶은 적이 한두 번이 아니었어."

"……."

"오빠가 많이 참고 있다는 거… 나도 잘 알아. 그렇지만… 그렇지만……."

"……."

"지금 이대로가 가장 좋아. 오빠가 나를 경외스럽게 보아주는 거… 이런 지금이 나는 가장 좋다구. 나 참을게… 많이……."

"돈나야."

"응."

"네가 가장 좋다면… 나 또한 지금이 가장 좋아."

"……."

"나는 거룩하진 않아. 그렇다고 탐욕스럽지도 않아. 다만 너를 사랑해. 너무나도… 너를 향한 짐승의 욕정을 충분히 참을 수 있을 만큼… 너를 사랑해."

"……."

"자자… 우리……."

"응."

"……."

"오빠."

"응."

"안아줘. 꼬옥……."

"……."

"그냥 안아주기만 해야 돼."

"응……."

아침이 밝아왔을 때 두 사람은 천하에서 가장 행복한 얼굴이 되어 있었다.

마돈나는 하얀 이를 두 개쯤 드러내며 웃었다. 장미꽃처럼 얼굴을 빠알갛게 물들이고…….

"밤새 숨 막혀서 혼났어."

"너… 한숨도 못 잤구나."

"자려고 노력은 했었어."

"후후……."

"오빠, 고마워."

"바보 같은 소리를……."

"근데 있잖아……."

"응."

"야! 근데 너 지난밤에 손이 어디까지 올라왔었어?"

"어? 난 네 손만 꼭 잡고 잤었잖아."

"그… 그랬나?"

마돈나는 알고 있었다.

살인미소가 밤새도록 자신의 손을 놓지 않고 있었다는 것을… 그렇게 서로는 잠들지 않았던가.

살인미소가 툴툴 불평을 늘어놓았다.

"네가… 괜히 가슴을 손으로 가리고 잤잖아. 그 바람에 나도 손이 거기까지 올라갔었고."

"……."

살인미소가 세면을 하기 위해 욕실로 향했다.

이때의 살인미소는 평소보다 열 배나 더 커다랗게 헤실헤실 웃고 있었다

물론 등 뒤에 있는 마돈나는 그 사실을 알지 못하겠지만……

살인미소가 그렇게 웃는 이유는 여자인 마돈나에게서 손 말고도 또 잡을 것이 있다는 사실을 알게 되었기 때문이다.

'히… 엄청 커…….'

그건 밤새도록 마돈나가 참새 가슴처럼 포옥포옥 숨을 내쉬었을 때… 그 가슴 위에 마돈나의 손이 올려지고, 또 살인미소의 손이 올려졌을 때……. 그러다 마돈나의 손이 살짝 자리를 비켜주었을 때… 그때… 살인미소가 아주 짧은 순간에 알게 된 사실이었다.

마돈나에게서 손 말고 또 잡을 수 있는 건 그때, 거기서 발견할 수 있었다.

새벽이 마악 밝아올 무렵의 일이었다.

제40장
내 머리를 팔겠소

내 머리를 팔겠소

쩔그렁……

은자 한 냥이 너덜너덜하게 헤진 무릎 앞에 떨어졌다.

"선금이오. 선생의 점(占)은 선금 은자 한 냥이라 들었소만……."

"그렇소만……."

복자(卜者)는 졸다 깬 사람의 눈이 되어 은자 한 냥을 떨어뜨린 사람을 올려다보았다.

"……."

그 순간, 복자의 눈에 무거운 두려움이 새겨지고 있었다.

은자 한 냥을 떨어뜨린 사람은 별다른 행동을 하지 않았다. 멍청하게도 어병한 미소를 새기고만 있을 뿐이었다.

그럼에도 불구하고 신복노(神卜老)는 죽음을 앞에 둔 사람처럼 암울한 처지가 되어버렸다. 이런 기분 또한 정녕 처음이었다. 이런 중압감 또한 지금이 처음이었다.

그러나 한단(邯鄲)의 명물로 수십 년을 버텨온 신복노였다. 그런 내색 따윈 조금도 하지 않았다.

"허허… 공자는 정말 제대로 찾아왔소. 복채는 겨우 은자 한 냥이지만 점괘는 언제나 금자(金子) 한 냥 값어치를 하고말고……."

"바로 그 점이오. 나는 금 한 냥어치의 점괘를 얻고 싶소."

사나이는 눈처럼 새하얀 백의를 걸쳤으며 붉은 가죽으로 된 허리띠를 허리에 두르고 있었다.

백의사나이는 아주 먼 길을 달려온 듯했다.

새 가죽신이 오늘 하루 사이에 거의 바닥을 보일 정도로 닳아 있다는 점이 그 사실을 증명했다. 그럼에도 불구하고 백의사나이는 조금도 숨을 과격하게 몰아쉬지 않았다.

이런 사실들은 백의사나이가 아주 먼 곳에서 신복노를 만나기 위해 오로지 달려왔음을 웅변하는 것이었다.

백의사나이는 살인미소였다. 언제나 즐거워 보이는 그런 얼굴.

살인미소의 얼굴을 자세히 바라보는 순간, 신복노는 또 한 번 경악하고 말았다.

'혹시… 바보 아닐까?'

그럴 리는 없는 듯했다.

고르게 내쉬는 숨, 눈동자 안에 차분하게 갈무리되어 있는 날카로운 정기(精氣)… 그렇지만 저 어벙하기 짝이 없는 표정은 또 뭐란 말인가.

신복노는 매우 헷갈렸다.

'저 헬렐레한 표정은 한심하기조차 하지만 그 속에 갈무리된 신비스러운 예기…….'

신복노가 고개를 흔들었다. 빠르게 결론이 도출되고 있었다.

'이자는 내가 감당하기엔 매우 벅찬 자다. 눈동자가 흐릿하고 입가엔 헤실거리는 미소가 바보처럼 매달려 있지만… 진정한 속이 조금도 보이지 않는다…….'

그 사실을 증명하듯 살인미소의 질문은 신복노의 입이 쉽사리 떨어지지 않게 만들어놓았다. 신복노의 심중을 눈치 채고 결론부터 디밀어 댄 것이다.

"나는… 내 머리가 과연 십만 냥의 값어치가 있는지 그 점이 알고 싶소."

어떤 질문에도 대답이 궁할 것 같지 않은 신복노였다. 그러나 지금은 버벅거려야 했다. 변명처럼 말해야 했다.

"고, 공자가 지금 무슨 말을 하고 있는지… 나는 모르겠소."

살인미소가 고개를 갸웃거렸다.

"이상하구료… 점쟁이가 모르는 것이 있다니…….."

"……!"

환장할 일이었다. 예상대로 살인미소는 어벙한 작자가 아니었다. 말을 어벙하게 하면서도 핵심을 날카롭게 찔러왔다.

"그렇다면 지금까지 사기를 쳐온 것이구료."

신복노는 대답이 더 궁해졌다. 도대체가 할 말이 없는 것이다.

"……!"

"도대체 당신은 무엇을 알고 있다는 거요?"

"나는… 나는… 사주, 관상이나 궁합… 특히 남녀의 속 궁합. 그리고 이사(移徙) 운세나 사업 운세… 등등에 대해 알려줄 수 있을 뿐이오."

살인미소가 고개를 끄덕였다.

"보타산에서 만난 은잠노야가 말하길… 한단의 신복노는 돌팔이 중에 돌팔이라 하더니 그 말이 틀림없는 사실이로군."

신복노는 그때서야 살인미소의 정체를 짐작했다.

가장 최근에 살인미소의 의뢰를 은잠노야에게 했던 신복노였다. 살인미소가 신복노 앞에 나타났다면 은잠노야가 오히려 당했음을 의미하는 것이다.

'역시 헤실거리는 미소가 예사롭지 않더니만…….'

신복노의 짐작을 증명하듯 살인미소가 주워 삼켰다.

"이미 죽은 혈막(血幕)의 혈각주(血閣主) 축골일계향(縮骨一桂香) 소등선(消燈仙)이 말하길, 당신은 이미 벌 만큼 번 사람이니 당장 죽는다 해도 여생(餘生)의 유한(遺恨)이 없을 것이라 말한 적이 있었지."

이 말은 거짓말이었다. 섬서성 위수(渭水)의 한 지류인 경하(涇河)에서 죽였던 축골일계향 소등선은 그런 말 따위는 입 밖에 낸 적이 없었다.

그 한마디의 위력은 컸다.

신복노가 매우 민감하게 반응했다. 우선 얼굴을 시뻘겋게 물들인 것이다. 그것은 자신의 정체를 정확하게 드러내는 일이기도 했다.

축골일계향 소등선이 살인미소 척살에 실패하고 오히려 죽임을 당했다는 사실은 신복노도 알고 있었다.

그러나 이 노릇을 어찌하랴. 안타까운 일이었지만 신복노는 더 버버벅거려야 했다. 상대가 누군지를 깨달았음에도……!

눈앞이 캄캄하게 보이기 시작한 것도 그때였다.

"고… 공자는 도대체 무엇이 알고 싶은 거요?"

어떻게 해서든 발뺌을 하며 짱구를 굴려볼 요량으로 그렇게 말했지만 그건 대단한 실수였다.

살인미소는 조금도 예의를 지키지 않고 아주 무식한 어투로 말했다.

"내가 알고 싶은 건… 혈막주(血幕主)의 쌍통에 대해서야."

"뭐?"

신복노는 늙은이답게 젊은 사람들이 사용하는 은어를 얼른 알아듣지 못했다. 때문에 아주 친절하게 다시 가르쳐 주어야 했다.

"쌍통이라는 말은 '얼굴'을 뜻하는 말이지. 또한 '정체'를 알고 싶을 때 사용하기도 하지."

"……!"

이때의 신복노는 올 것이 왔구나… 라는 생각을 했다.

아울러 오늘 자신의 운세는 아주 지랄 같은 운세라는 것도 짐작했다. 신복노의 예상 중에 그 점만은 아주 정확하게 들어맞았다.

살인미소의 눈가에는 그때부터 은은한 살기가 맺히기 시작했다. 그러나 살인미소는 철저하게 무심(無心)을 가장하는 중이었다.

"나는 당신의 점괘를 믿고 싶어. 혈막주의 정체와 그가 지금 어디에 있는가에 대한 당신의 점괘 말이야."

신복노가 무심결에 고개를 저었다. 그 질문에 대해 바른 대답을 한다면 머리가 열 개나 있어도 모자랄 것이다.

"그, 그걸 말하자면… 은자 한 냥으로는 너무 싼 복채요."

"나는 당신의 목숨을 보장하는 엄청난 복채를 얹어주지."

"……."

"나는 선택이라는… 세상살이에 아주 편리한 편리도 당신에게 제공하겠어."

"……."

"나는 두 가지 중에 단 한 가지만을 원해. 이만하면 인정의 과용이라 말할 수 있지."

이제 모든 건 명확해졌다. 신복노의 선택만 남은 것이다. 그것은 신복노의 생사와 직접 연관된 일이기도 했다.

살인청부 의뢰자인 혈막주의 정체를 밝히고 칠십 년간이나 녹슬어 온 자신의 목숨을 구차하게 연명할 것인가… 아니면 입 꽉 다물고 장렬하게 사망할 것인가…….

그러나 신복노는 거론되지 않은 세 번째 방법을 떠올렸다. 그건 어쩌면 살인미소를 죽일 수 있을지도 모른다는 아주 교활한 생각이었다.

신복노가 입술을 떨어가며 어렵게 말을 꺼냈다. 지금은 상대를 속여야 할 시점이었다.

"공자, 사실대로 말하면… 정말 날 살려줄 것이오?"

"살인미소라는 이름을 걸고 보장하지. 단 사실대로 말할 경우에만!"

"그렇다면 이곳에서 진실을 강요해선 안 될 일이오. 나는 늘 감시를 받고 있소. 여기서 사실대로 이실직고한다면 나는 공자가 아닌 다른 자에게 당장 죽고 말 것이오. 공자는 그 점을 인정해야 할 거요."

"그렇겠군."

"나를 따라올 수 있겠소?"

살인미소가 선선히 고개를 끄덕였다.

"가지."

한단은 전국시대의 수도(首都)다운 구석이 여기저기에 배어 있는 곳이다.

늙은 사람에게 세월의 무상(無常)함이 절절하듯, 늙은 말[馬]에게 고난했던 삶이 유구(悠久)하듯… 고도(古都)에 서린 전설은 언제나 구구절절했다.

한(漢) 시대의 온명전(溫明殿)이 한단에 있었으며 왕랑성(王郎城) 또한 이곳에 자리하고 있었다.

한단이 더 유명세를 탄 건 당(唐) 시대의 전기소설(傳記小說) 침중기(沈中記) 때문이다.

낙척서생 노생(盧生)이 한단을 지나다 한 노인을 만났다. 노생은 노인의 베개를 빌려 잠을 자다 꿈을 꾸게 되었다. 꿈은 한 인생의, 일생에 걸친 영고성쇠(榮枯盛衰)를 나타내는 꿈이었다. 깨어나니 한 마당의 꿈이었다.

한단지몽(邯鄲之夢)이라는 고사성어는 바로 이곳 한단에서 유래되었다.

신복노가 살인미소를 데리고 온 곳이 바로 한단지몽의 유래가 되는 바로 왕랑성이었으니… 신복노는 아직도 꿈꾸고 있었다.

한단지몽을……!

길게 뻗은 노송군림(老松群林)들이 옛 영화(榮華)를 말해 주는 듯 했다.

그 속에… 하늘을 꿰뚫고 대전고각(大殿高閣)의 흑와(黑瓦)들이 삐죽삐죽하게 솟아 있었다.

옛 연못 터 옆, 옛 무사들의 말발굽 소리가 아련하게 들려올 것만 같은 옛 연무장 터도 있었다.

신복노가 살인미소와 함께 모습을 나타낸 곳이 바로 그곳이었다. 신복노는 의식적으로 살인미소와 일 장여의 거리를 유지했다.

문득 신복노가 눈을 들어 살인미소를 노려보았다.

"공자는 나에게서 무엇이 알고 싶다고 했소?"

갑작스러운 말이었다. 살인미소는 미소만 지었다.

'웃기는군…….'

주위는 너무나도 조용했다. 바늘을 떨어뜨린다면 쨍그랑 소리가 날 것 같았다.

신복노는 한단 대로에서처럼 비굴한 표정을 짓지 않았다.

"나는… 살고 싶고… 또 혈막의 비밀을 밝히고 싶지 않다."

"목이 두 개라면 그 일이 가능하겠지……."

신복노는 도대체 무엇을 믿는 것일까? 이때는 간이 배 밖으로 나온 사람 같았다.

"나의 선택이란 네가 제시한 두 가지 선택과 전혀 다른 것이다……."

바람이 불어오는 것 같았다.

그 바람은 노송의 가지 끝을 스쳐 살인미소에게 불어닥쳤다.

세 노인이 바람을 타고 스르르 현신하는 중이었다.

그들은 바람을 닮은, 푸른빛이 감도는 감청의를 걸치고 있었다.

신복노가 한단에서 수십 년을 지내왔다면 그 수십 년 동안 수십 명이 넘는 친구들을 사귀어왔을 것이다.

수십 명이나 되는 친구들 중에 적어도 몇 명은 전대의 고수이거나 전대의 이인(異人)들도 섞여 있을 것이다.

나타난 노인들이 그런 사람들이었다.

그들은 한 시대 전의 유물(遺物)들이긴 했으나 한 시대를 풍미했던 영걸(英傑)들이기도 했다.

모습을 나타낸 세 노인 중, 취취옹(醉臭翁)은 전대 개방의 일결 제자 출신이었다.

신복노와 친구가 된 건, 신복노가 사주는 술을 늘 얻어먹었기 때문이다.

그런 이유가 아니더라도 한단의 명물 중 한 사람이기도 한 취취옹이 신복노와 친구가 되는 건 자연스러운 일이었다.

또 한 노인은 풍뢰옹주(風雷翁主)라는 노인이었다.

중원 모처(某處)에는 풍뢰곡(風雷谷)이라는 곡(谷)이 있다.

풍뢰옹주는 십 년 전만 해도 풍뢰곡의 곡주(谷主)였다. 지금은 은퇴하고 장자(長子)에게 후사를 맡긴 상태였다.

풍뢰곡 하면 뭔가 조금은 거창하게 들리긴 하지만 사실은 녹림의 무리들이 뭉쳐 있는 곳이었다.

풍뢰옹주의 과거는 일대(一帶)를 누비던 녹림종사(綠林宗師)였던 것이다.

마지막 노인은 노파(老婆)였다.

개과천선(蓋戈天仙)이라는 것이 그녀의 별호였으며 종남파(終南派) 출신이었다.

그녀의 무기는 두 자루의 조그만 금빛 결금붕옥과(缺金崩玉戈)였다.

세월은 이제 그녀를 과거의 이인(異人)으로 만들었다. 그리하여 한 시대를 영위했던 흘러간 영물이 되었다.

개과천선은 신복노와 풍뢰옹주의 친구이자, 특히 취취옹의 절친한 친구였다.

늙었다 하더라도 여자는 남자와 전혀 다른 몸 구조를 지니고 있다.

그녀는 남자가 과연 몇 살까지 성 관계를 할 수 있을까 하는… 실험 대상으로 그들 노인 사이에서 회자되는 노파였다.

그 결과 풍뢰옹주와 취취옹의 성(性)적인 능력은 여느 젊은이와 별반 다름없다는 것이 증명되었다. 또 신복노는 오히려 젊은 사람들보다 더 지독한 색골(色骨)이라는 것이 증명되었다.

그런 말들은 모두 개과천선의 입에서 나온 말이었다.

그로써 이들은 정말로 좋은 친구들이라는 사실까지도 증명되었다.

취취옹, 풍뢰옹주, 개과천선…….

그들이 살인미소를 중앙에 두고 품(品) 형태로 에워쌌다. 마치 손자의 재롱을 보기 위해 둘러서 있는 노친네들 같은 모습으로…….

세 노인은 신복노가 살인미소를 데리고 온 이유를 다른 설명없이도 알 수 있었다.

그들 노인들에게는 오래전에 정한 한 가지 약조가 있었다. 누구든 위기 상황을 맞게 되면 위협하는 자를 이곳으로 데리고 와 혼내주자… 그런 약조였다.

혼내주는 일은 가벼워야 중상이었고 보통은 죽음이었다.

이들의 솜씨는 예전에 비해 조금도 녹슬지 않았기에 이들이 발출하는 절기 중 한 가지만이라도 적중되면 상대는 언제나 죽고 마는 것이었다.

사실, 신복노는 이들을 철저히 이용하고 있었다.

세 노인은 모두 출신이 분명하고 과거지사를 숨긴 점이 단 한 가지도 없었다. 그러나 신복노의 내력과 알려진 모든 것은 거짓이었다.

세 노인은 신복노가 한단 토박이라는 점과 아주 간단한 몇 가지 이력에 대해서만 알고 있었다.

신복노가 소싯적에 허맹맹(許猛猛)이라는 사부에게서 무공에도 못 미치는 권술(拳術) 정도를 조금 배웠다는 점…….

허맹맹의 맹물권술도장(猛沕拳術道場)이 쫄딱 망하는 바람에 문을 닫게 되어 그나마 권술 배우는 일조차도 포기하고 만 점…….

뒷동산에 있던 암자(庵子) 비스므리한 통달사(通達寺)를 쥐구멍 들락 거리는 쥐처럼 쪼르르… 드나들며 역학사(易學士)인 알지선생(謁智先 生)에게 사주팔자를 짚는 운지법(運指法) 정도를 사사받았다는 점…….

그 해 겨울, 알지선생이 찬 서리 비바람을 피하지 못하고 통달사 한 귀퉁이에서 싸늘한 시체가 되었을 때… 유일한 제자인 신복노가 달랑 조문객 네 사람의 조문(弔問)을 받았다는 점과 그들의 도움을 받아 무 사히 장례를 치루었다는 점…….

그때 알지선생이 남긴 비전진산(秘傳鎭山)인 '운명이란 무엇인가?' 를 삼 년 만에 통달하여 결국엔 한단 대로에 돗자리를 깔고 명물 점쟁 이가 되었다는 점…….

아무튼 바닷가 모래알처럼 수많았던 파란만장한 시련들과 역경들을 오직 놀라운 불굴의 의지력과 인내심을 총동원하여 한단 바닥에서 모 조리 극복한 잡초와 같은 신복노의 끈질긴 자생력과 복원력…….

신복노의 이런 간단한 이력을 세 노인은 알고 있었다.

그러나 세 노인은, 혈막의 중원 살인 중개업자가 바로 신복노라는 사 실을 짐작조차 할 수 없었다.

속이는 자와 속는 자는 많은 차이가 있다.

세 노인은 지금까지 자신들도 모르게 신복노의 방패 구실을 해오게 되었다. 철저하게 이용만 당한 셈이었다.

그렇게 보자면 세 노인은 지금까지 세상을 헛산 셈이었다.

살인미소는 속으로 혀를 찼다.

'이들은 혈막의 인물들이 아니다……'

살인미소가 여기까지 따라온 것은 신복노의 속셈을 몰라서가 아니었다. 혈막의 다른 인물들을 만날지도 모른다는 기대감에서였다.

'누군가를 만나게 되면… 어떤 식으로든 혈막에 대한 단서를 잡을 수 있겠지……'

혈막에 대해 자세하게 알게 되면 그 다음에는 환상궁에 대한 단서까지 알아낼 수 있을 것이지만 결론부터 말하자면 대단한 실망이었다.

'지체할 필요가 없겠군.'

살인미소가 세 노인을 향해 헤실거리기 시작했다.

"어르신들께서는 본 공자에게 어떤 가르침이 있으신지요?"

취취옹은 입이 빠른 노인이어서 언제나 먼저 말을 하는 사람이었다.

"너는 어떤 물건이기에 우리의 불쌍한 친구인 신복노를 괴롭히는 것이냐?"

신복노는 취취옹이 쓸데없는 문답을 하고 있다고 생각했다.

신복노가 원하는 것은 이런저런 문답이 아니라 우당탕 당장 대판 싸움을 벌여 살인미소를 죽여주든지 쫓아주는 일이었다.

세 노인이 살인미소를 죽여주면 그건 더없이 좋은 일이 되겠지만 최소한 쫓아만 줘도 살길이 생길 거라고 벅찬 기대를 하고 있는 신복노였다.

그땐 자신도 한단에서 영원히 자취를 감추면 되는 것이다.

살인미소는 세 노인과 쓸데없는 피를 볼 필요가 없다고 생각했다. 당장 시급한 일은 되도록 빨리 진실을 밝히는 일이었다.

"제가 보기에는 불쌍한 사람은 신복노가 아니라 세 어르신인 듯합니다."

성미 급한 취취옹의 허연 검미가 번쩍 치켜떠졌다.

"뭐라고?"

"참으로 이상한 일입니다. 어째서 세 분은 혈막의 살인 중개업자 신복노를 이토록 두둔하시는 겁니까? 더구나 지금까지 세 분들을 철저하게 속여온 사람인데 말입니다."

취취옹의 얼굴이 시뻘겋게 변했다.

풍뢰옹주의 얼굴은 누렇게 떴다.

개관천선의 얼굴은 파랗게 질렸다.

신복노는 하얗게 탈색되었다.

네 노인은 인간이 결정적인 상황을 맞으면 얼굴색이 얼마나 다양하게 변하는 것인지를 개성껏 보여주는 것 같았다.

이들이 혈막에 대해 어찌 모르랴.

풍뢰옹주는 신중한 사람은 아니었지만 일의 허실만큼은 분명히 하는 사람이었다.

"네 말이 진실된 말이라고 믿을 수 없다."

"그렇다면 내 말이 거짓이라고 증명할 방법은 있습니까?"

"증명은 너부터 해라. 너는 신복노가 혈막의 살인 중개업자라는 사실을 증명하지 못하면 당장 이 자리에서 죽게 될 것이다."

살인미소가 고개를 끄덕였다.

"만일 제가 그 사실을 증명하면 세 분께서는 어떡하실 요량이십니까?"

성미 급한 취취옹이 톡, 수면으로 튀어오르는 망둥이처럼 나섰다.

"그땐 네 맘대로 해라."

신복노의 얼굴은 점점 굳어갔다.

그러나 신복노는 자신이 있었다. 살인미소가 도대체 무슨 수로 자신의 엄청난 내력을 밝힐 수 있단 말인가?

'놈이 어떤 불리한 증거를 제시하더라도 난 그때마다 부정(否定)해 버리면 오히려 놈이 궁지에 빠질 것이다.'

신복노는 아랫배에 힘을 꽉 주었다. 이때 방귀가 나올 것 같았지만 꾹 참았다.

그때였다. 갑자기 살인미소의 주먹이 신복노의 얼굴을 향해 날아갔다.

휙…….

"앗……."

신복노는 깜짝 놀라며 다섯 걸음이나 물러섰다. 놀라기는 취취옹, 풍뢰옹주, 개과천선도 마찬가지였다.

그들이 소리소리 질렀다.

"이놈, 너는 무슨 짓을 하려는 것이냐?"

"어린놈이 속이 아주 검은 놈이로구나. 감히 우리를 속이려 들다니… 너 같은 놈을 용서할 우리가 아니다."

그런데 더 이상한 것은 살인미소였다. 갑자기 세 노인을 향해 포권하는 것이다.

"세 분께서는 조금 전에 제가 백보신권(百步神拳)을 신복노에게 휘두르는 것을 보셨을 것입니다."

개과천선이 뾰족하게 소리쳤다.

"그렇다, 이놈아. 그래서 우리는 너를 반드시 죽여야겠다."

살인미소가 어벙벙하게 웃었다.

"그걸 보셨다면 신복노가 서역(西域)의 은자(隱者)들만 사용하는 미리홀대경공보(彌璃惚帶輕功步)로 백보신권을 피하는 것도 보셨을 것입니다."

"……!"

세 노인이 입을 딱 벌렸다.

세 노인의 안력이 어디 보통 안력이던가… 그들은 분명히 보았던 것이다.

신복노가 미리홀대경공보를 이용하여 살인미소가 번개처럼 내지른 백보신권을 역시 번개처럼 피했음을……!

살인미소가 단언했다.

"한단에서 태어나 무공은커녕, 간신히 권술 정도만 배우다 그만두었다는 사람이 서역 고수들의 경공법인 미리홀대경공보를 자유자재로 사용했다면 그것이 바로 혈막의 살인 중개업자라는 증거가 아니고 무엇이겠습니까?"

"……."

세 노인은 입을 딱 벌린 채 양손을 쭉 벌렸다.

더 이상 대꾸할 말이 없다는 뜻이었다. 살인미소가 정확하게 증거를 제시했다는 점을 인정한다는 뜻이기도 했다.

사실 살인미소가 이왕에 백보신권을 사용했다면 일권(一拳)에 신복노를 죽일 수도 있었다. 하지만 그럴 경우 세 노인에게 증거를 제시할 수 없게 된다. 그래서 돌연히 백보신권을 발출하는 흉내만 내었을 뿐이었다.

신복노는 역시 숨은 고수였다.

고수들이란 반사 신경이 지극히 뛰어난 사람들이다.

죽음이 닥쳐오면 순간적으로 피하는 기술 또한 뛰어날 수밖에 없다. 신복노는 깜짝 놀라며 자신도 모르게 일신에 지닌 보법을 사용했던 것이다.

그로써 신복노는 막다른 골목에 몰린 쥐 꼴이 되었다.

"애송이 넘에게 내가… 당하다니……."

순간 신복노의 장심이 단풍잎처럼 붉어졌다.

우르르릉…….

굉음이 터지며 신복노의 열 손가락에서 단장색혈지강(斷臟索血指罡)이 빛줄기처럼 살인미소를 향해 몰려왔다.

이 또한 서역에서만 비전되는 무서운 반탄지력(反彈指力)이었다.

세상의 일이라는 것은 자신의 의지대로만 되는 것이 아니다. 그로써 신복노는 스스로 목숨을 단축하고 말았다.

살인미소가 가볍게 오른손을 휘젓자 신복노의 단장색혈지강은 대번에 안개처럼 사라져 버렸다.

신복노가 크게 휘청거린 것도 그때였다.

"욱……."

붉고 묽은 선혈이 그의 입에서 토해졌다.

그의 가슴에는 이미 손가락 크기만한 구멍 하나가 뻥 뚫려 있었다. 지금은 강호의 하류 절기로 알려진 탄지신지(彈指神指)라는 수법에 의한 것이었다.

콰당.

신복노가 엎어졌다. 심장이 쪼개지며 절명하고 만 것이다.

그래도 신복노는 행복한 사람이었다.

드넓은 십팔만 리 대중원을 살아가며 자신이 태어난 고향에서 생을 마감한다는 것이 그리 쉬운 행운이 아니기 때문이다.

살인미소가 아직도 얼이 빠져 있는 세 노인을 향해 조용히 포권을 했다.

"저는 어르신들에게는 먼지만큼도 원한이 없습니다. 다만 신복노는 이루 말할 수 없을 정도로 가증스러운 자였기에 처단했을 뿐입니다."

살인미소가 인사를 마치고 돌아서서 열 걸음을 뗄 때까지도 세 노인은 멍청하게 그 자리에 서 있었다.

살인미소의 모습이 그들의 시야에서 완전히 사라졌을 때 그들은 비로소 큰 한숨을 화산처럼 내쉬었다.

"이 나이가 되도록… 우리가 어찌하여 친구를 믿을 수 없는 세상에서 살고 있단 말인가?"

*　　　　　*　　　　　*

"보고드립니다."

귀기스러운 안개가 구름처럼 흐르는 이곳… 만장단애 사이로 한줄기 음성이 조용히 흐르고 있다.

우우웅…….

단애가 통째로 떠는 것인가? 또 한줄기의 창노한 음성이 흘러나왔다.

"보고하라."

처음 단애를 조용하게 울렸던 보고자(報告者)의 음성이 다시 흘렀다.

"속하(屬下)가 지금까지 지켜본 결과… 혈막주를 신용해서는 안 될 것 같습니다. 혈막은 조금 전에 중원을 거점으로 암약하던 살인 중개자 신복노조차도 오히려 잃었습니다. 신복노 살해자는 혈막에서 책임지기로 한 살인미소 그자였습니다. 이로써 혈막은 다섯 번 시도하여 다섯 번 모두를 실패했습니다."

휘이잉~

운무가 다시 몰려오기 시작했다.

까마득한 단애 아래에서 바람이 일기 시작했기 때문이다.

창노한 음성이 운무 사이로 조용하게 퍼졌다.

"아직 혈막을 불신하기에는 이르다. 혈막의 본대(本隊)격인 검각주(劍閣主) 검혼(劍魂)과 도각주(刀閣主) 도혼(刀魂)이 본격적으로 활동을 개시하지 않았기 때문이다. 본좌는 그들의 활동을 지켜본 후에 혈막에 대해 재평가를 할 생각이다."

"하, 하오나… 속하의 생각으로는… 살인미소는 거물(巨物)인 바… 혈막으로서는 한계가 있다고 봅니다. 때문에 본 밀종(密宗)에서 처리하는 것이 타당하다고 생각됩니다."

밀종……!

그 누구도 짐작조차 하지 못하고 있는 또 하나의 죽음, 그것이 밀종이었다.

"밀종주(密宗主)는 듣거라."

"명."

"그대는 살인미소를 누가 청부했다고 생각하는가?"

"그, 그것은 마돈나라는 여인이 황금 십만 냥으로 청부한 것이라고… 알고 있습니다."

"밀종주!"

"명."

"마돈나는 살인미소와 항상 함께 다니는 여인이다. 그녀가 과연 살인미소를 청부했다고 생각하는가?"

"하오면 누군가가… 둘의 사이를 벌려놓기 위한 반간지계(反間之計)입니까?"

"두 가지 경우가 있지."

"……."

"첫째는 밀종주의 생각대로 누군가의 반간지계일 가능성이 있고… 또 한 가지는 살인미소가 직접 자신의 목을 청부했을 가능성이 있다."

"어, 어찌… 살인미소가 스스로 자신의 목을 청부하겠습니까?"

"그놈이기에 가능한 일이다. 그놈은 벌써부터 혈막과 본 환상궁을 역추적하고 있다. 자신을 살해하려는 자들을 거꾸로 거스르며 머리를 움켜잡으려 노력 중인 것이다. 때문에 놈이 스스로를 청부했을 가능성을 의심하지 않을 수 없다. 역추적을 위해……!"

"……."

"지금은 혈막에 맡겨야 한다. 혈막은 이미 존재의 일부를 천하에 드러낸 상태다. 놈의 역추적에 의해 밀종까지 천하에 드러나서는 안 될 터……!"

"아……."

"때를 기다려라. 본좌가 그대를 다시 부를 때까지……."

"존명……!"

휘류류룽~

어느새 자욱한 운무가 만장단애를 모조리 뒤덮고 있었다.

그럴 즈음 만장단애 주변은 태고와 같은 지독한 정적 속으로 빠져들고 있었다.

　만장단애를 울리어 떨게 했던 두 줄기 음성은 어느새 아무 일도 없
었던 것처럼 고요하게 소멸되어 있었다.

제41장
닭 요리 전문가

닭 요리 전문가

    천하에서 계음향(鷄陰香)만큼 천재적인 요리 솜씨를 지닌 여인은 아마 존재하지 않을 것이다.

    올해로 꼭 사십 살이 되는 그녀는 살찐 닭의 넓적다리 살만큼이나 통통한 체구를 지니고 있었다.

    그녀는 지난 이십오 년 동안 오로지 닭[鷄] 요리 한 가지만을 고집해 온, 정말로 고집스러운 여인이기도 했다.

    그녀의 닭 요리 솜씨는 가히 신기(神技)였으며 동시에 신비(神秘)였다.

    계음향은 반드시 자신의 손으로 닭 모가지를 뎅겅 잘라 죽인 후, 그 닭으로 도합 백팔 가지나 되는 닭 요리를 만들었다. 그렇지만 천하에 흔하디흔한 닭찜이나 백숙, 또는 닭볶음 따위를 만드는 것이 아니었다.

    그녀는 순전히 닭만을 이용하여 연한 소고기 맛이 나도록 만들기도 했으며, 잘 삶아진 돼지고기 맛을 내기도 했다. 어떨 때는 약간 질긴 염소고기 맛을 내기도 했으며 놀랍게도 소금 냄새가 배어 있는 비린 생선 맛을 내기도 했다.

계음향이 운영하는 계향각(鷄香閣)은 그리 크지 않은 규모였다.

십여 년 전에 동정호 하류 부근에 위치한 이후, 단 하루도 거르는 날 없이 연중무휴로 영업을 해온 계향각이었다.

그러나 찾아가는 길이 워낙 험했다.

군데군데가 자갈길이었고 갈대가 우거진 오솔길 같은 소로(小路)를 몇 번이나 지나야 했다. 또 둑에서 새어 나온 물로 인해 네 곳 정도는 아예 시커먼 진흙 진창길이었다.

그런 길을 반 시진 이상이나 걸은 후에는 거의 이 각여 동안 울울창창한 숲길 사이를 걸어가야 계향각에 도달할 수 있다.

호북성 사람이라면 누구나 그녀의 환상적인 닭 요리 솜씨를 인정했지만 찾아가는 길이 너무 멀고 험하다는 이유로 인해 찾아오는 손님은 비교적 드문 편이었다.

계향각은 객점(客店)도 함께 운영했다. 늦게 찾아와 요리와 술을 시켜 먹은 손님들이 어쩔 수 없이 하루를 묵어가야 했기에 그런 것이었다.

이런 모든 조건들은 사실 장사를 하기에는 매우 부적합하고 불리한 조건들이었다.

그러나 어쩐 일인지 계음향은 이곳에서만 장장 십 년이라는 세월을 두고 장사를 계속해 왔다. 그래서 더 유명해진 계향각이었다.

왜냐하면 닭 요리 몇 가지를 차례로 시켜 밤새도록 이 맛 저 맛을 술과 함께 모조리 음미한 후에 배를 팅팅거리며 준비된 객점에서 편안하고 기분 좋게 잠까지 자고 갈 수 있기 때문이었다.

아무튼 계음향이 만드는 닭 요리는 워낙 독특하고 맛 또한 천하 어디에서도 맛볼 수 없을 정도로 유별났다.

특별한 미식가가 아니더라도 누구든 하룻밤을 투자하여 두루두루 닭 요리 감상을 하고픈 곳이 바로 이곳 계향각이었다.

이슥한 밤이었다.

내부에는 두 사람이 앉아 계음향이 만든 닭 요리를 즐기고 있었다.

한 사람은 금포(錦袍)를 걸친 초로(初老)의 인물이었다.

혈마종사(血魔宗師)라 불리고 있는 그는 혈마문(血魔門)의 문주(門主) 단천악(斷天嶽)이었다.

단천악의 마도(魔刀)는 인정을 모르는 살도(殺刀)로 유명했다.

혈마수라도법(血魔修羅刀法)과 단홍참뢰도법(斷虹斬雷刀法)은 호북성에서는 아직까지 짝을 찾지 못한 쾌도법(快刀法)이었으며 끔찍한 피의 저주가 담긴 살생도법이었다.

그가 호북성 최고의 마도종사(魔道宗師)로 불려지는 이유는 바로 그 두 가지 절대도법에 의한 무자비한 살인 덕분이었다.

단천악은 계향각 내부 중에서도 가장 깊숙한 위치에 자리한 탁자에 앉아 닭찜 비슷한 요리를 즐기고 있었다.

"기막히군. 이 요리는 정말로 생선 맛이 나는군. 어찌하여 생긴 건 닭인데 맛은 생선 맛이란 말인가?"

그와 마주 앉아 닭 요리를 즐기는 자는 다 늙어 빠진 중(僧)이었다.

나이는 칠십여 세 정도로 보였다. 당당한 체구에 광대뼈가 툭 불거져 나온 장사(壯士)형의 파계승(破戒僧)이었다.

눈썹 또한 젊은 사람처럼 검고 유난히 짙었다. 때문에 나이보다도 열 살쯤 젊어 보였다.

오른쪽 허리에는 한 자루의 커다란 계도(戒刀)가 채여져 있었으며 또 한쪽 허리에는 해골 하나가 매달려 있었다.

해골은 아주 오래전에 인피(人皮)가 모조리 벗겨진 듯, 검은 기름 때가 자르르 흐르고 있었다.

오랜 세월을 두고 늙은 중의 손때가 그만큼 많이 묻었기 때문이다.

늙은 중은 나찰살(羅刹煞)이라 불리우는 파계승이었다. 그의 내력이나 출신에 대해 중원에 알려진 바는 아무것도 없었다.

유일하게 알려진 내력의 일부는 어떤 이유인지 모르겠지만 삼십 년 전에 사부(師父)를 무참하게 죽인 후, 그 머리를 지금까지도 지니고 다닌다는…….

이 시대의 가장 엽기적인 땡중 중에 하나라는 사실이 알려진 이력의 전부였다.

나찰살이 허리에 차고 다니는 해골이 바로 나찰살이 죽인 사부의 머리였다. 나찰살은 항아리 채 술을 퍼마시며 닭백숙 비슷한 요리를 즐기고 있었다.

"이건 아예 돼지고기덩어리로군. 좋고… 좋아……."

나찰살이 가장 좋아하는 고기가 돼지고기 요리였다.

나찰살은 돼지고기 맛이 나도록 요리를 주문했는데 주인인 계음향이 구미에 딱 맞도록 요리를 해온 것이다.

돼지처럼 돼지고기 요리를 입으로 쓸어 넣는 나찰살을 바라보며 단천악이 음흉한 얼굴로 웃었다.

"술과 고기가 아무리 맛이 있다고 한들 술을 따라주는 어여쁜 손이 없고 고기를 토막 내어 입에 넣어주는 계집이 없다면 소금기 없이 개고기를 먹는 것과 무엇이 다르겠는가?"

나찰살은 단천악보다 두 배나 더 음흉한 얼굴이 되었다.

"역시 자네는 이틀을 참지 못하는군."

"영웅이란 본래 색을 밝히는 법일세."

나찰살이 툴툴거리며 웃었다. 단천악의 말을 인정한다는 의미였다.

"나는 오래전부터 자네의 그런 습성을 알기에 오늘 한 여자를 준비해 두었네."

단천악으로서는 눈이 번쩍 뜨일 만한 소리였다. 그러나 먼저 고개부터 설레설레 저었다.

공급과 소비는 항상 균형적이어야 한다.

계향각은 워낙 외진 곳이어서 여인을 납치해 오기 전에는 껄떡거리는 소비자는 있을지언정 공급이 제때에 원활하게 이루어질 수가 절대로 없는 곳이었다.

그 점을 잘 알고 있었기에 단천악이 무조건 고개부터 젓고 본 것이었다.

"나는 이 집주인인 계음향이라면 무조건 사양하겠네. 첫째 계음향은 십 년 전부터 자네와 살을 섞어온 여자이기 때문이고 두 번째는 지금까지 내가 품어온 수많은 여자들과 비교해 특별히 매력적인 점을 어느 한곳에서도 발견해 낼 수 없기 때문일세."

나찰살이 큼직하게 웃었다.

"내가 어찌 자네의 취향을 모르겠나? 자네와 나는 비록 여자라 할지라도 번갈아 나누어 품어왔네만 오늘만큼은 계음향을 자네에게 맡길 생각이 조금도 없네. 왜냐하면 그녀는 지금 나로 인해 몸이 바짝 달아 있는 상태니까 말일세."

"그건 나도 반길 만한 일일세. 그런데… 계향각은 기루(妓樓)가 아닌데 어떻게 여자를 구할 수 있단 말인가?"

나찰살이 또 음흉하게 웃었다.

"어젯밤에 계음향에게 특별히 부탁을 해놓았네. 오늘 밤 자네의 품 안에서 요절이 날 여자를 구해놓으라고 말일세. 계음향은 오늘 하루 종일 여자를 구하기 위해 발가락에 물집이 날 정도로 돌아다녔을 것일세."

단천악이 놋그릇 떨어지는 소리를 내며 걸걸거렸다.

"나에겐 많은 친구가 있네만 내 사정을 가장 정확하게 꿰뚫어 보는 사람은 오직 자네 하나뿐일세. 계음향은 여자를 구했나?"

그 질문엔 대답을 하지 않고 나찰살이 주방을 향해 소리쳤다.

"계음향, 그 계집을 데리고 이리로 오게."

그 말이 떨어지기가 무섭게 한 중년 여인이 푸짐한 엉덩이 살을 주체하지 못하고 오리걸음으로 뭉기적거리며 나타났다.

계음향이었다.

그녀가 주체하지 못하는 것은 비단 엉덩이 살뿐만이 아니었다.

앞으로 축 늘어진 두꺼운 뱃살과 옆으로 흘러내리고 있는 감당 못할 허리 살 또한 커다란 항아리를 보는 듯 헌걸 찬, 위용을 자랑하고 있었는데… 아무리 보아도 그런 살점들을 감당하기엔 무리가 있어 보이는 그녀의 가느다란 종아리였다.

옷 속에 들어 있는 그녀의 유방은 배 위까지 축 늘어져, 걸을 때마다 자루 속에 들어 있는 호박덩어리처럼 출렁거렸다.

그 뒤로 한 여인이 조심스러운 걸음걸이로 따라오고 있었다.

여인은… 단천악의 예상을 완전히 박살 낼 정도로 젊은 여인이었다.

걸음걸이도 계음향과 달리 차분하고 반듯한 걸음걸이였다. 그 여인에게서는 뱃살과 허리 살, 푸짐한 엉덩이 살 따위는 눈곱만큼도 찾아볼 수 없었다.

계음향은 얼굴에 덕지덕지 지분을 바르고 나름대로 눈썹에 검은 칠까지 했지만 여인의 계란형 얼굴은 화장기라곤 조금도 찾아볼 수 없는 태어날 때의 본시 그 얼굴이었다.

이 여인이 아름다운 것은 단지 계음향과 함께 나타났기 때문이 아니었다. 모든 조건에서 무조건 계음향과 반대였기에 최상의 아름다움을 보여주고 있었다.

단천악의 눈이 더 이상 커질 수 없을 정도로 크게 떠졌다.

'윽… 이다.'

단천악의 입이 쭉 째졌다. 정신이 다 아찔할 정도였다.

사실, 단천악은 나찰살이 여자를 준비했다는 말을 들으며 계음향보다 조금이라도 나은 여자라면 무조건 품고 잘 생각을 했었다.

계향각이 아닌 다른 기루였다면 최고의 미모를 지닌 기녀를 고르고 또 고를 것이었지만 이곳에서는 찬밥 더운밥 가릴 계제가 도무지 못되는 곳이었기 때문이다.

여자라곤 언제나 계음향뿐이었다. 때문에 치마만 둘렀으면 아쉬운 대로 오늘 품 안에 넣고 지내려 마음먹었는데… 계음향을 따라온 이 여인은 그가 본 어떤 기녀보다도 황홀한 아름다움을 지닌 여인이었다.

'백 명이나 되는 기녀들 중에서 가려 고른다 해도 이런 아름다운 여인은 결코 골라낼 수 없을 것이다……'

단천악이 입을 딱 벌린 채 제정신을 못 차리자 계음향이 엄청나게 큰 엉덩이를 나찰살 옆에 찰싹 붙이며 퉁을 주었다.

"단가(斷哥) 어르신께 미처 드리지 못한 말씀입니다만… 이곳은 먼지가 많은 곳입니다. 먼지는 대부분 닭의 솜털이지요. 그렇게 오래도록 입을 벌리고 계시다간 폐병에라도 걸리지 않을까 염려가 되는군요."

그래도 단천악의 입은 다물어지지 않았다.

"그런 병에 걸린다 해도 하룻밤 사이에 죽을 리 없는 일 아닌가?"

단천악은 이후로도 제정신이 아니었다.

그가 오로지 생각하고 있는 것은 지금부터 내일 아침까지 자신에게 닥칠 지나친 염복에 대한 감사의 마음뿐이었다.

'나에게 내려지는 유일한 하늘의 복은… 언제나 미인들만 내 옆으로 내려주시는 것이다……'

여인은 다소곳한 자태로 다가왔다. 그녀는 단천악 옆, 한 자(尺)쯤 떨어진 곳에 조용하게 앉았다.

단천악은 벌써부터 애가 탔다.

여인의 풋풋하고 감미로운 살 냄새… 그것만으로도 단천악의 말초신경은 대단한 변화를 일으켰다.

"가까이 오너라. 네가 어떤 연유에서 이곳까지 오게 됐는지 그건 내 알 바 아니다. 다만 나는 너를 보는 순간 갑자기 고기 맛이 사라졌고 또 술맛 또한 느끼지 못하겠구나."

나찰살이 걸걸거렸다.

"갑자기 졸린 건 아닌가?"

단천악이 고개를 끄덕였다.

"바로 그렇네. 당장 잠을 잤으면 소원이 없겠네."

계음향이 두툼한 이맛살을 찌푸렸다.

'단 어르신의 밝힘 증세는 정말 못말리겠구나……'

아무리 천하의 색골인 단천악이라 할지라도 친구와 함께하고 있는 술자리를 단박에 깨버릴 순 없었다.

즉시 여인을 데리고 단둘이서만 방 안으로 들어갈 순 없는 것이다. 그 일이 정녕 아쉬운 단천악이었다.

단천악은 두 눈을 여인에게 아예 못 박은 채 본격적으로 작업에 들어갔다.

"소저의 방명(芳名)은 어찌 되는가?"

여인은 발그레한 얼굴이 되어 조그맣게 웃었다. 작은 현악기의 현한 가닥이 울리는 듯… 청량하고 애절한 음성으로 말했다.

"소녀가 미천하여 이름 따위는 가져 본 적이 없고 다만 성(姓)이 마(馬)입니다."

"오… 마 소저……. 그래, 올해 나이가 어찌 되는가?"

이번에는 계곡 안에 위치한 옹달샘에 옥수(玉水) 한 방울이 떨어져 파향(波響)이 일어나는 듯 단천악이 심금이 저르르 울리는 목소리로 말했다.

"열여덟입니다."

쿵……!

단천악의 심장이 요동쳤다.

여자 나이 열여덟. 눈에 넣어도 아프지 않을 나이였다. 단천악은 즉시 품 안에서 금자 다섯 냥을 꺼냈다.

"나는 본시 손 작은 사람이 아니니 과하다 생각 말고 받도록 하게."

"……"

여인은 천성적으로 부끄러움을 많이 타는 여인인 듯했다.

일반적인 기녀들이었다면 넙죽 엎드려 절을 하며 금자를 투실투실한 가슴 사이로 챙겨 넣었을 터지만 이 여인은 눈길 한 번 주지 않았다. 여전히 다소곳한 자세로 입을 다물고 앉아 있었다.

남자들이란 다 그런 것이겠지만 지금의 단천악도 자신에게 유리한 쪽으로만 생각했다.

'게다가… 조금도 때가 타지 않은 여자라니……!'

자신 쪽으로 유리한 생각이 계속 이어졌다.

'이 여인은 천성적으로 말이 없고 행동이 조용한 여자로구나. 사실 그것이 얼마나 남자에게 편안한 일인가? 여자가 말이 많으면 남자가 얼마나 골치가 아플 것이며 여자의 행동이 과격하면 남자의 몸이 얼마나 피곤할 것이란 말인가…….'

그런 생각에만 젖어 있는 단천악… 그는 꿈에도 알 길이 없는 중요한 사실 하나가 이 여인에게 숨겨져 있다는 점을 까맣게 모르고 있었다.

천하에는 열여덟 나이에 마 씨 성을 가진 여인이 산기슭에 나뒹구는 낙엽만큼이나 많을 것이다.

그러나 열여덟 나이에 마 씨 성을 쓰고 이 여인처럼 아름다운 여인은 이 세상에 더 이상 존재하지 않을 것이다.

이미 눈이 멀어버린 단천악은 바로 이 점을 깨닫지 못하고 있었다.

이 일은 매우 중대한 사실이었다. 단천악에겐 대단히 위험한 함정이었다.

이 여인은 다름 아닌 마돈나였기 때문이다.

마돈나가 아니라면 천하의 어떠한 여인이라 할지라도 열여덟 나이에 마 씨 성을 가졌고 이토록 아름다운 미모를 간직할 수 없을 것이다.
절대로.

살인미소는 고개를 절레절레 저었다.
비룡검보에 위치한 별전 안에서였다.
"이 여자 정말 겁 없네."
한단에서 신복노를 제거하고 방금 돌아온 살인미소를 반겨준 건 마
돈나가 아니라 마돈나가 남긴 한 장의 첩지였다.

오빠.
나 오늘 돈 벌러 가.
계향각(鷄香閣)에서 여자가 필요하대.
이 미모면 일당 얼마쯤 받을 수 있을지⋯ 그게 몹시 궁금하거든.
당연히 최고 값이겠지?
나 돈 벌어 와서 오빠 맛있는 거 사줄게. 기둘려.
　　　　　　　　　　　　　　　　　　　　—마돈나 書.

살인미소가 실없이 웃었다.
마돈나가 왜 갑자기 계향각으로 직행했는지 벌써 감을 잡고 있었다.
마돈나가 자세하게 말은 안 했지만 비룡검보를 월담한 자들을 미행
했음이 분명했다. 그들이 어디로 사라져 어디에 머무는 것인지도 벌써
파악해 놓았음도 분명할 것이다.
"쯧⋯ 여자가 싸질러 다니기 시작해서 좋은 일이라는 건 하나도 없
는데⋯⋯."

살인미소의 짐작 대로였다.

마돈나는 월담한 자들을 미행했었다. 처음 월담한 자들은 모두 여섯 명이었다.

그들은 담을 넘자마자 제각기 뿔뿔이 흩어졌다. 그런데 그들 중에 단 두 사람만이 짝을 이뤄 어디론가 함께 사라지고 있었다.

마돈나는 짝을 이룬 두 사람을 미행하기로 했다. 두 사람은 유유하게 계향각으로 향했다. 이내 그들은 계향각 안으로 사라졌다.

그들 중 한 명은 혈마종사 단천악이었고 또 한 명은 나찰살이었다.

마돈나는 계향각 밖에서 잠시 동정을 살폈다.

단천악은 닭 요리를 주문하고 있었다.

나찰살은 계음향에게 이렇게 소곤거리고 있는 중이었다.

"단가(斷哥) 저 친구는 여자 없이 절대로 이틀 밤을 지내지 못하는 사람이야. 어디 가서 반반한 계집 하나 구해와."

계음향의 음성도 들려왔다.

"그건 쉬운 일이지요. 돈으로 안 될 일이 세상에 어디에 있겠어요?"

이로써 마돈나는 그들과 접근할 기회를 쉽게 얻게 되었다. 왜냐하면 그 일은 계음향을 만나기만 하면 되는 일이었다.

마돈나는 우연을 가장하여 계음향을 만났다. 마돈나가 계음향에게 한 말은 단 한 마디였다.

사정이 있어 돈이 필요하다는 그 말 한 마디였다.

계음향은 오늘 밤에 계향각으로 오라며 즉시 은자 세 냥을 집어주었다. 오기만 하면 은자 세 냥을 더 줄 거라는 말도 했다.

그리고 밤이었다.

이때는 아직 살인미소가 한단에서 돌아오지 않은 시간이었다.

마돈나가 계향각으로 가기 위해 준비를 하고 있었는데 두 그림자가 비룡검보의 담을 넘어 어디론가 사라지고 있었다.

마돈나는 사라지고 있는 두 그림자의 정체를 확인했다.

나찰살과 단천악이었다.

'이상하군. 어제는 여섯 명이나 나타났다가 사라졌는데 오늘은 저들… 단 두 명뿐이라니……'

그 이유까진 알 수 없었다.

중요한 것은 왜 그들이 담을 넘어 들어왔다가 다시 담을 넘어 사라져야 하는 것인가… 였다.

'따라가 보면 알게 되겠지……'

마돈나는 계향각으로 향했다. 단천악과 나찰살이 벌써 계향각을 향해 몸을 날리고 있기 때문이었다.

마돈나는 그들보다 먼저 계향각으로 갔다. 당연히 먼저 만난 건 그들이 아니라 계음향이었다. 그녀는 벌써부터 마돈나를 눈 빠지게 기다리고 있는 중이었다.

"어서 오슈, 샥시."

그리하여 마돈나는 아주 자연스럽게 단천악에게 안내되었던 것이다.

단천악은 애간장이 시커멓게 타 들어가고 있었다.

탁자 위에는 아직도 술과 닭 요리가 남아 있었다. 그것은 마돈나와 함께 방으로 직행하는 일을 더디게 만드는 일이었다.

눈치없게도 나찰살과 계음향은 아주 천천히 술을 마셨고 매우 더디게 고기를 뜯었다.

'끄응… 더 기다릴 수밖에…….'

단천악은 그들의 눈치를 살피며 마돈나의 손이라도 우선 한 번 잡아 보려고 기를 썼다.

그러나 금자를 다섯 냥이나 탁자 위에 올려놓았음에도 불구하고 마돈나는 손조차 쉽게 허락하지 않았다.

'얘가 정말 부끄러움을 너무 많이 타는구나. 분명 나찰살과 계음향 앞이라 이러는 것이겠지…….'

그렇게 생각하면서도 두 번이나 더 마돈나의 손을 잡으려 노력해 보았다.

말짱 헛일이었다. 마돈나는 고수처럼 단천악의 손이 당도하기도 전에 슬쩍 손을 피하는 것이었다.

단천악은 마돈나의 손 잡는 일을 일단 포기했다.

서둘러 술을 마시기 시작했고 급하게 고기를 뜯었다. 술을 모조리 비우고 고기를 모조리 뜯으면 곧바로 방으로 직행할 수 있기 때문이었다.

아직까지 손 한 번 못 잡아봤지만 그래도 단천악은 마냥 신이 나 있었다.

'일단 방으로 들어가면… 밤새도록 한 잠도 안 잘 것이다…….'

그땐 절세의 미모를 지닌 여인이 밤새도록 자신의 가슴속에서 참새 가슴이 되어 파르르거릴 것이었다.

상상만으로도 이처럼 신나는 일이 또 어디에 있겠는가.

단천악은 여전히 싱글벙글이었다. 남자에게 있어 미인이 옆에 있다는 사실보다 더 좋은 일이란 결단코 없는 것이다.

그런데…….

'이런 염병할… 일이 있나……'

벌컥!

계향각의 문이 열리더니 아닌 밤중에 손님 한 놈이 불쑥 들어섰다.

손님이 왔다는 것… 그건 계향각의 영업 시간이 늦어짐을 의미하는 것이다. 그로써 마돈나를 데리고 방으로 직행할 시간도 함께 늦어질 것이다.

영업이 완전히 끝나고 모두가 한꺼번에 우르르 각자의 짝을 데리고 각각의 방으로 직행할 때까지 나찰살과 함께 술을 마셔주어야 할 의리를 단천악은 지켜야 하는 것이다.

'우라질 놈… 같으니라고……'

저절로 욕이 나왔다.

한밤중에 찾아온 손님은 백의에 붉은 가죽으로 된 허리띠를 허리에 두른 꺼벙한 백의 젊은이였다.

놈은 정말 이상한 놈이었다. 들어설 때도 그랬지만 탁자에 앉아서도 여전히 헤실헤실 웃고 있는 것이었다. 살인미소였다.

오늘따라 살인미소의 웃음은 특별히 얼빵해 보였다. 유난히 헤실거렸기 때문에 완전히 맛이 간 놈처럼 보였다.

살인미소는 누구에게도 눈길 한 번 주지 않았다.

탁자에 앉자마자 벽에 어지럽게 써져 있는 차림표를 주욱 훑어보았다.

이윽고 살인미소는 도대체 누구 보고 들으라는 것인지 무턱대고 큰 소리로 외쳤다.

"고려 삼계탕이라… 이게 각별할 것 같군. 이걸로 하나 주쇼."

계음향이 두꺼운 엉덩이를 묵직하게 들었다.

"기다리슈."

계음향도 반갑지 않긴 마찬가지였다.

그녀는 어서 빨리 나찰살과 방으로 직행하고 싶었다. 마음은 오로지 나찰살의 맹렬한 그 녀석을 어서 빨리 안으로 받아들이고 싶은 심정뿐이었다.

영업을 하는 사람이 찾아온 손님을 돌려보내는 것은 장사하는 사람의 도리가 아니다.

'진작에 문을 닫아걸었어야 하는 건데…….'

계음향은 불퉁거리는 마음으로 주방으로 갔다.

요리를 하긴 했지만 그런 마음으로 요리를 해선 맛이 제대로 날리 없을 것이다.

그렇거나 말거나… 마음은 이미 콩 밭에 가 있는 그녀였다. 대충대충 끓였다.

마돈나의 표정은 처음이나 지금이나 변함이 없었다.

'굳이 오빠까지 나설 필요가 없는 일인데…….'

이런 마돈나의 표정은 오히려 단천악을 스르르 녹여 버렸다.

'나는 오늘 진짜 여자를 만났다. 표정조차 얼마나 정숙하단 말인가……? 정숙한 여인이야말로 침대 위에선 천하에 둘도 없는 암여우가 된다는 사실을 내가 어찌 모를 것인가? 으흐흐… 침대 위의 여우란 남자를 끔찍할 정도로 황홀하게 만드는 것은 물론이고 그 사실 자체가 또 얼마나 남자에게 영양가있는 일이란 말인가?

단천악의 입에서 침이 흘러나오지 않는 것이 그나마 다행스러운 일이었다.

이때는 계음향이 살인미소의 탁자 위에 펄펄 끓는 삼계탕 뚝배기를 올려놓고 있는 중이었다.

"드쇼."

"들겠소."

살인미소는 정말로 젓가락을 들었다.

그런데 젓가락으로 뚝배기 안을 휘젓던 살인미소가 갑자기 신경질이 드리드리한 동작으로 탕! 소리가 나도록 젓가락을 팽겨치는 것이었다.

계음향의 시선도 단천악 시선도 나찰살의 시선도 모조리 한꺼번에 살인미소에게 날아가 박혔다.

이들의 시선은 험악했고, 표정도 험악했다.

마돈나만 벙긋벙긋했다.

'드디어 미친 짓을 발동할 기회를 잡았나 보군. 변함없이 재미있겠어. 오빠는 재미없는 일은 절대로 벌이지 않는 사람이니까……'

그랬다. 뭔 생각을 했는지 살인미소가 본격적으로 꼬장을 부리기 시작했다.

"보쇼, 주인장. 이거 삼계탕 맞소?"

계음향의 묵직한 엉덩이가 또 어렵게 자리를 떠야 했다.

"그럼 뭐겠소?"

살인미소가 유명한 요리 강사처럼 계음향을 향해 닭 요리 강의를 하기 시작했다.

"삼계탕이란 본래 팔팔 끓는 뚝배기 속에 어린 영계 한 마리가 요염한 자세를 하고 다소곳이 들어앉아 있어야 하는 것이오. 그리하여 바라보는 사람의 시선부터 먼저 유혹해야 진정한 삼계탕이라 할 것이오. 그런데 이 뚝배기 속에는 요염한 영계가 아니라 늙은 씨암탉 한 마리가 사지를 쫙 벌린 채 두 다리 둘 곳을 찾지 못하고 푹 퍼져 있으니… 이건 삼계탕이 아니라 늙은 닭 시체로 만든 닭죽이 아니고 무엇이겠소?"

마돈나는 그만 푸우 하고 웃음을 터뜨리고 말았다.

계음향의 얼굴이 불덩어리처럼 달아올랐다.

"뭐라구?"

그녀는 그런대로 머리가 제대로 돌아가는 여자였다.

늙은 씨암탉 한 마리가 사지를 쫙 벌린 채 다리 둘 곳을 찾지 못하고 폭 퍼져 있다는 말은 다름 아닌 자신을 빗대놓고 하는 말이었다.

계향각이 원래 그런 곳이었다. 그래도 그 말을 금방 알아들었으니 그런대로 그녀의 머리가 돈은 아닌 듯했다.

또한 그녀는 통탄스러운 일이었지만 자신의 몸매가 살인미소의 지적 그대로 늘 그런 모습이라고 벌써부터 자탄해 오던 중이었다.

살인미소는 그녀가 가장 싫어하는 말을 고르고 골라 씹어 뱉었다.

'저 쓰벙새가 도대체 날 어떻게 보고 저 따위 소리를 하는 거야?'

우선적으로 '살' 이라는 단어는 계음향이 원수처럼 미워하는 단어였다. 그 다음에 싫어하는 단어가 '사지를 쩍 벌린 모습' 이라거나 '폭 퍼져 있는…' 등등의 형용 어구였다.

그녀를 화나게 만드는 일은 또 있었다.

"감히… 내 요리에 대해 이러쿵 저러쿵 평가를 하다니……."

그녀는 씩씩거리며 즉시 주방으로 굴러갔다.

그녀는 즉시 닭 잡을 때 사용하는 넙데데한 커다란 식칼을 들고 나왔다.

식칼은 한눈에도 묵직한 무게를 자랑하고 있었으며 일당백의 놀라운 위용을 보여주고 있었다.

그녀의 뻥 뚫린 커다란 코에서는 굴뚝처럼 콧김이 뿜어져 나왔다. 넙데데한 식칼이 살인미소에게 겨누어졌다.

"너는 네가 뱉은 말에 반드시 책임을 져야 할 것이다."

살인미소의 눈이 식칼에 고정되었다.

"어어… 난 닭이 아냐."

"내 식칼은 닭이든 사람이든 가리지 않지."

정말이었다. 그녀는 닭을 죽이는 일 외에도 수십 명의 인간을 도살한 적이 있었다. 그녀는 과거 무림인이었던 것이다.

계음향의 식칼이 살인미소 앞에 당도하기 전이었다.

나찰살의 허리춤에서 뽑혀진 계도가 먼저 살인미소의 목을 노리고 날았다.

나찰살은 살인미소가 한 말이 바로 계음향이 가장 싫어하는 말들이라는 것을 잘 아는 자였다.

"이노옴, 네놈을 잡아 먹을 딴 후 팔팔 끓는 뚝배기 속에 담아 푹 고아 먹을 것이다."

그런데 이때엔 혈마종사 단천악이 더 성미 급하게 굴었다.

그는 사실 바짝 몸이 닳아 있는 중이었다. 어서 빨리 일을 저질러야만 선녀 같은 마돈나를 끌어안고 잠자리를 함께할 수 있다는 생각이 번개처럼 든 것이었다.

"친구, 저놈은 내가 맡겠네."

단천악이 그렇게 외쳤을 때였다.

피이잉…….

벌써 나찰살의 계도가 번쩍거리는 도광을 일으키며 살인미소의 목을 향해 날아가고 있었다.

제42장
사람 잡는 식칼

사람 잡는 식칼

나찰살의 계도가 살인미소의 목 한 치 옆을 아슬아슬하게 스치고 지나갔다.

나찰살은 믿을 수 없다는 표정을 지었다.

'내가 취했나 보군. 이놈은 조금도 움직이지 않았는데……'

사실 살인미소는 아주 약간 움직였었다. 나찰살의 계도가 살짝 빗나갈 정도로 아주 약간만…….

나찰살은 그런 살인미소의 움직임을 보지 못했다.

이 일은 나찰살이 취했기 때문이 아니었다. 살인미소가 찰나적으로 움직였기 때문에 나찰살이 그 사실을 깨닫지 못했던 것이다.

살인미소가 약간만 움직인 것은 나찰살의 손목을 움켜잡으려 마음먹었기 때문이다.

그 일은 반드시 이루어질 것이다. 왜냐하면 생선의 절기 중 하나인 절정의 금나수법을 사용했으니 당연한 일이었다.

척……!

나찰살의 완맥이 살인미소에게 나꿔채졌다. 나찰살의 손에서 계도가 날아갔다.

"으음… 지금이… 현실로 느껴지지 않는구나……."

나찰살은 나직한 신음을 터뜨렸다.

그는 그때서야 살인미소를 너무 얕보았다는 생각을 했다.

이때부터 그가 할 수 있는 일이라곤 아무것도 없었다.

괴로운 듯 작은 신음을 삼키고 멀뚱한 눈으로 살인미소를 바라보는 것이 나찰살이 할 수 있는 일의 전부였다.

이때엔 계음향의 넙데데한 식칼이 살인미소의 목 앞에 도달해 있었다.

"요 시키야, 난 모가지 따는 일이 전문이다. 그게 닭 모가지든… 인간 모가지든……."

식칼……!

천하에 존재하는 모든 칼들 중에 식칼만큼 존경스러운 칼이 또 어디에 있으랴.

식칼은 궁극적으로 인간의 살을 찌우게 하고 인간의 피를 만들어 체내를 돌게 하는 천하제일의 이기(利器)가 아니던가.

누구든 오늘, 무엇이든 맛있게 먹었다면 그것은 식칼의 어마어마한 도움을 받아 입이 즐거웠을 것이고 혀가 감미로웠을 것이다.

정녕 거룩하기 이를 데 없는 식칼이건만 지금 계음향이 움켜쥐고 있는 것은… 식칼은 식칼이로되 칼의 속성인 양면성이 가장 잘 드러나 있는 흉기 중에 흉기였다.

슬쩍, 살인미소가 몸을 뒤틀자 계음향의 식칼이 허공을 쪼갰다.

"이런……."

계음향이 탄식을 뱉었다.

그런데 문제는 그녀의 식칼이 살인미소를 베지 못하고 허공을 베었다는 데 있었다.

계음향은 워낙 둔중한 체구를 지닌 여인이었다. 그녀는 식칼을 휘두르며 일시에 엄청난 힘을 사용했다.

그녀에게 있어 다른 건 몰라도 힘만큼은 언제나 남아돌았다. 주체할수 없을 정도로 막강한 힘… 그게 헛방을 날리고 말았으니…….

"어어어… 난 정지가 잘 안 되는 사람인데……."

당당한 무게에서 발동되었던 강력한 추진력과 지극히 자연적이고 과학적인 현상인 원심력이 그때 한꺼번에 작용했다.

그녀는 본시 식칼이 있던 주방으로 구르듯 날아갔다.

와장창―

그녀는 주방문을 박살 내고도 멈추지 못했다. 계속 전진하여 끝내는 주방 안에 있는 커다란 솥 단지 안으로 처박히고 말았다.

"으앗~ 뜨거워……!"

그 솥은 음식점에서 흔히 사용하는 조그만 목욕탕만한 크기의 솥이었다. 또 조금 전까지 팔팔 끓었던 솥이었다.

찰파닥…….

그녀는 닭 대신 그 안에 들어앉아 있게 되었다.

"으아아아……!"

안 되는 집안은 매사가 늘 그런 식이다.

더구나 왜 하필이면 버둥거리던 손에 들려져 있던 육중한 무게의 식칼이 그녀의 머리 위로 떨어지는 것이란 말인가?

"꺄아아악……!!

이로써 늙은 암탉 한 마리는 살인미소의 말대로 사지를 쫙 벌린 채 두 다리를 쭉 펴고 푹 퍼져 있게 되었다.

그녀의 몸은 너무 무거워 혼자의 힘으로는 도저히 커다란 솥 안에서 빠져나올 수 없었던 것이다.

그것도 참으로 신기한 일이었다.

도대체 살인미소의 말치고 반드시 그렇게 이루어지지 않는 일이란 결코 없으니 말이다.

그녀에게 생명의 분수령이 되는 대단한 문제가 발생했음에도 불구하고 나찰살은 구원의 손길을 뻗칠 수가 없었다. 나찰살은 여전히 살인미소에게 완맥을 움켜잡힌 채 괴로운 표정을 짓고 있는 중이었다.

"나, 나를 죽일 생각이냐?"

"너는 조금 전에 나를 죽이려 하지 않았는가?"

"그, 그랬다."

"그랬다면 물어볼 필요도 없는 일이다. 나를 죽이려 했던 자를 내가 죽이는 일 또한 지극히 당연한 일 아니겠는가?"

"……!"

나찰살은 정말로 죽음을 맞게 되었다.

죽음은 살인미소의 차디찬 손에서 비롯되었다. 살인미소의 손가락 하나가 나찰살의 이마를 향해 퉁겨졌다.

퍽…….

나찰살의 이마에 콩알 크기만한 깊은 구멍이 뚫렸다.

구멍은 비록 작았지만 그곳에서 쏟아지는 핏물은 폭포를 연상케 할 만큼 양이 많았다.

자욱한 혈무(血霧)가 내부에 자욱하게 퍼졌다. 비릿한 피비린내와 함께였다.

"ㅇㅇㅇ……."

평소의 나찰살이었다면 살인미소의 그런 완만한 공격에 당할 위인이 절대로 아니었다. 그러나 그때까지도 완맥이 잡혀 있는 상태였기에 너무나 쉽게 죽음의 문턱을 넘어서게 되었다.

살인미소가 손목을 놓아주자 나찰살이 휘청거렸다.

그는 그때 깨닫게 되었다.

자신이 쏟은 막대한 분량의 피는… 죽음을 기정사실로 받아들여야만 한다는 것을…….

콰당.

무사에게 깨달음이 늦는다는 것… 죽음이었다.

그런데 진짜 한심한 인간은 혈마종사 단천악이었다.

조금 전의 일이긴 했지만 이 인간은 나찰살이 계도를 뽑은 순간 이미 모든 상황이 종료되었다고 단정해 버렸다. 살인미소가 나찰살의 계도에 의해 벌써 반쪽이 되어버렸을 것이라고 미리 판단해 버린 것이다.

'이때가 기회다…….'

그가 노리는 것은 살인미소의 목이 아니었다. 그건 벌써부터 관심 밖의 일이었다.

그의 손이 재빠르게 마돈나의 가슴을 향해 날아갔다.

나찰살이 살인미소를 베어 죽이든 찢어 죽이든… 마돈나가 넋 잃고 싸움 구경을 하고 있는 틈을 타 유방의 크기와 무게를 먼저 확인하고 싶었던 것이다.

'여자에게 있어 얼굴과 몸매가 아름답다는 것… 그게 모든 건 아니지……. 혹시 기형적인 짝 젖일지도 모르는 일이고… 또 유방 꼭대기에 반듯하고 탐스럽게 앉아 있어야 할 유두가 소발에 밟힌 올챙이처럼 찌그러져 있을지도 모르는 일이야…….'

그런데… 오늘따라 왜, 일이 풀리는 듯, 되는 듯 하다가 갑자기 뜻밖의 변고가 발생하는 것인지… 정말로 알 수 없는 일이었다.

단천악의 손 안에는 분명 마돈나의 몽글몽글한 유방 한 쪽이 잡혀 있어야 정상이었다.

반드시 그렇게 되었으리라 믿어 의심치 않았는데…….

'이런 기막힌 노릇이 있나…….'

마돈나의 유방이 도대체 언제 한 뼘이나 멀리 이사를 간 거란 말인가.

그때 진짜로 환장할 만한 일이 일어났다.

마돈나의 섬섬옥수가 단천악의 눈앞에서 바람에 휘날리는 버드나무 가지처럼 슬쩍 흔들리는 것 같았는데… 그녀의 섬세한 손가락이 어느새 단천악의 혈도 두 군데를 빠르게 짚어가는 것이었다.

단천악은 전혀 예상치 못한 상황이 연달아 겹치자 두꺼비처럼 눈만 껌뻑거렸다.

"너… 뭐 하냐?"

단천악의 멍청한 얼굴과 달리 마돈나는 옥 쟁반 위에서 옥구슬이 굴러가는 소리를 내며 해맑게 웃었다.

"단 선생, 겨우 금자 다섯 냥을 내고 내 가슴을 떡 주무르듯 할 생각이었다면 그건… 너무 싼 가격이었어."

"이런 망할 것아… 그걸 진작에 말하지. 난 황금 다섯 관이라도 낼 각오도 되어 있는 사람이야."

말은 그렇게 했지만 단천악은 벌써 어린아이처럼 손목의 힘이 급격히 줄어 있음을 자각해야 했다. 온몸 근육도 힘을 잃고 마비 현상을 일으켰다.

오직 눈에서만 시퍼런 불꽃이 이글거렸다.

마돈나가 이번에는 별 표정 없이 말했다. 그렇지만 세수 대야 안에 가둬놓은 메기 새끼를 대하듯 하대(下待)를 했다.

"이건 너를 위해 하는 말이지만… 너는 이상하게 생각할 필요도 없고 더구나 화를 낼 필요도 없어. 남자가 아름다운 여자를 바라보고 제정신을 잃지 않는다면 그걸 남자라 할 수도 없는 일이잖아? 또 세상을 살다 보면 항상 예상 밖의 일이 돌출되곤 하지. 그러니 네가 이 지경이 된 게 왜 이상한 일이겠어?"

단천악이 고개를 끄덕였다.

"네 말은 조금도 틀린 말이 아니지. 내가 궁금하게 생각하는 건… 어째서 창기(娼妓)를 가장하고 나에게 접근한 것인가… 그 점이다."

마돈나는 대답 대신 행동으로 답했다. 마돈나의 손이 단천악의 가슴 안으로 쑥 들어간 것이다.

"이게 이유야."

단천악이 부르르 몸을 떨었다.

"너는 참으로 이상한 여자로구나. 어째서 내 손이 너의 가슴으로 들어가는 건 거부하고 네 손은 어째서 함부로 내 가슴에 집어넣는 것이냐?"

마돈나가 단천악의 가슴 안에서 손을 빼며 말했다.

"내 가슴에는 네가 만져서는 안 될 것이 한 쌍이나 있으니 그럴 수밖에……."

마돈나의 손에는 누런색의 비밀 첩지 한 장이 들려져 있었다.

단천악이 설레설레 고개를 저었다.

"내 품속에 비밀 첩지가 들어 있다는 사실을 어떻게 안 것인가?"

"도둑이 아닌 자가 무얼 얻으려 비룡검보를 월담했겠어? 그건 비밀 명령서를 얻을 때뿐이지."

단천악이 고개를 큼직하게 저었다.

"나는 좀 전에… 대단히 판단을 잘못한 것 같구나. 난 네가 말을 잘 못하는 여자인 줄 알았는데 이제 보니 너는 누구보다도 말을 잘하는 여자로구나."

마돈나가 즉시 고개를 끄덕였다.

"남자란… 죽었다 깨어나도 깨닫지 못할 게 하나 있지. 그건 여자의 능력은 언제나 무한대라는 사실이야."

그 말이야말로 사실이었다.

남자라면 감히 어떤 자가 혈마종사 단천악의 가슴속에 들어 있는 비밀 첩지를 함부로 꺼낼 수 있단 말인가.

마돈나는 그러나, 이 순간에 중대한 실수를 범하고 말았다.

단천악의 입가로 징그럽게 번져 가는 섬뜩한 미소를 미처 발견하지 못한 것이다. 단천악의 왼손이 뱀처럼 조용하게 스르르 마돈나를 향해 날아왔다.

"여자 또한 남자의 능력이 무한대라는 걸 죽었다 깨어나도 깨닫지 못하는 법이다. 왜냐하면 남자란 항상 음흉한 존재니까……."

단천악의 왼손은 벌써 마돈나의 오른 손목을 움켜쥐고 있었다. 단천악이 그토록 원했던 그녀의 손목을 드디어 잡은 것이다.

마돈나는 팔목이 뜨끔거리는 순간 온몸의 힘이 쭉 빠져나가는 것을 느꼈다. 정신도 아찔해졌다. 얼굴도 새빨개졌다.

"너는… 너는……."

단천악이 징그럽게 웃었다.

"그렇다. 나는 혈도를 자유자재로 움직일 수 있다. 물론 부지불식간의 일이라 혈도 하나를 제압당하고 말았지만 네가 제압한 혈도는 겨우 한 시진 후에나 오줌을 누게 만드는… 쓸데없는 요혈(尿穴)이었을 뿐이다."

마돈나는 온힘을 기울여 벗어나려 했지만 단단한 갈고리에 걸린 것처럼 손목을 뺄 수 없었다. 더 힘을 준다면 손목이 부러질 것이다.

'사공(邪功) 중에는 이혈대법(移穴大法)이 있다는 사실을 잠시 망각했어…….'

단천악은 마돈나의 손 안에 잡혀 있는 누런색의 비밀 첩지를 뺏으려 했다.

그러나 오늘따라 단천악의 뜻대로 풀리는 일은 단 한 가지도 없었다. 매사가 될 동 말 동 하다가 결국엔 안 풀리고 마는 것이었다.

그들 사이로 새롭게 가세한 손 하나가 있었다.

그 손은 단천악의 눈이 어지러울 정도로 빠른 손이었다. 그 손이 단천악보다 먼저 마돈나의 손 안에서 누런 비밀 첩지를 낚아챘다.

단천악은 진짜로 놀란 눈이 되었다.

"너는… 너는……."

마돈나의 손 안에서 비밀 첩지를 먼저 빼앗은 손은 살인미소의 손이었다.

누런색의 비밀 첩지는 어느새 살인미소의 품 안으로 갈무리되고 있었다. 살인미소는 처음이나 지금이나 마찬가지로 벙글거리고 있었다.

"단 선생은 지금 무슨 말을 하려는 것이오?"

단천악은 이때, 어쩔 수 없이 마돈나의 손목을 놓아야 했다. 이대로라면 살인미소의 출수(出手)를 대비할 수 없기 때문이었다.

그가 자리를 박차고 일어섰다.

그렇지만 순간적으로 매우 괴로운 표정을 지었다. 그는 곁눈질로 나찰살이 시체가 되어 있는 모습을 보게 되었던 것이다.

친구의 죽음을 확인하는 일은 언제나 괴로운 일이다. 더구나 그 친구는 자신을 위해 친절하게 여자까지 준비했던 친구가 아니던가?

비록 일이 잘못되어 요 모양 요 지경이 되고 말았지만 시체로 변한 친구는 진실로 단천악을 위해 하룻밤 여자를 준비했던 것이다.

괴로운 일은 또 있었다.

친구가 죽었다면… 친구를 죽인 이 헤실거리는 놈의 무공 수위가 결코 평범하지 않을 거라는 점이었다.

"너… 너희는 무슨 일로 나의 비밀을 알고자 하는 것이냐?"

마돈나는 단천악의 손아귀에서 놓이자마자 재빨리 옆 탁자로 가 몸을 의지했다.

그녀는 스스로 혈도를 풀 수 없었다. 누군가의 도움을 받아야만 풀릴 것이었다. 그 '누군가'가 살인미소이기를 그녀는 바랐다.

살인미소가 단천악과의 거리를 좁히며 다가왔다.

단천악의 마도(魔刀)가 새파란 불꽃을 일으키며 검집에서 뽑혀졌다.

촤아앙―

단천악의 마도는 호북의 절대마종주로 자리 잡게 한 절대적 위엄이 서린 마도였다. 지금까지 패배를 모르는 마도이기도 했다.

"이노옴⋯⋯."

단천악의 마도가 살인미소의 목을 향해 날아왔다.

마도는 그 순간 괴이한 변화를 일으켰다. 분명히 한 자루의 마도였는데 살인미소의 눈에는 네 자루의 마도로 보이는 것이었다.

치이이잉—

네 자루의 마도 중 한 자루만 진짜 마도이고 나머지 세 자루는 허도(虛刀)였다. 이 현상은 매우 순간적으로 일어난 일이어서 어느 것이 진짜 마도이고 어느 것이 허도인지 명확하게 구분할 수가 없었다.

게다가 네 자루의 마도는 불시에 한 번씩 살인미소의 각 요혈을 노리고 날아왔다.

그럴 때마다 무수한 도망(刀網)이 사방으로 펼쳐지며 살인미소가 빠져나가지 못하게 심한 견제까지 했다.

단천악은 도기(刀氣)를 이용하여 단번에 살인미소를 가둔 것이었다.

마돈나가 그 광경을 보며 까르르거렸다.

이런 상황에서 웃을 수 있다는 것은 그녀의 심장이 무쇠로 만들어진 것이 아니고서는 있을 수 없는 일이겠지만, 그녀는 분명 몸까지 출렁거려 가며 까르르 웃었다.

그녀는 살인미소와 달리 단천악의 정면이 아닌 측면에서 바라보고 있는 중이었다.

네 자루처럼 보이는 단천악의 마도 중에 어느 것들이 허도인지 그녀에게는 분명하게 보였다.

"오빠는 다만 조심만 하면 되겠네. 왜냐하면 늙은 색광(色狂)은 애초부터 오빠의 적수가 되지 못하니까⋯⋯."

허(虛)로써 진(眞)을 이긴다는 것은 검도(劍道)에 위반(違反)되는 일이다. 허가 과(過)한 자는 참 능력이 적은 자이다.

살인미소는 벌써 그 점을 깨닫고 있었다.

허도란 참다운 능력의 도예(刀藝)가 아니라 단지 사술(邪術)이며 눈을 어지럽히는 현혹이라는 것을……

살인미소는 혼천일월도를 뽑지 않았다.

'이런 자에게 참다운 도법을 견식시킬 이유조차 없질 않은가……'

단천악은 죽었다 깨어나도 모를 것이지만 사실로 말하자면 살인미소는 마도지왕(魔刀之王)이라 불릴 수 있었다.

천하제일의 마도 혼천일월도를 지니고 있는 것이다.

살인미소는 관음청강수(觀音青剛手)를 사용하기로 했다.

'요사함을 다스림에 있어 불종무학(佛宗武學)은 곧 진수(眞髓)이니……'

살인미소가 양손을 올려 허공을 둥글게 감싸 안았다.

그뿐이었는데… 단천악은 살인미소 대신 관음보살을 보게 되었고, 관음보살의 여덟 줄기 팔[八臂慵惰]을 보게 되었다.

이것은 불문무학(佛門武學)의 정수이자 진수였다. 사술에 대한 정도 무학의 올바른 대응 방법이기도 했다.

"아아……"

단천악의 도법이 갑자기 어지러워졌다. 팔비나타로 화한 살인미소의 여덟 줄기의 팔에서 관음청강수가 빗줄기처럼 쏟아졌기 때문이다.

"으아아악……!"

단천악의 온몸에는 무수한 구멍이 뚫렸다.

구멍들은 겨우 바늘틈 만한 구멍들이었지만 단천악의 목숨까지 차례차례 그곳으로 흘러나가기에 충분했다.

붉은 핏줄기들이 단천악의 온몸에서 고슴도치 털처럼 뿜어져 나왔다. 단천악은 대번에 혈인(血人)이 되었다. 피의 구덩이 속에서 방금 건져 올린 듯한 혈인이…….

그의 온몸을 온통 붉게 물들인 것은 심장에서 갑자기 역류한 피였다. 그로써 단천악의 심장은 더 이상 피를 생산해 낼 수 없게 되었다.

쿵…….

단천악이 엎어졌다. 그의 몸은 사시나무처럼 떨고 있었으며 두 눈은 아직도 불신을 담고 있었다.

"너는… 단 한 번도… 절(刹) 밥을 얻어먹어 본 놈이… 아닐 진데… 어째서… 불문무학을… 시전… 할… 수 있단 말이냐……?"

단천악의 눈에도 살인미소가 불문에 귀의했던 이력이 있는 사람처럼 보이지 않는 모양이었다.

근엄하고 엄숙한 분위기는 조금도 찾아볼 수 없었으므로 그렇게 짐작한 것 같았다.

사실 그 점이야말로 단천악에게는 불가사의였다.

불문무학 중에서도 중급 이하의 일반적인 무학은 속가제자(俗家弟子)라는 형식을 빌어, 누구나 어느 정도까지는 얻을 수 있다. 그러나 상급에 속하는 정심한 불종무학은 불가의 제자가 아니면 절대로 얻을 수 없는 것이었다.

만일 단천악이 다시 소생한다 하여도 살인미소가 웅후한 불문무학까지 연성하게 된 내력을 납득할 수 없을 것이다.

장인촌을 방문하여 생선에게서 살인미소의 내력을 세세하게 듣지 않는 한…….

　　　　　*　　　　　*　　　　　*

　살인미소와 마돈나는 복잡한 저잣거리로 들어섰다.

　두 사람 모두에게 각각의 궁금증이 증폭된 상태로 가슴속에 남아 있었다. 그것은 단천악이 소지하고 있었던 비밀 첩지의 내용이었다.

　비밀 첩지는 단천악과 가장 가까운 턱밑까지 접근하지 않으면 얻기 어려운 것이었기에 마돈나가 길거리 여자 노릇을 했던 것이다.

　단천악은 비룡검보를 월담하여 그 첩지를 직접 받은 사람이었다.

　바꾸어 말하자면 비룡검보 내부에는 단천악과 내통하는 사람이 있다는 점이 분명히 증명된 것이다.

　"보자."

　"응, 궁금해."

　살인미소와 마돈나는 비밀 첩지를 펼쳤다.

　이곳은 제법 사람들이 많이 오가는 길거리였다. 남녀가 나란히 붙어서서 첩지를 여는 일은 사랑하는 남녀가 연서(戀書)를 주고받는 일처럼 지극히 자연스러워 보였다.

　내용은 간단했다.

　명(命)!

　살인미소는 바로 본 보(堡)에 있다.

　제거하라.

　　　　　　　　　　—혈막(血幕) 검각주(劍閣主) 검혼(劍魂) 書.

　마돈나는 이해하기 어렵다는 표정을 지었다.

"비룡검보에 혈막과 내통하는 자가 있었어……."

살인미소는 마돈나와 대조적인 표정을 지었다.

"어째서 그런 자가 있는 것인지 그 점부터 생각해 보는 것이 순서 아닐까? 원인없는 결과는 없는 것이니까……."

"무슨 말을 하려는 거지?"

살인미소가 오른손으로 찬관(餐館:전문 음식점) 한곳을 가리켰다.

과열루(寡裂褸)라는 곳으로 매운맛이 나는 커다란 만두를 파는 곳이었다.

과열루는 단지 만두 하나만을 팔았지만 중원의 어떤 만두집보다 맛이 있었다. 많은 사람들이 몰리는 것은 당연했다.

"말을 많이 하려면 누구나 허기지게 되지. 그러나 먹어가며 말을 하다 보면 그런 염려는 조금도 하지 않아도 돼."

"그러고 보니 아직 저녁을 안 먹었어."

마돈나가 살인미소의 팔짱을 끼며 그렇게 말했다.

과열루의 만두는 정말 매웠다.

만두를 베어 물자마자 입 안에서 과열 현상이 일어났다.

그래도 맛은 독특했다. 오도독거리며 고기 씹히는 맛과 각종 야채가 어우러진 상큼한 맛이 났다.

이 집에서만 사용하는 독특한 향 내음도 각별했다.

별미란 이런 것을 두고 하는 말이리라. 바로 이런 맛을 내기 때문에 과열루는 언제나 붐비는 것이었다.

마돈나는 한 개를 오물거리자마자 한 잔의 물을 냉큼 삼키며 얼얼한 입 안을 달랬다.

"후아… 불나네."

"살인미소는 두 개째 삼키고 있었다.

"너를 바라보는 모든 사람들의 눈에서도 불이 나고 있어."

"뭐?"

정말이었다.

과열루에는 수십 명의 사람들이 만두를 먹고 있었는데 그들은 만두보다도 마돈나의 미모에 더 많은 신경을 할애하고 있었다.

그들의 눈은 벌써부터 쥐가 나고 있었다. 어떤 자는 아예 고개와 시선을 마돈나에게 고정시키고 헬렐레대고 있었다.

여자란 이럴 때가 가장 행복한 법이다.

"오빠, 다음부턴 사람들이 가장 붐비는 시간에 맞춰 이곳에 오자."

"확 나갈까 보다."

"질투하냐?"

마돈나는 표정 관리부터 하기 시작했다.

만두를 먹을 때 지그시 눈을 감았다. 입 안에 넣고 살짝 조금만 깨물어 먹었으며 토끼보다도 더 예쁘게 오물오물거렸다.

'얘가 갑자기 왜 이래 증말……'

"흐음… 내가 생각해도 난 너무 예쁘게 생겼어. 이만한 얼굴에 이만한 몸매… 나 같은 여자를 중원 어디에서 또 찾을 수 있겠어?"

다른 건 몰라도 마돈나를 향한 마음씨만은 태평양만큼 넓은 살인미소였다.

'참자… 그래도 토하지 않을 정도는 되니까……'

마돈나의 입 안에선 또 불이 났지만 좀 전처럼 야단법석을 떨지 않았다. 살며시 물잔을 잡아 우아한 모습으로 조금만 들이켰다.

"흐으음… 오빠는 행복한 사람인 줄 자각해야 할 거야. 나만한 여자를 데리고 다니기란… 그게 어디 쉬운 일이겠냐구."

살인미소는 하마터면 이곳에 오게 된 이유를 까먹을 뻔했다.

살인미소가 입을 열자 마돈나의 환상은 즉시 깨지고 말았다.

살인미소가 그때부터 들려준 이야기는 꽤나 길었다.

마음먹고 이야기를 시작한 것이다. 원래부터 작정한 마음이 있어서였다. 이로써 마돈나는 이 세상에서 살인미소에 대해 가장 잘 아는 사람이 될 것이다.

살인미소가 들려준 말 중에는 오늘 처음 듣게 된 사실도 있었지만 그녀가 이미 알고 있는 사실들도 꽤 있었다.

살인미소는 마돈나를 향해 길고 긴 한 통의 이력서를 쓰게 되었다. 반드시 이래야 했기에 살인미소가 이러는 것이었다.

우선 살인미소는 환우제일검 풍백을 아버지로 하고 탄지선자 운지령을 어머니로 하여 환우제일검가의 직계손으로 태어난 사실을 다시 한 번 상기시켜 주었다.

마교(魔敎)와 백년전쟁을 치른 사실… 그리고 결국 마교를 멸문시키고 아버지가 마교의 군사 반오의 수양딸 반혜요를 데려왔던 일은 처음으로 말했다.

물론 이 대목을 들으며 마돈나는 더 이상 우아함을 떨지 못했다.

중인(衆人)들의 시선을 한몸에 받고 있었음에도… 목구멍이 훤하게 보일 정도로 입을 딱 벌렸다.

반혜요는 현재, 다름 아닌 살인미소의 의형 주형광의 마누라가 된 사람이기 때문이었다.

"그, 그런 악연이… 어떻게… 그런 일이 있을 수가 있어?"

"내 운명은… 원래 좀 개 같은 구석이 많아……."

살인미소가 계속해서 말했다.

먼 사돈지간이 되는 호북마문세가에서 어영부영 보법을 배우게 된 일과 반드시 그래야 했던 이유…….

반오의 치밀한 사후간계(死後奸計)에 의해 아버지 풍백이 중독된 사실… 그리하여 결국 내공을 잃었던 일… 봉문을 선언하고 자취를 감춘 일… 풍백이 인정을 베풀어 반혜요를 베지 않은 일…….

살인미소가 환상궁의 봉인(封印)을 찢어버리고 지금처럼 환상궁에 의해 추적을 받게 된 일…….

그러다 결국 장인촌을 최후의 피난처로 삼은 과거지사(過去之事)들…….

장인촌으로 들어간 이후의 일은 피차간에 설명이 필요없었다. 그 이후에 일어난 사건들에 대해서는 누구보다도 당사자들이 잘 알고 있기 때문이었다.

마돈나가 눈빛을 빛냈다.

"오빠가… 지금 모든 사실들을 갑자기 털어놓는 이유가 뭐지?"

살인미소가 고개를 끄덕였다.

"네가 지금 짐작하는 생각들을 직접 말해 주고 싶었기 때문이지."

마돈나가 눈빛을 빛냈다.

"이상하네. 오빠가 내 속을 알아?"

"나는… 비룡검보의 내통자(內通者)가 반혜요라 말하고 싶은 거야… 그녀는 혈막의 상당한 위치인 검각주 검혼임이 분명할 것이고……."

마돈나도 사실 그렇게 짐작하고 있는 중이었다.

"더 구체적으로 말한다면?"

"연관성(聯關性)의 문제라고 판단하면 답을 쉽게 찾을 수 있지. 원래 마교는 환상궁에 귀속되어 있었어."

"……."

환상궁이 환우제일검가를 봉문시키려 했던 이유는 마교의 복수를 위해서였다.

이 사실은 과거, 환상궁주가 풍백에게 보낸 환상첩(幻想帖)에 분명하게 기록되어 있는 내용이었다.

살인미소가 이어 말했다.

"혈막 또한 환상궁에 귀속되어 있지."

"그 점을 왜 모르겠어."

"반혜요는 마교에 의해 조종되던 여자였어. 마교는 환상궁에 의해 조종되었고……. 그러니 반혜요의 원래 소속은 환상궁이라 말할 수 있겠지. 즉, 반혜요는 멸문된 마교에서 혈막으로 자리를 옮긴 것뿐이야."

"그건 좀 너무 비약적인 생각 아닐까?"

"단천악에게서 빼앗은 비밀 첩지는 혈막의 요직(要職) 인물인 검각주 검혼의 명령서였어. 검각주라면 혈막의 부막주(副幕主) 정도의 인물이라고 봐야 맞을 거야. 그런 인물이라면 비룡검보에서 반혜요 외에 또 누가 있겠어?"

"음……."

불과 며칠간이었지만 살인미소와 마돈나는 비룡검보에서 생활하고 있었다.

비룡검보에는 주형광을 제외하면 특출한 인물이 눈에 띄지 않았다. 공포의 살수 집단 혈막의 제이인자(第二人者)쯤 되는 인물로 여겨지는 자를 도무지 발견할 수 없는 것이다.

사실도 그랬다.

비룡검보는 신생 문파여서 강호를 위진(威震)시킬 만한 인재가 아직 발굴되지 않았다.

대부분의 보인(堡人)들은 아직 젊은이들이었다. 순전히 이제 겨우 무림에 발을 들여놓은 애송이들이었다.

혈막의 우두머리 중에 하나가 신분을 위장하고 그 속에 짱박혀 있으리라고… 도저히 상상이 되지 않는 자들뿐이었다.

그런데도… 이미 오래전부터 강호상에 일문을 이루고 있는 혈마종사 단천악에게 명령서를 내린 자가 분명히 비룡검보 안에 존재하고 있는 것이다.

마돈나가 고개를 끄덕였다.

그녀 또한 심안(心眼)을 지니고 있었다. 고수들만이 지닐 수 있는 예리한 직감력 또한 함께 지닌 그녀였다.

비룡검보에 숨은 이인(異人)이 있었다면 눈치 못 챌 리 없었다.

"나도… 오빠의 생각을 부정할 수 없겠어."

살인미소가 고개를 끄덕였다.

"이건 형님 발등에 떨어진 불이야……."

"오빠… 지금부터 어떻게 처신할 거야?"

"그건 좀 생각해 보자… 우리가 비룡검보를 떠나는 그날까지… 더 지켜보고……."

"그래야… 되겠지… 신중하게……."

참으로 곤란한 일이었다. 살인미소는 지극히 현명한 사람이 되어 최고의 현명한 생각을 해야만 했다.

아무리 의형제지간이지만 형의 마누라가 혈막의 검각주 검혼이라고 함부로 발설할 수 없는 일이기에 더 더욱 그랬다.

*   *   *

날이 밝으면 떠나야 했다.

오늘로 비룡검보에 머문 지 꼭 일주일이 되는 날이었다.

주형광과 살인미소는 지난 일주일 내내 단 하루도 빼놓지 않고 밤마다 술을 마셨다. 내일 헤어지면 당분간 함께 술 마실 기회는 그리 많지 않을 것이다.

주형광은 그 점을 내내 아쉬워했다.

"아우, 최소한 한 달에 한 번은 반드시 나를 찾아와야 하네."

"당연히 그래야지요."

살인미소의 대답 소리는 평소와 달리 어눌했다. 먹은 마음이 있기 때문이었다.

그러나 어쨌든 살인미소가 대답을 했으므로 그것은 약속이 되었다. 그러므로 두 사람은 한 달에 한 번은 반드시 만나게 될 것이었다.

"나는 아우와 마신 일주일간의 술이 지난 십 년 동안 마신 술 중에 가장 맛이 있었다네."

"저 역시 지난 일주일간 형님과 함께한 일들을 평생 못 잊을 것입니다. 형님의 호의 또한 평생 잊지 못할 것이고요."

"호의라니… 가당치 않네. 난 자네에 의해 구명지은(求命之恩)을 입은 사람이야. 받은 것으로 말하자면… 내가 평생에 걸쳐 갚아도 자네의 은혜를 감당 못할 것일세."

"별말씀을 다하십니다."

오늘도 두 사람은 비룡검보 후원에 있는 정자에서 함께 술잔을 기울이는 중이었다.

마돈나는 이 자리에 없었다.

그녀는 평균 두 번에 한 번 꼴로 술자리를 함께했지만 오늘은 '피곤함'을 이유로 자리하지 않았다.

반혜요 또한 이 자리에 없었다.

그녀는 첫 대면 이후 지금까지 살인미소와 얼굴을 맞대지 않았다. 그녀가 의식적으로 모두가 함께하는 술자리를 피했기 때문이다.

술 한 주전자를 비웠을 때 살인미소는 더 이상 주저하지 않았다. 원래가 할 말은 반드시 해야 하는 것이 살인미소의 유별난 성격이었다.

살인미소의 많은 장점 가운데 한 가지는 말을 요령있게 잘한다는 점이었다.

"형님은 혹시 혈마종사 단천악이라는 자를 알고 계십니까?"

주형광은 순진스러운 얼굴로 고개를 끄덕였다.

"이 지역 출신인 무림 대선배를 내가 왜 모르겠는가?"

"나찰살이라는 자도 아십니까?"

"그 양반의 성미가 좀 괴팍하긴 하지."

"계향각을 운영하고 있는 계음향이라는 여인도 아십니까?"

"계향각의 닭 요리는 입에 침이 마르도록 칭찬을 해도 아깝지 않을 정도이지. 어, 그런데 자네는 그걸 왜 묻나?"

말을 잘한다는 것은 우선, 상대가 자신의 말에 몰입하도록 유도해야 하는 것이 첫 번째 조건이다.

예상대로 주형광은 호기심을 나타내기 시작했다. 충분히 몰입된 것이다.

살인미소가 일도양단(一刀兩斷)하듯 말했다.

"그들 셋을 제가 죽였습니다."

"……!"

말을 잘하는 사람의 두 번째 조건은 상대에게 적당한 충격을 주어 나의 의중을 심각하게 생각하도록 유도하는 일이다. 이른바 충격 요법이다.

주형광은 살인미소가 한 말에 대해 즉시 대꾸하지 않았다. 잠시 생각에 생각을 거듭했다. 그만큼 신중한 사람이 주형광이었다.

이윽고,

"나는 자네가 매우 엄격한 사람이라는 것을 아네. 자네가 그들을 모두 죽였다면 그만한 이유가 충분히 있을 것일세. 그 이유를 듣고 싶네."

말을 잘하는 사람의 세 번째 조건은 상대가 나의 말을 계속하여 듣고 싶어하도록 유도하는 일이다.

"그들을 제가 죽인 이유는 수시로 비룡검보를 월담했기 때문입니다."

"으음……."

주형광이 낮게 신음했다.

말을 잘하는 사람의 네 번째 조건은 칼로 베듯 결론을 제때에 내릴 줄 알아야 한다.

"그런 이유에서 그들은 반드시 제 손에 죽어야 했습니다."

주형광은 원래 심기가 깊은 사람이었으므로 당장 반문을 하지 않았다. 나름대로 오랫동안 진위(眞僞)에 대한 고민을 거듭했다.

"나는 자네가 물을 가리키며 술이라고 해도 믿을 것이고, 술을 가리키며 물이라고 해도 믿는 사람일세. 그러나 지금 자네가 한 말은 쉽사리 믿을 수가 없네. 그들이 수시로 내 집을 월담했다는 말 말일세."

말을 잘하는 사람의 다섯 번째 조건은 자신이 한 말에 대한 확실한 증거를 제시할 수 있어야 한다.

"형님에게 무조건 제 말을 믿으라고 말씀드릴 순 절대로 없는 일입니다. 그러나 이것을 보신 후에 다시 생각해 보시기 바랍니다."

살인미소의 증거는 단천악에게서 빼앗은 누런색의 비밀 첩지였다.

주형광은 태생이 느긋한 사람이어서 느릿한 동작으로 비밀 첩지를 받았다. 이내 비밀 첩지의 내용이 주형광의 눈동자 속으로 빨려 들어갔다.

명(命)!
살인미소는 바로 본 보(堡)에 있다.
제거하라.

—혈막(血幕) 검각주(劍閣主) 검혼(劍魂) 書.

역시 주형광은 신중한 사람이었다. 경악할 만한 내용을 직접 보았지만 얼굴색조차 변색시키지 않았다.

"이로써 나는 아우가 무슨 말을 하려는 것인지 충분히 짐작할 수 있겠네."

"......."

"아우는 이 비밀 첩지의 글씨체가 나의 처(妻)이자 자네의 형수가 되는 사람의 글씨체이기에 그토록 신중한 처신을 했던 게 아닌가?"

"그렇습니다."

주형광이 고개를 끄덕였다.

"또한 나의 안위를 걱정하고 나와 처와의 사이를 걱정하여 함부로 발설을 못했던 것이고……."

"그렇습니다."

"흐음… 그러나 말일세, 이 글씨체는 비록 내 처의 글씨체가 틀림없네만 누군가가 나와 자네의 사이를 이간(離間)시키기 위해 이런 글씨체를 흉내 냈을 것이라는 가정은 안 해 보았나?"

"물론 그 점도 생각해 보았습니다. 그러나 분명한 사실은… 혈마종사 단천악과 나찰살만한 인물을 움직일 만한 수완이 있는 사람이 비룡검보에 분명히 존재한다는 사실입니다."

말을 잘하는 사람의 여섯 번째 조건은 자신이 한 말에 대한 확신이 서 있어야 한다.

주형광이 살인미소를 잠시 바라보았다가 후원에 눈을 떨구었다. 그리곤 말없이 술잔을 비웠다. 살인미소도 술잔을 비웠다.

주형광의 잔이 다시 채워졌을 때… 천천히 입을 열었다.

"자네는 단천악을 죽이지 말았어야 했네."

"......."

"나는 처에게 이 모든 사실에 대해 이야기하지 않을 생각일세. 내 가정(家庭)에 대단한 문제가 발생할 수도 있기 때문일세. 자네는 단천악을 죽이기 전에 그럴 경우를 대비했어야 했네. 왜냐하면 이 첩지를 받은 단천악은 이 사건에 대한 전말을 가장 확실하게 알고 있는 사람이니까 말일세."

말을 잘하는 사람의 일곱 번째 조건은 제시한 난제(難題)에 대해 확실한 마무리를 지을 줄도 알아야 한다.

"그를 죽이지 않았다면 단홍참뢰도법(斷虹斬雷刀法) 공격을 받은 제가 어떻게 형님과 이 자리를 함께할 수 있겠습니까?"

단홍참뢰도법은 단천악이라는 이름을 호북제일마(湖北第一魔)로 군림하게 만든 절세의 도법(刀法)이었다. 살인미소를 상대로 최후에 시전했던 도법이었다.

주형광이 말없이 술잔을 기울이기 시작했다.

비로소 얼굴에는 고뇌하는 자의 기색이 역력하게 새겨졌다.

살인미소의 완벽한 증거 제시와 조금도 거짓이 없어 보이는 일목요연(一目瞭然)한 논리 전개는 아무리 마음이 정심한 주형광이라 할지라도 내심의 동요를 불러일으키기에 충분했다.

"내 집을 자기 집처럼 넘나들었다니… 더구나 이런 비밀 첩지까지 주고받았다니……."

살인미소의 말을 믿자면 아내인 반혜요를 의심해야 하는 것은 물론, 그녀의 정체를 반드시 밝혀내야 했다.

주형광으로서는 그 점이 두려운 것이었다. 그는 진실로 아내인 반혜요를 사랑하고 있었다.

반대로 아내를 무조건 믿는다면 살인미소의 말을 가당치 않게 물리쳐 버려야 한다. 이땐 의형제지간의 신의를 저버려야 한다.

이 점 또한 두렵기는 마찬가지였다.

주형광이 지금까지 살인미소에게 보여준 의리와 인의(仁義)를 생각해 볼 때 그 일은 합당한 처사가 아니었다.

살인미소가 비밀 첩지까지 제시함으로 위험한 뇌관(雷管)은 완전히 주형광에게 넘어왔다. 주형광은 화를 불러일으키지 않고 슬기롭게 분해해야 할 시점에 도달해 있었다.

그런 일은 진정코 현명한 자의 몫이다.

"다시 말하지만 나는 아우가 무엇을 말하는 것인지 분명하게 알게되었네. 그러나 내가 어찌 이런 중대한 일을 쉽게 판단하고 쉽게 결정할 수가 있겠나? 아우가 나를 믿는다면 이 일을 온전히 나에게 맡겨주게. 내가 얼마나 현명한 판단을 하는지 아우는 지켜봐 달라는 의미일세."

"나는 다만 형님의 안전과 형님의 과업을 염려할 뿐입니다."

"분명하게 말해 두겠네. 나는 아녀자로 인해 신세를 망칠 사람이 결코 아닐세. 당분간 시간을 벌어가며 사태의 추이를 지켜봐 가며 때가도래하면 시시비비를 분명하게 가릴 생각일세."

과연 주형광은 심기가 깊고 사려가 깊은 사람이었다.

이번의 일은 상상조차 할 수 없었던 매우 돌발적이었고 그야말로 경악스러운 사태였다.

그러나 그는 살인미소의 체면을 조금도 손상시키려 들지 않았다. 또당장 비밀 첩지를 들이대며 반혜요와 급격한 마찰을 일으킬 생각도 없었다.

이런 점을 충분히 고려했기에 살인미소가 어렵게 화두(話頭)를 꺼낸것이었지만, 주형광은 군자의 도리가 어떤 것인가를 넉넉한 배포와 함께 보여주었다.

밤이 더 깊어갔다.

스산한 바람이 불어와 주형광의 목 언저리에 흐르던 땀방울들을 데리고 갔다. 살인미소의 콧등으로 흐르던 식은 땀방울들도 함께 데리고 갔다.

바람은 또 그윽한 난향(蘭香)을 두 사람에게 실어다 주었다. 그것은 진정 상큼하기 이를 데 없었다.

그래서일까, 주형광은 어느 정도 안정을 되찾은 듯 부드러운 미소와 함께 잔을 들었다.

"들게. 지금부터 새로 술을 시작하자구. 마음을 모두 비워 버리고 말일세."

그렇게 권해오자 그때부터 풍(風)씨도 주(酒)씨가 되었고 주(朱)씨도 주(酒)씨가 되었다.

자연히 화제가 다른 일들로 옮겨졌다.

이때부터는 대부분이 주형광의 진심이 깃든 정성 어린 충고들이었다.

주형광의 앞길이 갑자기 복잡해진 것은 사실이었지만, 살인미소의 앞길은 이미 오래전부터 매우 복잡해져 있었기에 그런 충고들을 하는 것이었다.

"자네는 정말 유념하여… 몸조심해야 할 것일세."

"형님 말씀 명심하겠습니다."

사나이들이 마시는 술은 의리와 신의가 수반되면 술맛이 더 나는 법이다.

사나이가 술을 마시기 시작하고서도 끝이 어디인지 가늠이 쉽다면 진정한 사나이라 할 수 없을 것이다.

그러나…….

사나이들은 술을 마시다 새벽이 다가오기 시작하면 약간은 뒤가 캥기기 마련이다.

　사나이들은 결혼을 했거나 안 했거나 여자가 기다리고 있으면 반드시 큰 후환이 생기는 법이다.

　"잘한다, 잘해."

　"오우… 돈나 씨이……."

　"인간아, 자정이 넘어 들어오면 그게 외박이라고 바로 삼 일 전에 말한 거 기억 안 나냐?"

　"외박이라뇨. 가당치 않은 말씀을… 소인은 바로 쩌어기… 후원에서 사업상 어쩔 수 없이 형님과 쪼깨 마신 것뿐이오. 그렇지만 나는… 나는… 오매불망 돈나 씨만을 생각했소이다……."

　"야, 입에 침이나 바르고 거짓말을 해라."

　"그래서 그런지… 자꾸 혀가 꼬여… 오이다."

　"어쭈구리? 휘청거리기까지?"

　"휘청거리긴… 내 눈엔 지금 돈나 씨가 휘청거리고 있소이다."

　"너, 확실하게 중심 못 잡아?"

　"거 이상하오이다. 언제부터 별전 바닥에 회전 기관 장치가 되어 있었소이까? 디립다 어지럽소이다."

　"야! 인간!"

　"넵."

　"헛소리하지 말고 당장 욕실로 가 찬물 뒤집어쓰고 나온다. 실시!"

　"넵, 실시!"

　누가 믿으랴.

알고 보면 살인미소도 불쌍하기 짝이 없는 인간이라는 것을… 천하의 살인미소에게 천외천(天外天)이 바로 턱밑에 존재하고 있다는 이 사실을… 과연 누가 믿으랴…….

제43장

천하제일루(天下第一樓)

천하제일루(天下第一樓)

"이 마차 안에 가득 실려 있는 것이 정녕… 모두 다 황금이란 말이오?"

금금노야(金錦老爺) 황모충(黃慕充)은 벌써 다섯 번이나 마차 안을 들여다봤고, 다섯 번이나 재차 확인을 했으면서도 믿을 수 없다는 표정을 지었다.

정말로 마차 안을 가득 채우고 있는 것은 금금노야가 그토록 좋아하는 누런색의 결정체 황금이었다.

죽립(竹笠)을 깊게 눌러쓴 죽립중년인(竹笠中年人)이 또다시 고개를 끄덕였다.

중년인은 죽립을 너무 깊숙하게 눌러쓰고 있어 앞이 제대로 보일지 그것이 걱정스러울 정도였다.

"당신은 누구보다도 마차 안을 가득 채운 누런 물건들이 순수한 황금덩어리들이라는 것을 잘 알고 있지 않소?"

"정말… 정말로 이것들이 모두 황금이란 말이오?"

죽립중년인은 더 이상 대꾸하지 않았다.

죽립중년인은 마부석에 앉아 벌써 네 번이나 똑같은 대답을 했었다. 다섯 번씩이나 똑같은 대꾸를 할 필욘 없었다.

금금노야 황모충이 다시 입을 딱 벌렸다.

"맞소, 이건 진짜 황금이오. 황금이 아니라면 내 가슴이 이렇게 두근거릴 리 없는 일이오."

동정루 앞이었다.

금금노야는 천하십대 거부(巨富) 중 한 사람으로 천하에 산재해 있는 가장 유명한 기루(妓樓) 다섯 곳을 소유한 사람이었다.

그가 소유한 기루 중에서도 천하에서 가장 유명하고 천하에서 가장 규모가 큰 기루가 바로 이 동정루였다.

어제의 일이었다.

금금노야 황모충에게 이 죽립중년인이 찾아와 다짜고짜 이런 말을 했었다.

"만일 커다란 마차 하나에 황금을 가득 싣고 온다면 당신은 동정루를 팔 의향이 있소?"

한 마차 분량의 황금으로 동정루를 사겠다는 의사 타진이었다.

어젯밤의 금금노야는 만취 상태였었다.

그렇지만 누구보다도 이재(理財) 계산에 탁월한 능력을 지니고 있는 그였으므로 만취 상태와 상관없이 대번에 고개를 끄덕였다.

"팔지. 왜냐하면 그 정도의 황금이라면 동정루 두 배의 값을 치르는 것이니까."

동종루의 가치로 말하자면 반 마차 분량의 황금이면 충분했다.

죽립중년인도 고개를 끄덕였다.

"내일 아침… 정확히 해뜨는 시각에 맞춰 황금을 마차에 가득 실어 오겠소. 당신은 반드시 동정루를 나에게 판다는 문서를 작성하여 넘겨 주기 바라오."

금금노야는 술이 확 깨는 것 같았다. 만취 중이었지만 죽립중년인이 조금도 헛소리를 하는 것이 아니라는 생각이 들었기 때문이다.

그러나 어찌 되었든 마차에 황금이 가득 실려 온다면… 동정루를 못 팔 이유도 없었다.

"당신은 결코 허언(虛言)을 해서는 안 되오."

죽립중년인도 금금노야와 똑같은 말을 했다.

"당신도 결코 허언을 한 결과가 되어선 안 되오."

죽립중년인은 그렇게 말하며 돌아갔다.

오늘 아침, 정확하게 해 뜰 무렵이 되자 죽립중년인이 황금을 가득 실은 마차를 끌고 금금노야를 찾아온 것이다.

금금노야는 도무지 이해가 안 된다는 눈으로 몇 번이나 죽립중년인의 아래위를 훑어보았다.

'어째서 이 사람은 시가의 두 배나 비싼 가격으로 동정루를 사겠다는 것일까?'

금금노야는 사실, 동정루를 적극적으로 팔 생각까진 없었다.

과했던 술기운 중에 두 배의 가격이 제시되었으므로 그만그만한 조건이면 무조건 팔겠다고 했던 것이다.

'네가 무슨 수로 황금을 마차로 하나 가득 싣고 올 수 있단 말이냐?'

금금노야는 조금 전까지만 해도 그런 생각을 했었다.

그랬는데… 죽립중년인은 정말로 날이 밝자마자 마차에 황금을 가득 싣고 온 것이다.

그 일도 그렇지만 아무리 생각해 보아도 죽립중년인이 두 배의 가격을 주면서까지 동정루를 구입하고자 하는 이유를 알 수 없었다.

금금노야는 이제 와서는 더 이상 죽립중년인에게 이것저것, 꼬치꼬치 캐물을 필요가 없다고 생각했다.

이미 엎어진 바가지 안의 물이었다.

또 죽립중년인이 갑자기 마음이 변하기라도 하면, 순이익이 되는 반마차 분량의 황금이 훨훨 날아가고 만다는 생각이 불쑥 고개를 쳐들었기 때문이었다.

"나는 지금까지 수백 번이나 되는 대규모의 거래를 해왔지만 당신처럼 시원시원하게 거래를 하는 사람은 정녕 처음이오."

"난 평생에 걸쳐 지금이 처음으로 거래를 하는 것이오."

"도대체 당신은 누구요? 이왕 거래가 성사되었으니 당신의 이름이나 알려주시오."

죽립중년인이 잠시 뜸을 들이더니 이윽고 대답했다.

"보잘것없는 이름이오. 내 가문에만 간신히 이름이 알려져 있을 뿐이오만… 육우당(陸雨堂) 이라는 것이 내 이름이오."

'육우당? 처음 들어보는 이름이다……'

육우당이라는 이름은 정말로 알려져 있지 않은 이름이었다.

귀주서원이 있는 귀주에서조차도 매화선생이라고만 불려지고 있었으니 금금노야가 그런 이름을 들어볼 리 만무했다.

금금노야는 죽립중년인의 이름 따위는 거래와는 별 상관이 없는 일이라고 생각했다.

'나는 다만 두 배의 장사를 했으니 이로써 더 큰 부자가 되었을 뿐……'

금금노야는 당장 해야 할 일부터 해결하기 시작했다.

즉시 동정루에 대한 모든 권리를 이양하겠다는 양도 증서를 만들어 육우당에게 넘겼으며 그토록 좋아하는 황금 한 마차는 열 명의 무사에게 명령하여 자신의 보고(寶庫)로 옮기도록 지시했다.

이로써 하루아침에 동정루의 주인이 바뀌게 되었다.

그날로 현판(懸板)도 바뀌어 달렸다.

천하제일루(天下第一樓)!

동정루가 그렇게 바뀐 것이다.

그런데 그로부터 얼마 지나지 않아 천하제일루는 이전의 동정루에 비해 두 배나 큰 규모로 변모하게 되었다.

한두 군데씩 증축(增築)이 시작되더니 객점(客店)이 정확하게 두 배로 커졌으며 기루(妓樓) 역시 두 배로 확장되어 있었다. 찬관도 마찬가지였고 도박장 또한 두 배나 되는 대규모로 바뀌었다.

이 일은 번갯불에 콩 구워 먹듯 빠르게 진행되었다.

그토록 거대해진 천하제일루를 바라보며 금금노야는 왜 육우당이 시가의 두 배나 주고 동정루를 산 것인지… 분명히 깨닫게 되었다.

만약 지금 당장 천하제일루를 되살 요량이라면 이제는 황금을 두 마차를 주어야만 되살 수 있게 되었다.

왜냐하면 천하제일루의 규모는 정확하게 두 배 정도 커졌지만 이용하는 사람들은 무려 네 배 이상이나 많아졌다.

천하제일루가 천하에서 가장 호사스러운 호화루(豪華樓)로 변모하게 되자 천하 각지에서 손님들이 줄지어 몰려들기 시작한 것이다.

금금노야는 그때서야 땅을 쳤다.

"아이구 배야……."

금금노야가 손자국이 벌겋게 돌도록 배를 움켜잡았지만 이때는 배 떠난 다음에 손 흔들기였다.

천하제일루가 과거 동정루 시절에 비해 몇 배나 더 비약적인 대규모로 변모하게 된 이유는 사실 한 여인 때문이라 말해도 과언이 아니었다.

그녀는 일주일에 한 번 정도 천하제일루에 모습을 나타내곤 했지만 바로 그녀로 인해 천하제일루는 몰려드는 손님들로 인해 폭발해 버릴 지경이 되었다.

어떤 자는 목을 기린처럼 뽑았다.

어떤 자는 무등을 탔다.

어떤 자는 무등을 타고도 모자라 또 거기서 목을 기린처럼 뽑았다.

어떤 자는 사다리를 놓고 꼭대기까지 올라섰다.

어떤 자는 사다리를 타고 꼭대기까지 올라가고도 모자라 또 거기서 목을 기린처럼 뽑았다.

그들의 새카만 눈동자들은 일제히 천하제일루 전문(前門)으로 고정되어 있었다.

전문에는 네 마리의 말이 끄는 마차 한 대가 서 있었다.

네 마리의 말과 마차 한 대…….

정말 이상한 사람들이었다.

겨우 그것을 보기 위해 이 난리를 죽이는 것이란 말인가? 더구나 말들과 마차는 너무나도 평범했다.

금칠이 되어 있는 말들이 아니었고 금으로 조각한 마차도 아닌, 누구나 몰 수 있고 누구나 탈 수 있는 그런 마차였다.

그런데도 불구하고 사람들은 하나같이 마차에서 산신령이라도 내려 금 도끼 은 도끼를 몇 자루씩 나눠 주기를 기대하는 사람들처럼 줄을 지어 마차를 바라보는 것이었다.

이윽고 마차 문이 열렸다.

먼저 섬섬옥수 하나가 조용하게 밖으로 나왔다. 단지 그뿐이었는데 사람들은 탄성을 내질렀다.

"아아……."

이어 조그만 발 하나가 마차 밖을 나왔다.

"으아……."

사람들은 기절할 듯이 탄성을 터뜨렸다.

손이 나오고 발이 나왔고, 뒤이어 몸이 나오지 않으면 마차 안에는 상상도 못할 괴물이 타고 있는 것이 분명할 것이다.

드디어 한 여인이 조용하게 마차 안에서 모습을 나타냈다.

눈처럼 화사하고, 각종 꽃무늬가 화려하게 수놓아진 백의를 입은 눈부신 모습의 여인이었다.

"캬아아아아……."

사람들은 괴성을 질러대기 시작했다. 천하제일루의 전문 앞에는 미친 사람들만 골라 모아놓은 것 같았다.

정말로 그랬다.

백의여인은 그물처럼 촘촘한 면사(面紗)로 얼굴 전체를 포옥 가리고 있었지만 사람들은 그 모습만 보고도 거의 실신 상태가 되어가는 것이었다.

그럴 만도 했다.

여인은 우선 정확하게 여덟 조각으로 짜 맞출 수 있는 팔등신(八等身)의 몸매였다.

면사 아래의 목은 학(鶴)처럼 길었고 허리는 한 줌으로 쥘 수 있을 만큼 가느다랬다.

그 중간 부분인 가슴은 각각 잘 익은 복숭아 하나씩이 들어 있는 것처럼 투명, 선명하게 앞으로 튀어나와 있었다.

그것은 너무 크지 않아 천박해 보이지 않았으며 소담하다는 생각이 들지 않을 정도로 지극히 적당한 크기였다. 그것이 여인이 걸음을 뗄 때마다 잔잔한 파도처럼 출렁거렸다.

지극히 고혹적인 유혹을 감춘 채…….

허리 아래의 엉덩이는 어떻게 애를 낳을 수 있을까 하는 염려를 전혀 하지 않아도 될 만큼 작지도 크지도 않을 정도로 적당한 크기였다.

아무리 솜씨가 좋은 장인이 조각을 해놓는다고 해도 그토록 정교한 크기의 아름다운 엉덩이를 만들어놓을 순 없을 것이다.

백의 안에서 미끈하게 뻗어 내린 두 다리는 갈대가 무성한 푸르른 호수 수면 위를 유유히 걸어가는 학의 다리처럼 곧고 길었다.

그 아래로… 붉은 수실이 몇 가닥 늘어진 가죽 금화(錦靴) 안에 담긴… 눈 튀어나올 만큼 작고 어여쁜 두 발…….

아아… 그것이 사뿐사뿐 땅을 밟고 천하제일루 안으로 사라지고 있었다.

과연 여인의 모든 조건은 사다리를 타고 올라가 거기서 또 무등을 타고 기린 목을 한 후에 눈을 한 자(尺)나 쭉 뽑아서 바라볼 이유가 충분히 있었다.

어떠한 여인이라도 절대로 동시에 갖추지 못할 완벽한 십전지모(十全之貌)를 이 여인은 홀로 지니고 있는 것이다.

그런데… 여인의 얼굴을 가리고 있는 저놈의 웬수 같은 저… 저… 저 면사(面紗)……!

소슬바람이라도 불어와 살짝이라도 면사가 젖혀지고 얼굴의 극히 일부분이라도 드러나기만 한다면… 바느질이 잘못되어 얼굴 앞의 면사 부분이 갑자기 뚝 떨어져 흘러내리기라도 한다면…….

사람들은 공연히 불어오지 않는 바람을 원망했고 면사를 기운 바늘과 실을 원망했다.

소곤… 소곤…….

여인의 진면목을 단 한 번 보기만 해도 평생 소원을 푸는 것이 될 거라고… 여기저기서 두런거리는 소리들이 들려왔다.

그사이에 여인은 완전히 천하제일루 안으로 모습을 감추었다.

또다시 곳곳에서 원망 섞인 탄식이 터져 나왔다.

"뭔가… 잊은 게 있어… 다시 마차 앞으로 되돌아와 주었으면……."

사람들은 여인이 천하제일루 안으로 사라진 지 한참이나 되었음에도 그 자리를 뜨지 않고 지키며 빌고 또 빌었다.

그리고 언젠가는 깜박 잊고 면사를 쓰지 않고 마차에서 내려 천하제일루 안으로 들어가는 날이 있기를 그들은 간절히 소망하고 있었다.

그러나 그들은 면사 여인의 진정한 얼굴을 못 본 것을 진심으로 하늘에 감사드려야 할 것이다. 만일 그들이 면사여인의 진면목을 보았다면 반드시 절반 이상은 그 자리에서 까무러칠 것이다.

왜냐하면 면사여인은 다름 아닌 마돈나였기 때문이었다.

마돈나가 면사를 착용하는 일은 수많은 사람들을 위해 백 번 잘한 일이었다.

평소에도… 바라보는 그 누구라 할지라도 대번에 그 자리에서 실신 지경에 이르게 할 정도로 화사하기 이를 데 없는 모습의 마돈나였다.

그런데 화려한 백의로 치장을 하고 다른 곳도 아닌 천하제일루 안으로 면사도 없이 들어선다면 전문에서는 대번에 폭동 사태가 일어나고 말 것이다.

마돈나를 조금 더 가까이에서 보기 위해…….

그녀의 얼굴을 조금이라도 더 가까이에서 보기 위해…….

그러니 그런 폭동 사태를 미연에 방지하기 위해 면사를 쓰는 일이 얼마나 다행스러운 일이란 말인가.

소문은 매일 눈덩어리처럼 불어나 어느새 아무도 감당 못할 크기로 부풀려져 있었다.

천하제일루 앞에는 팻말을 세우고 공고(公告)를 써 붙여놓은 것도 아님에도 불구하고 소문은 언제부터인지 천하제일의 절대미녀가 천하제일루의 주인이라고 쫘아… 하게 돌고 있었다.

매일 난리가 났다.

어떡하면 천하제일미녀의 진면목을 한 번이라도 감상해 볼까…….

천하 각처에 흩어져 있는, 어깨에 힘 좀 주고 방귀 꽤나 풍풍 끼어대는 작자들이 매일같이 단체로 몰려드는 것이었다.

그렇지만 그들은 먼발치에서 면사로 얼굴을 가린 마돈나의 몸매만 간신히 구경할 수 있을 뿐이었다.

그것도 아주 운이 좋은 날에만 가능할 뿐이었다. 마돈나가 매일 천하제일루에 나타나는 것이 아니었기 때문이다.

소문은 결코 헛되게 나는 법이 없다.

실제로 천하제일루의 소유주는 마돈나였다. 천하제일루를 산 사람은 분명 육우당이었다. 호북마문세가를 팔아 한 마차 분의 황금을 마련하여 산 것이었다.

육우당은 천성적인 대인이었고 군자(君子)였다. 그런 사람이 천하제일루의 주인 노릇을 할 리 없었다. 살인미소도 마찬가지였다.

그리하여 천하제일루의 주인은 두 사람의 종합적인 의견에 의해 결정되었다.

달리 사람이 어디에 또 있겠는가. 당연히 마돈나가 주인이 되었다.

그러니 소문이라는 것은 말짱 헛소리라는 말도, 이제는 진짜 헛소리에 불과하게 되었다.

개방(丐幇)이 천하제일의 정보망을 구축하고 있는 것은 아주 오래전부터 잘 훈련된 거렁뱅이들을 천하 각처에 정보통으로 심어놓았기 때문이다.

거렁뱅이들은 천하 방방곡곡으로 진출하여 쌀 톨처럼 흩어져 있는 귀중한 정보 쪼가리들을 상부 기관을 통해 매일 중앙 본단(本團)으로 전달했다.

그로써 방주(幇主)는 퍼질러 앉아서 천하에 존재하는 소중한 정보들을 고스란히 귀에 넣을 수 있었다.

그러나 천하제일루는 개방의 복잡한 체계에 비해 훨씬 간단 간편하게 천하에 존재하는 모든 정보들을 얻어낼 수 있게 되었다.

술을 마시게 되면 누구나 기억 속의 일들을 밖으로 끄집어내는 일에 열중하게 된다.

천하제일루는 그런 자들을 상대로 엄청난 돈을 긁어내며 일급에 속하는 귀중한 정보까지 속속 얻어내었다.

천하제일루는 상호(商號)만 천하제일이 아니라 술값과 요리 값, 기녀의 몸값 또한 천하제일이었다.

인간도 정보도 일급에 해당하는 사람들이 주로 천하제일루를 이용했다.

물론 정보들 중에는 시시껄렁하기 이를 데 없는 쓰레기 같은 정보들도 있었지만 대체로 천하를 논하는 자가 반드시 알아야 할 정보들이 태반이었다.

―만통문(萬通門)의 문주는 나이 아흔에 증손녀 같은 기녀에게서 떡두꺼비 같은 아들을 얻었다더라.

―동영(東瀛)의 멍청한 인자(忍煮) 다섯 명이 파라호(爬羅湖)에서 음주 사공질을 하다 배가 뒤집혀 모조리 익사했다더라.

―파산(巴山) 고월사(高月寺) 망령선사(望嶺禪師)의 의발제자(衣鉢弟子)인 술청(術靑)이 하산 한 달 만에 무류회풍검법(舞流廻風劍法)으로 청해(淸海) 지역을 평정했다더라.

―최근 무림의 화두(話頭)는 살인미소라는 자의 출현으로… 썰[一說]

에 의하면 과거, 환우제일검가의 직계손이라는 소문이 자자하던데…
그건 직접 못 봐서 잘 모르겠더라.

　─살인미소라는 자는 자신의 목에 오히려 황금 십만 냥을 걸어 천하
에 존재하는 현상금 사냥꾼들이 눈에 불을 켜고 다닌다더라.

　─혈막은 오히려 살인미소에게 농락당해 하부 조직이 무너졌고, 최
상부 조직인 검각(劍閣)과 도각(刀閣)만 남았다더라.

　천하제일루가 얻게 된 이 정도의 정보들은 별반 대수로운 것이 아니
었다.

　중원은 물론, 세외(世外)의 소문들까지 발생 며칠 만에 천하제일루로
꾸역꾸역 흘러들어 왔는데 그중에는 금쪽을 자루로 풀어도 구하지 못
할 정보들이 수두룩했다.

　이때의 천하제일루는 가히 정보의 홍수 시대를 맞고 있었다.

　─천축(天竺)의 배화교(拜火敎)인 환희교(歡喜敎)가 서서히 중원으로
진출을 꾀하고 있다.

　─달단국(韃靼國)의 사마왕가(司馬王家) 또한 해남도(海南島)를 비롯
한 중원 십여 개 처(處)에 근거지를 확보했다.

　─최근에 호남(湖南)에서 개산대전(開山大展)을 선언한 천년마가(千
年魔家)는 부상국(扶桑國)의 북궁(北宮) 씨 들로, 그들의 저의가 심히 의
심스러운 일이다.

　─북원(北元)을 재건국(再建國)하기 위해 북원의 후손들이 중원 변방
에 철혈황가(鐵血皇家)를 세우고 북원인들을 불러 모으고 있다.

　─천축 배화교와 쌍벽을 이루는 천축 태양가(太陽家) 또한, 중원 옥

문관(玉門關) 주변에 천리세가(千里世家)를 구축한 바, 그들의 목적은 사마(邪魔) 제국의 완성이며 곧 천하일통(天下一統)임이 분명하다.

—동영의 닌자 집단인 검흔가문(劍痕家門)이 중원 요처에 검흔검도장(劍痕劍道場)을 개설하고 제자들을 무한대로 받아들이고 있다. 이는 바로 중원 진출의 교두보임이 분명하다.

—외몽고(外蒙古)의 와자국(瓦刺國) 정예대(精銳隊) 수천 명이 과거의 영화를 꿈꾸며 상인 집단(商人集團)으로 위장하고 절강성까지 진출했다.

—…….

정보는 끝이 없었다.

그러나 광산에서 생산되는 광물질 모두가 금이 아니듯, 개중에는 믿지 못할 정보들도 간간이 섞여 있었다.

그러나 정보의 진위 여부는 정보를 판단하는 사람들의 몫이 될 것이다.

최근 정보들 중에는 한 가지 공통적인 점이 있었다. 해외변방(海外邊方)과 서역 천축에 이르기까지 그동안 잠잠하던 지하 세력들이 갑자기 준동하기 시작했다는 점이었다.

세력들은 하나같이 중원을 중심으로 마치 중원을 쌈밥처럼 싸며 거리를 좁혀오고 있었다.

이 일에 대해 정보를 중요시하는 사람들은 많은 신경을 할애해야만 할 것이다.

왜냐하면 지금까지 해외 지하 조직이 움직인 이상, 중원에 혈겁(血劫)이 일어나지 않은 시대가 없었다.

당연한 말이겠지만… 그들이 움직이기 시작했다는 것은 특별한 목적이 있기 때문일 것이다.

지금은 특히 환상궁이 서서히 야욕의 야망의 날갯짓을 펼치려 하는 때였다.

환상궁은 변황(邊荒) 각 세력들을 결집시키는 것이 아닌가 하는 점을 반드시 의심해야 할 대목이었다.

『마도예검』 제4권에 계속…

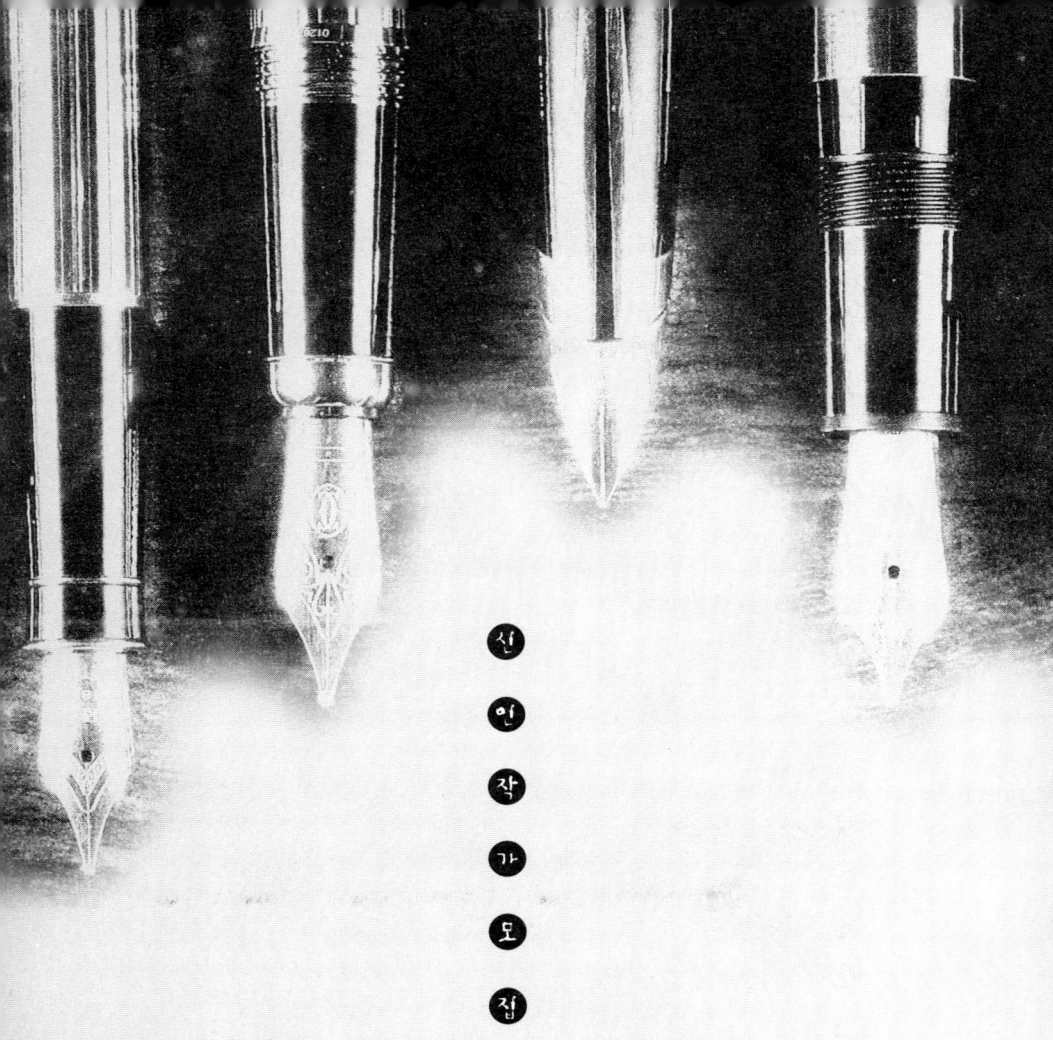

신

인

작

가

모

집

시작이 반이라고 했습니다.
작가의 길에 대한 보이지 않는 벽을 과감히 깨뜨리십시오!
청어람은 작가 지망생 여러분들의
멋진 방향타가 되어드리겠습니다.

저희 도서출판 청어람에서는
소설 신인 작가분들을 모집합니다.
판타지와 무협을 사랑하시는 분들의 많은 참여를 바랍니다.
소정의 원고(A4용지 150매)를 메일이나 우편으로 보내주시면
검토 후 출판 여부를 알려드리겠습니다.

주소:경기도 부천시 원미구 심곡1동 350-1 남성B/D 3F 우편번호420-011
TEL:032-656-4452 · **FAX**:032-656-4453
http://**www.chungeoram.com**
e-mail:chungeoram@chungeoram.com